Pierre Loti, Arnold Guyot Cameron

Selections from Pierre Loti

Edited with Introduction, Notes and a Biblography

Pierre Loti, Arnold Guyot Cameron

Selections from Pierre Loti
Edited with Introduction, Notes and a Biblography

ISBN/EAN: 9783337277406

Printed in Europe, USA, Canada, Australia, Japan

Cover: Foto ©Andreas Hilbeck / pixelio.de

More available books at **www.hansebooks.com**

SELECTIONS

FROM

PIERRE LOTI

EDITED WITH INTRODUCTION, NOTES,
AND BIBLIOGRAPHY

BY

A. GUYOT CAMERON, Ph.D.

Assistant Professor of French in the
Sheffield Scientific School of Yale University

AUTHORIZED EDITION

NEW YORK
HENRY HOLT AND COMPANY
1897

To

William Augustus Merrill, Ph.D., L.H.D.,

Of the University of California,
Whose Mastery of Latin Lore
And whose Love of Lucretius Will Find
The Pantheism and the Poetry
Of the Latter under New Guise in
This Philosopher of Fiction,
Loti,
This, in Admiration of the Scholar
And a Link in a Friendship
Which Distance does not Dim.

PREFACE.

To M. Loti, the kindness of whose sanction to gather illustrations of his writings has added another charm to the pleasure of studying them, my most grateful thanks are expressed.

"Every abridgment of a good book is a foolish abridgment," says Montaigne. And only those who have attempted it, will recognize the difficulty in presenting in one volume a series of extracts to represent the phases of nineteen, or will understand the struggle of choice where every part is beautiful, yet one must be taken and the other left. Every such series of selections, too, is necessarily somewhat subjective. Yet space-limitations counteract this by compelling the gleaning of general examples rather than those of too personal predilections. In the case of M. Loti several arrangements were possible. The personal one, to include passages bearing more directly upon his thoughts and feelings; the topographical, dealing with various lands; the purely descriptive, whose objection is absence of romantic interest. It has seemed best to omit the passages of actual love-episodes, as too long, and to follow a more varied and chronological order. This will both represent the actual literary development of M. Loti, and—by the inclusion of many of his chapters—also exactly follow his lack of plan, which, however, be it said, is one of the attractive qualities of his books.

The extracts have been taken in larger part from the earlier and most famous works. Some of the later ones duplicate in general the earlier, while the recent books of travel are too much descriptive voyaging or moral philosophizing to closely suit the purpose of the present series chosen.

Certain most mild liberties have been taken : the assimilation into continuity of a few detached passages upon the same theme ; the rare substitution of a proper name for initial pronoun, to make clear the personality involved ; the occasional suppression of some descriptive attributes, better excised for scholastic purposes. Some suggestions in the titles of selections are explained in the " Contents."

The annotations upon M. Loti are also necessarily somewhat non-systematic and varied in character. The text furnishes no historical nor literary allusions and few personages for explanations. The extraordinarily pure and simple style, and the predominance of description over dialogue, remove idiomatic analysis. Like the sea described by the author, there are long, quiet stretches of writing that require no comment, while the elementary grammar they involve is a presupposed acquisition of the student. On the other hand, few save the experienced can realize the time, the patience, the correspondence, and the difficulty, —utterly incommensurate with the results in seemingly simple statements,—involved in the notes upon the exotic expressions, the meanings of names, and even the geographical definitions which will be found in the notes. If M. Loti had stopped at the phrase good-naturedly rallied by M. Brunetière and which includes the annotative terrors of *chola, zamacuéca,* and *diguhela,* well. But he did not. And so Japanese, Tahitian, and Yoloff, and still others, have made this editing of more than average difficulty. M. Loti himself, however, comes to the rescue at times. Wherever possible, his own words and brilliant descriptions have been incorporated into the notes which, apart from needed elucidations, can at least typify, if not develop more than in outline, the desirable possibilities of expansive teaching. These selections may perhaps reveal the marvellous power and beauty of their author's work, and may stimulate a fuller reading of it, and help to an idea of the fair flowers and tall trees in that intellectual paradise—French Literature.

A. G. C.

SHEFFIELD SCIENTIFIC SCHOOL
OF YALE UNIVERSITY, *March*, 1897.

CONTENTS.

(*For uniformity and ease of reference, titles have been given to all of the selections. M. Loti's own designations or those made from the opening words of his chapters have been used where practicable, but the editor has been obliged to supply most of those in* MON FRERE YVES, PECHEUR D'ISLANDE, MME. CHRYSANTHEME *and* AU MAROC, *as in the original, the chapters were distinguished only by numbers. He has also added several of the headings in* LE MARIAGE DE LOTI *and* LE ROMAN D'UN SPAHI, *where his selections do not coincide with M. Loti's chapters.*)

PIERRE LOTI.

THE prose of the crusading epochs and the paintings of the Middle Ages give us pictures of castle halls or turretted courts. In them are gathered about some strolling troubadour or returned pilgrim, the knights moved by love of adventure. The retainers stand open-mouthed at stories of strange scenes. And the listening mediæval fair women are attracted by the outlet for their sentiments otherwise suppressed in the beetling of grim walls and the often loveless life these concealed. Or, in some town, a group of burly burghers snatched from business and the perpetual speculation as to wars and trade is collected around some curious flower suddenly sprung up in their midst from seed wafted by a strange and distant wind. Or sometimes a throng surrounds a child, relic of passing Bohemians though so different from them, whose face and speech, and perhaps clothes, suggest at first, to the superstition of the period, a weird or faery origin, and wonder brings a hush of awed silence upon an unsentimental and practical community.

In the literature of the nineteenth century, Pierre Loti is that singer of other lands. He is that

exotic flower in the fields of writing.   He is that child
who, having seen far more than his auditors, yet re-
tains the largest part of a naturalness of soul.   And
he is literally the traveller who, with faith shaken by
modern life and by unbelief, has made, seeking soul-
rest, a painful, anxious, and expiatory pilgrimage to
The Holy Sepulchre.

To explain such an author's prominence is not
difficult.   The world loves antitheses, when they
stop short of eccentricity.   It admires contrasts to
its own commonplaceness, when these are sufficiently
strong to nullify envy.   And it cannot absolutely do
without the poetic or imaginative or sentimental side
it professes to despise, in its ruling by the over-prac-
tical.   To account for an author himself is, however,
very different.   No theory of conditioning circum-
stances will resolve the genius of M. Loti.   No leg-
acy of literary examples can be evoked as predispos-
ing influence ; for his rise and development were as
spontaneous as his art is still self-sufficient.   And
there is only a uniqueness of genius which has the
charms of intellectual isolation in the midst of his
contemporaries, and yet none of the disadvantages of
such a position, because all his work is permeated
by a spirit of universal sympathy towards men,
animals, and the soul of Nature.

Pierre Loti is a pseudonym whose origin presages
the life of its wearer and the note of personality that
rules his work.   As he says in his second book :
"Loti was baptized January 25th, 1872, at the age of
twenty-two years and eleven days. . . . Five persons
assisted at this baptism, in the midst of mimosas and ·

orange-trees, in a hot and perfumed atmosphere, under a sky all constellated with austral stars. . . . The three Tahitiennes were crowned with natural flowers and clad in tunics of pink muslin with trains. After having vainly tried to pronounce the barbarian names of Harry Grant and of Plumket" (the midshipmen of Her Britannic Majesty, by whom in this book are meant Loti and his friend) "they decided to designate them by the words *Rémuna* and *Loti*, which are two names of flowers."

But LOUIS-MARIE-JULIEN VIAUD was born January 14, 1850, in Rochefort, surnamed the "Amphibian city," old town impregnated with the smell of the sea and the memories of sieges, and rich in the relics of the days when Royalists and Reformers, and the Rochellese, and the dominating personality of Richelieu fought and struggled successfully in turn. Here began the life, whose first setting so contrasted with its later surroundings. He lived in an austere but affectionate home, with a beautiful old grandmother, singing in her dotage the great war-hymns of the Revolution, and with a doting great-aunt. He had other great-aunts in the Isle of Oleron with its salt-marshes, and its Roles or Judgments of the sea, the primitive unwritten, then-expressed maritime code of the Ocean, the law of centuries of sailors. He had also a much older brother in the navy, writing from the antipodes about the seductiveness of distant climes, and making a deep impression on the already too precocious child. And while Loti needed the stimulating influence of rougher boyhood he had generally little girls for playmates, and was himself too much housed, and "always correct, careful, curled, having the airs of a little marquis of the eighteenth century."

And in this child there were an extraordinary susceptibility to physical impressions, an uncanny melancholia, and a childish conscience of such exquisite sensitiveness and scruples, of such excessive regard for truth that every statement was qualified by an apology as to possible misstatement, and that the conscience itself must needs blunt itself by its very delicacy.

There came vague terrors and half-caught visions to torture his infantine soul ; aspirations towards piety and perfection ; apparitions of the eternal damnation of the Foolish Virgins ; Apocalyptic terrors ; fears of the noise of many waters and the Archangelic trumpet ; long reveries in the silent provincial garden, and the set determination to become a Protestant preacher, turning into decision to be a missionary, and so to combine devotion to duty, travel, and the dangers of distance and adventure.

And then, on the other hand, struggling with this Huguenot heredity, there was that other atavism of a manly race, strengthened by anterior religious persecutions, steeped in the seduction of the sea's influence, longing out of its very self-repression for those milder climes and laxer ways of the colonies, and there appeared perhaps even a touch of Corsair spirit. In the child Loti there were, too, a marvellous subjection to the effect of pictures of distant sands and their natives, the restlessness of as yet unanalyzed tendencies, and over and under and through everything, a peculiar sense of past life, of having endured metempsychoses, of having seen things not yet seen, and lived lives not longer possible, and of re-experiencing the agonies of separation and that effluvium of sadness in the oppressive sense of beauty and silence and solitude in nature.

Yet, in spite of all this, little Loti was a most human and delightful child. He spent his time in preparing deceptive pink and white packages to be deposited upon the pavement to delude the passers. He wrote letters to the peculiar personages of the neighborhood. He caused to be cooked an abominable fly-omelet, afterwards buried. He melted tin-plates and salted a silver-mine to astonish his companions.

Bright, but always detesting his tasks for his tutor, he crammed them at the last minute. He suffered at school in learning the equality of life — the "man for a' that" of different social spheres. — He began there to write his impressions for himself, seeing the sea of Homeric description and living the spirit of Virgilian verse. And then, one day, reading in an old book — a sailor's log — that "*from midday to four, June 20, 1813, by 110 degrees of longitude and 15 degrees of austral latitude,* there was *fine weather, fine sea, good south-east breeze,* that there were in the sky several of those little white clouds called ' cat-tails,' and that, by the ship, were passing gold-fish," there come to Loti a vision of the infinite blue splendor of the vast Southern Ocean, that haunted and beckoned him until he yielded.

So the sailor-spirit triumphed, and, after preliminary studies, made him midshipman in 1870, ensign in 1873, and lieutenant in 1881. During the Tonkin campaign, he had written for the *Figaro* an account of cruelties in the war, and as a punishment was placed upon the unattached list (1883), but restored to his position the next year. In 1894 he became secretary of the staff for the admiralty district of Rochefort. Since 1887 he has been a member of the Legion of Honor, having established a reputation for great personal bravery and energy, in spite of the natural timidity with which he at first had to struggle because of his training. He passed the Pont des Arts into the Academy in 1891, the successor of Octave Feuillet, and the fourteenth occupant of armchair number four, immortalized already by Racine, by Crebillon and by Scribe.

Why? What has made Pierre Loti one of the glories of a nation and of a literature which has more unique books, from Pascal's *Pensées*, and La Rochefoucauld's *Maximes* to those others, extremes of social scandal and piquant personal anecdote, than any other possesses? It is scarcely an exaggeration to say that almost any one of his books answers the question. It was not the curiosity because they were anonymous which helped his first productions, but the merit of their unknown author's genius. Here was a phenomenon, the new "note" in literature about which criticism is always speaking with longing. Here was a revelation of "virgin soil," mental and physical, in an even stronger sense than that of Tourgueneff with his pictures of Russian thought and country. There were a freshness and a force of feeling, clothed in a marvellous power of description and a startling independence of conventionalities. There was the breath of absolutely new and exquisitely-scented ideas, with a perfume of soul in an ingenuous revelation of individuality. There was a pantheism seizing the spiritual side of Nature and penetrated by an overwhelming sadness. And there was a depth of sincerity and of suffering in the statement of the personal and in the subjective and objective characters of a new fiction, that even now makes the leading critics confess their inability to technically handle works whose pathos wrings the heart and stays the ruthless pen of the reviewer.

If the work of M. Loti is thus a synthesis, it is necessary to bear in mind another one while discussing his books. There may be but one law of virtue, but interpretations of it differ. There may be but one rule of ethical evil, but aspects of it vary. There may be no compounding possible with wrong, but what is the throwing of a stone by one system becomes the touch of a feather in another. The "ordeals" of former times are no longer admissible. A degenerate survival in the duello is doomed. But the law of keeping to the right becomes that of keeping to the left, in different countries. Men, minds, times, places, the "point of view," the larger or lesser toleration, and that proverbial sense which Charles Reade has consecrated in a title, "Put Yourself in his Place," all these affect a result. A man who has scoured every sea and seen every land, who has transmuted himself into the life of ten races of absolute incompatibilities, and has tried to transfuse into himself the spiritual essences of their feelings, national or personal, who has filled the positions required by the naval discipline of civilization, been

2

the participant in the accredited approach to semi-
civilizations, been the dominant factor in dangerous
missions among barbarians, lived with sailors and
sultans, consorted with kings and queens, run every
risk, felt every sensation, such a man cannot be
judged, philosophically, at least, by the limits with
which individual creed or custom acquaints us.   He
is too composite, too representative of an advanced
civilization, whether it be degenerate or not.

   That M. Loti should go to Tahiti and to Japan
and make legal love to one of their inhabitants ; that
he should go to Turkey and to Montenegro and fall
in love without the authorization of state-approval,
may make him morally liable for contravention of
the code though juridically free from it.   It is the
old struggle between laws and customs, only reversed
in his case, for as he so well repeatedly points out, it
is perhaps forever impossible for us (who are not the
only " we ") to absolutely understand different races,
such as the Chinese, the Japanese, and others.   Yet
how higher spiritual conceptions do reassert themselves.   The inevitable penalty of passion, even puri-
fied, hovers warningly over these books.   And the
peculiar part in M. Loti's psychology is that repeated
experience in no way nullifies the delicacy of his
soul-sensations.   It is not Burns' " quantum " of
erring.   But there is absolutely no " hardening of the
feelings " after repeated soul-crises, and after re-
proaches or sadness at life's conditions, though they
are offset by reality of affection.

   It was in 1879 that M. Loti published his first
book, *Aziyadé,* the story of his love for a Turkish

woman, her death from grief after his departure, his return, his visit to her tomb, his agony of soul, and his death in the Russo-Turkish war. The preface by his friend, who was a partly imaginary, partly, it would seem, real, character, is supposed to describe him : "For his physical portrait, reader, go to Musset ; open 'Namouna, oriental tale' and read :

> Well brushed, well groomed ; . . .
> Patrician hands, a proud and nervous air,
> His beauty in particular, it was his eyes.

Like Hassan, he was very joyous, and yet very moody ; scandalously ingenuous, and yet very blasé. In good as in evil, he always went far ; but we liked him better than that selfish Hassan, and it was rather Rolla that he might have resembled. . . .

> In more than one soul one sees two things at once :
> . . . .
> The sky,—which tints the waters scarcely moved,
> . . . .
> And the ooze—bottom dull, frightful, sombre and sleeping.
> (VICTOR HUGO, Les Ondines)."

These lines almost express the epitome of Loti's work, and are the key to its conditions, of which this first illustration was such a moving example. The whole of it is a personal cry, fruit of bitter experience, and acute suffering of mind and heart. There is a revolt *versus* religion. There is a protest against society. There is a censure of convention and the hackneyed habits of civilization. And there is a cynicism about creed and accepted ideas and lack

of originality in thought and heartlessness of soul in
the average world, which will run through much of
his writing in a vein that softens as, under the influence of different dogmas and countries, he reaches
a charity as broad as the spirit of his first views.

And then the feeling of the hopelessness of love ;
of lives that touch each other a few weeks or months,
of souls that cross their gaze perhaps a single time
and leave a recurrent sorrow, or a trail of fading
hopes and withered memories. No one has more
strongly, yet by stories so simple in structure, stated
the problem and forced the seeing the seeming
inutility of suffering ; or formulated the why ? of
wrung hearts better than this naval novelist.

But it is not the despairing philosophy and the
distressed sadness which make the charm of *Aziyadé*,
or of *Fantôme d'Orient*, the story of his visit ten
years later to her grave, in fulfilment of his promise
to return ; and to appease the imploring spirit which
haunted him until he had calmed its anguish of
desire. For, sole untruth in the former book, Loti
the lieutenant had died only for the sake of the
dramatic ending. And with the charm of the natural
and unconventional in all his work, he reappears, and
remains himself in all later creations.

It was Richter who made the remark that " Blue
is the color of mourning in the Orient. That is why
the sky of Greece is so beautiful." This impression
of color which fitted so well into the fatalism of a
great race and finds such a response in the artist-soul
and the fund of melancholy of M. Loti, may explain
even more than his love, his sympathy for things

Turkish. And the Oriental customs which make catafalques and cemeteries and signs and sounds of mourning so much more manifest among eastern nations have heightened in his mind the impressions of the inevitable which mark his whole production. He loves the Turk, his pride, his patriotism.* He thrills at the call which, five times a day, echoes instantaneously through millions of hearts and mouths. He feels the faith and the sublime indifference which even repairs no buildings so as not to oppose the kismet of divinely-decreed decay in everything human. He admires a superb soldiery, absolutely careless as to dying, since war is entrance into paradise. And of that Mohammedan world, which from Morocco in Africa to Moslem in Indian Asia he has traversed, he has felt as few men have " the charm of Islam," the perfect fraternity and equality of its men, the spirit of its sadness, and the brilliancy of its surroundings.†

Hence those pictures of mosques and minarets and muezzins, of Stamboul and the shores of the Bosphorus, of the moving effects man and nature in their greatest glory can produce, that are profusely poured around the story of his great love for a Turkish woman, the one of all his loves he loved the best.

Similar in spirit to *Aziyadé* was its successor, *Rarahu*, afterwards republished as *Le Mariage de Loti*. It was the story of his first great love in that

* " Ce peuple rêveur et fier," *Constantinople en 1890* in *L'Exilée.*

† Cf. *La Mosquée Verte* in *La Galilée*, pp. 225, 227, 228, 232, 241, 242, 244, 248.

isle of the Pacific, Tahiti, where his brother had lived
four years, dying shortly after on duty in the Indian
Ocean.   Again Loti had given to literature a new
and startlingly sorrowful picture of a life scarcely
known and certainly even less thought of as a source
for psychological portrayal.   He had reached those
spots perceived instinctively in his childhood.   He
felt the oppression of that life utterly cut off for ages
and then pouring out treasures of joyous and affectionate natures upon the passing white man of occasional vessels.   He understood how they had found
there a passionate yet pure, because innocent, tropical
type which savored of a primitive paradise.   He
caught a last vision of it passing away at the contact
with a civilization, curious and cold and cruel.   This
book alone would give M. Loti literary immortality.
For now no one in the future can show the soul of a
race physically the most beautiful in the world, the
pathetic remnants of a prehistoric people, stranded
and dying out in the little islands of the vast southern
seas, where the history of the past hovers over everything, where flowers in tropical luxuriance serve as
background to everything, where the time is spent in
singing, bathing, dressing garlands of flowers for the
hair, and dancing, whence an Eden-like simplicity
has but recently departed, where no birds sing, and
the silence is broken only by the sound of the sea
stretching straight for thousands of miles, and by
the wind swaying the cocoa-palms at enormous
heights above those who hear their hushed and
melancholy murmur.

The aspects of nature remain the same.   But the

life of isolation and of years spent in silent contemplation upon coral islands ; the days of contest between cannibal and Christian customs, of strange habits interspersed with all the terrifying divinities associated with the sounds and manifestations of nature and the mysticism of the old Maori faiths, all these have died or are dying away. M. Loti, the first and the last, has perpetuated the poetry of Polynesian names and nations, and his love for a little girl, the story of whose affection, their separation, and its result, is one of the most poignant episodes that heart-suffering has wrung from the pen of an author incomparable in penetrating his extraordinarily suggestive paintings with the spirit and the reality of personal living.

The melancholy which radiates from these pages, and the intermittent reproach which occasionally redeems other things, are not entire excuse for that which was produced by a need of affection, a revulsion against early training, and youth. It is not a question whether M. Loti's loving much will forgive him. It *is* a fact that his qualities of heart form a saving clause in any wholesale condemnation.

His third book, *Le Roman d'un Spahi*, showed this heart, more occupied until now with its own grief, turned in full sympathy towards others. Once again he had discovered a new setting for a story. He had again effected a rehabilitation of the eternal platitudes of passion, of suffering, of commonplace because constant themes, put into them a minor tone of intense sadness, and thrown them upon a background of marvellous descriptive power. Not

the sands of the shore, but of that inland sea which
is called the country of thirst, the Sahara and Senegal, and the life of the white in the horrors of the
continent of the black. M. Loti begins here the sym-
pathetic defence of soldiers and sailors which he will
so often renew.   He really arraigns the political
system of conquest and colonization which snatches
splendid specimens of manhood from their country
to send them to die, food either for fishes or jackals,
after every horror of body and of soul, that even
the more untutored feel though they do not analyze.
What pictures his art evokes ! The mystery of the
great interior which seems to cast up fragments of
its swarming peoples as from a boiling crater ; the
glimpses of negro life expressed in the strange superstitions and the gutturals of its tongues ; the indescribable sun and sand ; the sickening sense of a
dreary desolation, of a brooding death from mias-
matic marsh, and river like oil, and heat like that
of hell, and hostile native and nature.   And even
worse than these, the illness of the civilized soul, the
agonizing and impotent home-sickness, the incur-
able sadness which leads to desire for death, and the
struggle of the simple, or their sinking into apathy
which kills or temptations that lead to trials or de-
struction.

    And when critics charge M. Loti with omission of
the ethical element, it would be well to remember
the moral lesson in the *Spahi*, the fatality of evil
and its retribution.   The book preaches a sermon
as plainly and far more powerfully than the *Sapho*
of Daudet.   Its really epic quality is found in the

humble lives and glorious unheralded deaths of poor
soldiers with the virility which stands for virtue, with
the courage which takes the place of Christianity,
so-called, and the sublime force and devotion to duty,
which is faith.

Fleurs d'ennui is in some senses M. Loti's most
peculiar book. It has all the inconsequentiality of
ideas and of structure of which he accuses himself in
it, perhaps due to the restlessness of his profession
and to his own love of change. There are philosophizing and subtle personal analyses. There are
statements of his creed and beliefs, and much semi-
sarcastic self-criticism. There are reminiscences of
the innocence and impressionableness of his childhood and regrets for a life scattered over the world
instead of the simple one of home and happiness.
There are stories of dreams and adventures in every
continent. All this interwoven in the record in turn
of a real trip to the Flowery Kingdom, one to the
heart of Montenegro, a love episode with a maiden
of Herzegovina, an attraction for an Arab girl, and
in a cynical tale included in the first voyage, a vivid
description of Algiers and the escapades of some
sailors on a carouse. The book is, save in the last
instance, a reduction of what appears distributed
throughout the body of M. Loti's work.

Then came *Mon frère Yves* and *Pêcheur d'Islande*,
the latter crowned by the French Academy and win-
ning the Prix Vitet, awarded in the interest of letters,
and translated into German by Queen Elizabeth of
Roumania (Carmen Sylva), the exquisite portraits of
whom and of her surroundings and sad life gave

M. Loti an opportunity to draw a new court and country. These sketches, followed by some further leaves from his travels, constitute the volume published some years later under the title *l'Exilée*.

In *Yves* and *Pêcheur* he had, out of the slightest materials, without plot, with themes seemingly so well known as to defy rejuvenescence or even interest in their banal subjects, created two masterpieces in themselves, and two books whose power of feeling and of description, whose poetry and sincerity, whose pathetic reality and simplicity placed them above the plane of fiction and of criticism and moved a continent to tears. The first is a story of a friendship between a splendid Breton sailor and the author his officer, a foster-brotherdom easily understood, in spite of Henry James' surprise over it, by the social simplicity, the gaiety of class and caste, in France only lately spoiled by the poison of equality. It is a sort of companionship which finds its analogy,—in a way,—in the friendly relations formerly between young master and slave in our Southern States. M. Loti is Yves' guardian angel in his struggles against his hereditary sailor fault of drink. We may not agree with M. Brunetière, in spite of the supreme test of the critic, that every paragraph compels a note, and generally acquiescence, when he tells us that Yves is the study of a vice. M. Loti's theories of atavism and its fatalities is an undercurrent. But *Yves* is much more, or much less, than such an academic criticism would make it. It is the simply-told life of a rolling, rollicking, robust sailor, who stands as one of the best of his class, who incarnates the qualities of the type, who is sceptical and superstitious, full of prayers and yet dominated by the pantheism which he imbibes from his contact with the elements. He is instinct with poetry and appreciation of the picturesque, dominated by physical passions, yet pure at heart, and with that quiet and proud air and confidence-inspiring strength that seem drawn from the hard and sublimely surrounded life which the sailor leads upon the lap of the great waters.

Take the best specimen of such men, infuse him with a suppressed passion, terrific in its intensity, and with a love repressed. Match this with a woman of exquisite purity, of higher social position, though still of Breton fisher-folk in origin, and with a strength of love the acme of power. Bring this mutual glow together to suffer separation and death after obstacles and waiting, and the result in tragic force and in simplicity, in that one motive of thought and action which rules all, is suggestive of the overwhelming elements, and the consummation of Aristotelian definition, as few things outside the power of the antique drama.

But it is the other factors which even more in these volumes sweep the sense of the reader into admiration and sympathy. It is Brittany, that country in connection with which Coppée uses the word *sublime*,* that breathes from the pages of these books. Brittany! whose main product is men; the birthplace of Chateaubriand, whose tomb, cut off by the rush of the tide, looks out over the sea that

* *En Bretagne* (Notes de voyage).

Loti his successor sailed. Since the days of doughty Du Guesclin, she has been the mother of Madame de Sévigné and Le Sage, of La Noue and La Mothe-Picquet, of such mutually militant antitheses as Lamennais and the Papal Zouave, General Charrette. From its " ' granite earth covered with oaks' sung by Brizeux," * with its savage aspect, its sadness and silence, its bleakness and breaking seas, has come, for centuries past, that race of brave Breton, best of seamen. He is sturdy, stocky, strong, patient, obedient, faithful, catholic to the core, dogged, with character summed up by Chateaubriand. Well may President Faure praise the Breton populations and speak of the mission of national defence and civilizing expansion incumbent upon the navy which they so largely compose.

Because Brittany peculiarly lends itself to literary as it does to pictorial treatment. It has remnants of Celtic characteristics and variegated garments of Gallic origin. It is full of the weirdest myths and monuments. Its religion is a relic of the times of Dolmens and Druids and a curious combination of the worship of the elements and later Christianity. Its language is a mixture of predominating p's and b's in its names of places and c's and k's in its personal nomenclature which lend themselves to striking sounds. Its dark vegetation of gloomy forest is a

* Julien-Auguste-Pélage Brizeux (1806–1858). In connection with Brittany, he wrote, *Les Bretons*, poems (1846), *Primel et Nola, les Pêcheurs, les Bains de mer, Telen Arvor,* poems in the Breton language; and an *Histoire indoarmoricaine* (1854).

fitting home for the *korrigans* and *conribes* and *poul-picans*, and *cornicouets* who haunt its thickets of holly and are the dangerous sprites of its historic stones and its scrub-oaks. And its legendary lore is full of poetry and of terror.

Perhaps only a trip through Brittany—at night—with bright moon or in dark, broken by the boom of the sea from its wonderful bays and cliffs, can fully make one understand the *reality* of age and feeling and tradition in a nation where Englishmen are still called Saxons.

It is this essence of Breton life and soul which M. Loti has pictured with a fragrance as penetrating as the smell of the heather and the furze of its landes. It is not the France of the poplars and the bright poppies which seem to typify its character. It is not the " Dance, and Provençal song, and sun-burnt mirth." But the gray in sky and sea, the monotony and the melancholy relieved by a " profusion of pink flowers." It is the desolation of wind and waves. And then the power of vivid representation in the series that show the customs of the primitive and pious peasantry, their isolated life on that wild Breton promontory, their costumes and characters, their amusements and *pardons*, their ships and fishing-life, their irresistible drawing towards the sea, and the constant succession of disasters. The shadow of these, ever present, sobers their thought and brings dumbly-accepted grief, as of inevitable fate, upon those mothers and sisters and betrothed, always straining with their eyes for the return of the fleets from Iceland banks,

* See list of books on Brittany, p. lxi.

and then straining in anguish of heart for those whom the sea has claimed. "Oh, worthy sea-folk! Oh! noble Brittany." *

These volumes, also, illustrate M. Loti's extraordinary talent in description and in feeling the personality in the impersonality of nature, as we call it. He feels the soul in stones. He interprets odors. He gives its own life to everything. He makes human the impression emanating from places. He turns things into beings. And when he applies this principle to objects, like boats, for instance, he seems to endow them with such a variety of feeling and conscious attributions that their psychology surpasses that of the men who man them. But in M. Loti's greatest paintings none equal those of the sea, and in such pictures none have equalled him in continued variety and force. Many have drawn the water. Victor Hugo, in his *Travailleurs de la Mer*, Michelet, in *La Mer;* Maupassant, with stories of stagnant pools, or Norman streams, or the Seine around Paris, and Mediterranean voyages; Jean Richepin, with his sonnets, and litanies of the sea, and masculine and powerful poems, covering the whole of sailor-life, and of sea-life, with its vegetation below and its birds above, in his *La Mer*, and the sea that riots through it. Yet M. Loti did the undone, and outdid all the done. It is the sea, as no one has yet realized it. The sea, with its fawnings and its furies, with its moving green mountains, and its turquoise tints, its immensities and horizons, its majesties of calm and crashing terrors, its alternate songs and shrieks.

* Coppée, *Morte en Mer*, in *Longues et Brèves.*

There are the fogs and shadowy mist in the far northern oceans where reigns perpetual moonlight, and the
curling crests of the coral-reefs. There are frames
of shores and pebbles and rocky coasts. There are
noises from nowhere and sullen silences that float across
its distances. There is the fire of the Red, the
blue of the Antarctic, the ghastly gray of the Arctic,
sea. There is irresistible fluid force, and then a
penetration into its deepest recesses, into which are
dropped the bodies of sailors buried at sea, a description of such a funeral being one of the most perfect
of all M. Loti's incidental sketches, as he depicts the
annihilation under the waves that wash above a
hidden life at infinite depths. He has written the
epic of the sea with unmatched power and poetry.

It must just have suited the temperament of M.
Loti to jump from the hardy and healthful life of
Breton plain, and from Iceland cool, to Japan and
to new phases of exotic living and sensation. On his
return thence he passed through spots, the accounts
of which, added to some recitals of naval episodes,
and "Un Vieux," the pitiful and pessimistic story of
the desolate old age of a sailor—which Henry James
says " is the next finest thing to ' Pêcheur d'Islande '
in Pierre Loti's works "—composed the volume *Propos
d'exil* brought out between *Madame Chrysanthème*
and *Japoneries d'automne*.

Japan is no longer an undiscovered country. Its
art since the Goncourts first properly appreciated it,
is not a novelty. But its civilization and tempera-
ments are books as closed as the Empire itself was
until quite recently. M. Loti does not love the

Celestial nor the native of Japan, who, however, amuses him. In spite of his sensitiveness, higher than that of most mortals, he feels it to be impossible to penetrate their soul. But then what a portrayal he has given ; what a wealth of word-painting ; what landscapes, "divine" as says Anatole France ; and what a moving panorama of Japanese life. It is the Japan of jinrikshas * and of djinns, with its setting of storks, rice-fields and mountains ; the country of bonzes and bronzes and bamboos, of typhoons and Tycoons ; of a refined depravity of innocence ; of simperings and politeness and prostrations of respect. And there is always the color, color, whose wonderful transference to M. Loti's canvas brings up a physical and atmospheric configuration, seeming curiously to represent even in its prismatic shades of sky the constitutional primness of a people who yet make out of crudeness of color which is blinding a superb harmony of effect and linear rather than gracefully-curved art. Of this civilization askew to our eyes, like its own eyes, yet with laws of beauty our own may not see, we have the most perfect of presentations from M. Loti's prose pencil.

M. Loti is not an Ethiopian, but he seems to change his skin. He has always been fond of wearing the garb of the countries he visited. But the transformation seems to affect his soul as well. This time, however, his marriage to a little *mousmé*

---

* The *jinriskha* is the two-wheeled little carriage pulled by the djinn. It means "man-power carriage" and so has been wittily termed the "Pull-man car." Cf., however, another word as in Hugo's famous poem *Les Djinns*.

of Japan has moved him very superficially. His heart is not hurt. It is touched only by a visit to the Empress who concentrates inexpressibly the whole of antique, mediæval and modern Japan, the land of complicated rites and childish joyfulness and intellect and glorious history and deficient moral sense, the country of chrysanthemums which his influence did so much to install in public favor, the flower which so well typifies its nation, clean, clear, not glary and yet brilliant, modest and strong.

Au Maroc is the story of its author's share in an embassy to Tangiers, and the Sultan at Fez, and M. Loti who says: "I do not know by what phenomenon of distant atavism or of pre-existence, I have always felt my soul half Arab" is the one, because of this, and because of his poetic instinct, to show the pomp of that court, the fanaticism of the faithful, the sacred students of its great University, the Holy War preached in the stupendous and marvellous mosque, the life of roofs and harems, the sumptuousness and sordidness in constant contrast, the Oriental splendor and indescribable gorgeousness, and in the midst of the Moorish architecture and the dry-rot of an immobility of centuries in the customs of a dying race, still great in its doom, the figure of the Sultan, last authentic son of Mahomet.

Le Roman d'un enfant was the charming picture of that childhood which has already been outlined, a more specific guise of the autobiography which forms the foundation of all M. Loti's work, and which, like the souvenirs of George Sand, but in perhaps more conscious degree, sparkle with uncon-

3

strained simplicity and naturalness. Then came *le Livre de la pitié et de la mort*, the author's favorite book and of which he says : " This book is still more myself than all those which I have written up to this day." It is a collection of eleven stories, some, visions of melancholy images rising from a psychological past, others, descriptions of his distribution of monies his appeal had been instrumental in raising for the families of dead fishers, and of a visit to a sailor-child hospital, others still, episodes of sympathy at the death of a convict's comrade—a swallow, — or a dying cat, but all soaked with sadness and, because of heart-rending simplicity, penetrating the fibres of the heart with a profound pity.

It is sometimes objected to M. Loti that a perpetual sympathy cannot be real. People forget the law of a sensitive nerve, which may pain for a lifetime. This whole book is a sufficient protest against an accusation of lack of feeling because of having felt too often ; it implies neither a deadened nor oversensitive system. One hears criticisms of " vibration " which fatigues. But what manner of men criticise " vibrating " ? Often the cold, the selfish, or the indifferent. There may be abuse of feeling-subjective. But guided aright, susceptibility to impression may mean holy enthusiasm. Cold will pushed to logical extremity equals Napoléon. Heart-fire results in Peter the Hermit and Luther. And M. Loti, in, for example, the account of that hospital, has caught the spirit of that calm heroism, of that unconscious bravery and beauty of soul, of that *Morality in action*, to use the phrase chronicled by M. Maxime

du Camp, in his *la Vertu en France*, which are in-
spiring even in their worst forms, as in the *Marins
et Soldats*, of M. Hugues Le Roux ; which have that
rare combination of strength and French grace, that
appeared in those brilliant and powdered aristocrats
of the Revolution, "upon the scaffolds, where," as
says the Viscount de Vogüe, " one plied his old trade,
of dying in smiling ;" and which makes possible in
France, that reward of even humble force of character and fascinating nobility of soul, the Prix Mon-
thyon.

But of the manifestations of sentiment and sympathy in M. Loti none is more marked than his love
for animals and his participation in their soul and
their sentiments.   Had M. Loti written only the
Vies de deux chattes — the two Moumouttes — of
this volume, he would live as a man of subtlest feeling and an incomparable artist, a man of delicacy
and of heart, heart, that quality so foreign to our
present civilization, where sociological charity replaces sentiment in man, and executive ability on
eleemosynary committees substitutes for heart, in
woman.   It would be interesting to see why great
men love cats.   Whether, in M. Loti's case, it is the
feminine in the feline, or the feline in the feminine,
which most awakens his interest.   But it would be
doing him an injustice to refer it merely to this.   He
will go down in literature with others like him in this
respect.   Not simply as one of those to whom cats
have been pets, as the great cardinals, Richelieu and
Wolsey ; or friends, as with Sainte-Beuve.   But of
those to whose spirit the human element in the cat,

or the intellectual side, have appealed.   Baudelaire
with his

> " Ils prennent en songeant les nobles attitudes
>   Des grands sphinx allongés au fond des solitudes ; "

Coppée, with his love for them ; Gautier, with his
exquisite descriptions of cat-personality that con-
stituted his family ; Walter Pater, with that one
touch in his " The Child in the House," that reveals
so much of perfect quality and temper of soul.   Even
more than these all lies in M. Loti, with his deli-
cate delineation of cat-character, of an organization
which, in many ways the most highly-developed in
the animal kingdom, has a complex psychology,
alone interpretable by a similarly-sensitive mind.*
And no subtler sense of animal-soul, of physical and
psychical agony, of the human element in beast and
the sentiment in brute, is found in all literature,
than this story, or that of the ox, conceiving the
agony of approaching slaughter and annihilation, or
the pity over a dead owl, shot in the desert, or over
the camel, brutalized by Bedouin or crawling to its
death surrounded by the desolate waste out of which
the receding caravan is departing.

We have spoken of *Fantôme* and *l'Exilée* which
followed the *Livre de la pitié et de la mort*.   In
Matelot, M. Loti resumed his old themes, partly his

---

* Cf. the delicious passages, pp. 147–149 of *Fleurs d'ennui ;*
and the delightful diatribe against canine and defence
of cat-character, in the article—from a Greek source—
Les chiens et les chats d'Alexandre Dumas fils, in the Revue
Bleue, July 25, 1896.

boyhood, principally the life of a simple sailor. M.
Loti here evidently as elsewhere gives us real characters he has known or loved, like his Yves, like his
pure Sylvestre. M. Pellissier gives sixteen pages to
its analysis. How then reduce its profound pathos
to a few lines? There are the same theories of
atavism and of a life "anterior to one's own dura-
tion" and which impregnates everything. There are
the praise of and the plea for his profession; the
sailor-creed and the life of the ship and the nervous-
system of the man-of-war. There is the waste of
waters, the "debauch of space," and then the over-
taking Death, like the albatross that follow, the lost
faith of M. Loti often piercing through his saddened
philosophy. And then some seventy pages of the struggle against death of the fever-consumed young sailor,
the agony of desire for the waiting mother, the death-
scenes on board, and the mother's agony, when after
years of waiting for the sole joy left in a life of hardship
after former prosperity, she learns. Never has genius
more illuminated the power of grief than in these
scenes. Never has it made the casual reader more
genuinely drop tears for the exiles of happiness —
perhaps the only ones they really received in their
barren lives. It seems a rehabilitation of the sympathy which, in the sphere of soul, their personalities
deserved by a fraternity of sentiment and affection
to which every man has right. And in spite of all
things in their lives, M. Loti has shown in his books
that soul of the sailor typified so recently in the
remarks of Father Ivan, the saintly priest to whom
miracle-working power is attributed by the adoring

multitudes of the Russian Church, who said, when lately asked about his recollections of the sailors of that visit—now History—of the French fleet at Cronstadt : "Yes, certainly, and I love them tenderly. They have the soul pure. They are children very near to God."

Finally there have come from the pen of M. Loti three books, similar in style, thought and setting : *Le Désert, Jérusalem, la Galilée,* books much criticised, because this trip, the ambition of half a lifetime, yet seemed undertaken partly to fulfil a promise to a Parisian publisher. Its results were therefore different from the natural tone to which he had accustomed the public. Then M. Loti, who had been such an experimenter in sensations, who had so often proclaimed his wrecked faith, his assimilation of other creeds, his outgrowth from former beliefs and even Christian hopes, now posing as a prayerful searcher for religious certainty and the return to him, of trust in revelation, naturally was met with a sceptical smile at his efforts and their display for public edification. Yet M. Loti's whole career and its literary expression were a proof of his sincerity. The continuity of his characteristics was only emphasized by this trinity of travels. His life struggles betwcen pessimism increased by his knowledge of life and experiences, the coldness of Protestant dogma, and the attractive poetry of Catholic cult which the Protestant training counteracted ; above all, the real toleration in rites and beliefs which understanding of the essence, rather than of the forms of religion, gave to him, these are too apparent in

the pages of these books to throw doubt upon their
sincerity. Criticism and even calumny can condemn
what seemed conversion in a man of the world, sup-
posably as selfish or as sinful as those who surrounded
him. The contrast and reassertion of his best elements perhaps destroyed the equilibrium of attitude
towards him, which his zeal for every good cause,
his generosity and his heart, added to his fame, had
already jealously impaired. But that the strength
of ancestral faith in the midst of doubt should flash
out in Biblical lands and on a trip a deliberate hope
of the return of belief under the power of impressions,
or that in spite of this purpose the artist should feel
the beauty of the setting around him, is natural.
And once more, if one read him, M. Loti paints these
so-distant places so that before the eyes :

Les grands pays muets longuement s'étendront.*

It is the picture of the desert of dromedaries and
Bedouins and Berbers and drapery of burnous. It is
the incandescent skies upon which seem to play the
alternate flames and hues as of heavenly chemicals
cast into a boundless brazier. It is the mountains,
themselves a kaleidoscope of atmospheric colors, and
the rocks and a feeling of the anguish of the desert.
All these are mingled with views of Arab *fantasias*
in the midst of a riotous phantasmagoria of tints and
tones. And then that phraseology of M. Loti which
in a few words seems to resume a whole past or
period, and to call to a renewed life of an instant the

* Alfred de Vigny, *La Maison du Berger.*

ages of primitive man, and Baalic man, and Mosaic
man, and crusading kingdom, whose superimposed
dust and cyclopean fragments awe the modern man
puny in comparison.

We need not follow the paths in *Jérusalem* and in
Galilée, see with M. Loti the splendors of the basilica
of the Holy Sepulchre, get a living idea of Palestine,
note the irony of various Christian creeds, from Copt
to Catholic, kept from fighting only by the sword
and indifference of the fanatical Turk, visit the
tombs of Abraham and of the Virgin Mary, and travel
along the Tiberian Sea, to Damascus. Nor need one see
how he struggles with disillusionized hope, and non-
faith, and yet feels a One presence historical or heavenly, permeating everything, promising peace, and
compelling him, in the face of his old tendency to
calm himself with the repose of the Moslem faith, yet
to acknowledge a Personality as pre-eminent, and that
the hope of its being reached by him, is an agony of
sceptical desire.   M. Loti seems on the verge of recov-
ering what he denies he ever can find.   But, in literature, not religion, M. Loti's latest work has large
share.   It is transcendent power of description.   It
has the qualities of his heart.   It touches others.
Let any man who has suffered ; strained in bitterness
of soul ; known anguish ; felt the foundations of faith
undermined or rocking ; known the cruelties of life
and the overwhelming terrassing of its deceptions ;
striven to solve impenetrable mysteries and to pierce
the riddle of contradictions apparent to his reason,
protested by his heart, irreconciled even by his blind
acceptance of conventional creed or taught dogma ;

let any man, whether by that elasticity of soul the possession of some, his scale of suffering includes all, or simply one of these, read M. Loti, and out of it, out of a kinship of sympathy, out of the feeling that, as the officer's command may conceal sentiment, so the statement of fiction may reveal much more than it even frankly says, will appear, strange as it may seem, strengthened fibres of faith, keener appreciation of the conditions of the universe, of the force of man's littleness, and yet from the humbleness of his place and effort, a spiritual uplifting.

This evolution of M. Loti's art and genius is not new. He has always been more metaphysical than the beauty of his scenery and the feelings he moved allowed one to perceive. Many of his expressions, says M. Brunetière, are thoughts whose force and precision a philosopher might envy, while his "poetry rises to metaphysics," and his words "positively aid us to penetrate further into the spirit of ancient oriental cosmogonies." And there are other phases which take this turn. There is the death which is perpetually present to poison life and paralyze joy and show man a puppet. His art is a protest against death. "This need of struggling against death is, after the desire of doing some good, if one thinks oneself capable of it, the sole immaterial reason that one may have for writing." Death, dissolution and dust, annihilation and nothingness, separations perpetual, even those from loved haunts and faces in this world, the futility of even friendships, the superfluousness of man in the enormous successions of nature, the decay of every instant of living, the horrors

of non-existence.   Hence, a plunge into the spirit of
nature. · Yet here again is death.   Because there is a
sense in which solitude means absence of life.   And
absence of life is death.   The solitude is and brings
death.   The superficial silence of forest, mountain,
and plain is death.   The desolation of the desert
is death.   Nature, herself alive, is one vast death-
causing machine.   Nirvana ·and Kismet mean death.
Love, life, pleasure and pain are touched by the
shadow of the tomb.   And *Azíyadé* and *Rarahu*
and *Spahi* and *Yves* and *Pêcheur* and the · *Livre de
la pitié et de la mort* and *Matelot*, full of funerals
and poignant griefs, are but types of one perva-
sive fact and of M. Loti's philosophy, a counter-
part to which is found in that passage of hopeless
pessimism with which Tourguéneff closes his novel
" Smoke."   ·

The position of M. Loti in French literature is
unique in its independence.   It may be said that he
appeared ; and things which appear lack pedigree, a
fact which in the sphere of letters is a proof of being
born, not made.   He scandalized his reception-
séance at the Academy by confessing with pride, perhaps, that he never read.   He simply wrote.   The
number of his works, the duties of his sea-life, the
experiences of his shore one, and his attempting
things general and points specific rendered famous by
great names, would all, besides his word, prove this.
His literary heredity thus scarcely exists.   For he is
himself.   But he accompanies rather than follows
some of the greatest glories of French literature.
As lover of nature and primitive sentiments he is

another Rousseau. As describer of the exotic he perpetuates Bernardin de Saint-Pierre. He is the successful rival of Chateaubriand in pictures of semi-savage loves, in extraordinary egoism, in analysis of the externals of the East. He has the heart of Lamartine. He is like Flaubert in Oriental sumptuousness of statement, and by the mouth of Berny, in *Matelot*, he shows the shivers of mystery he feels at the images and power of words of this master of both. He is another Fromentin in realization in language, of the soul of colors which typify a people's life and setting. He evidently loves Musset, to whom he refers several times. But he is above all things himself, Loti, unique in name and fame. And it is this which ranks him so supremely. For the law of spontaneity in writing, of freedom from conventional toils in literature, from attempts at assimilation of other styles, is the best proof of genius. Imagine Carlyle copying some one else. Or Mérimée, save in psychological submission to Stendhal, modeling himself upon any one but himself. Or Victor Hugo anything but a law unto himself. It is well to avoid the vagaries of eccentricity perceptible in the literary license of a generation misinterpreting the real ethics of beauty, and making of Decadency, the divinity in writing. But better such outbursts than, for instance, the slavish and unctuous attempts which turn out thousands of sterile and stilted and mind-rutted would-be Matthew Arnolds, incapable of ever approaching the glory of their model and hopelessly benumbed by a cramped imitation.

Now spontaneity is by no means abuse. M. Loti

says, speaking of Carmen Sylva, that she is "profess-
ing in literature that error that everything must be
inconsiderate, written in the initial burst, and then
left as it is, in defiance of that so indispensable labor
which consists in condensing one's thought more
and more and in clarifying it for the reader, as much
as one can." *   So, speaking of the reasons he never
wrote poetry, "which is, I believe, quite peculiar, even
perhaps unique," he says : † "My notes were always
written in a prose emancipated from all rules, fiercely
independent."   And that is why M. Loti shows contempt for the "mandarins of letters," as he does
for the conventional man who thinks club chatter
and platitudes about politics or tailor-talk greater than
the life of travel or even the fancies of wearing the
clothes of various countries one visits. ‡   M. Loti pre-
fers the death of the camel-driver trusting in Allah, to
that of the diplomat blaspheming on his death-bed.
And that is why M. Loti so clearly understands himself, in these two passages, so personal and interesting as proofs of process :

"I declare myself incapable (says Plumkett, his
friend) to put you in a class whatsoever of writers ; you
are very personally yourself, and no one will ever be
able to give you a name, and one will always make a
mistake in applying to you a known appellation, as
long as insanity experts, paleontologists or veterin-
aries accustomed to take care of sick whales in the

* *L'Exilée*, p. 61.
† *Le Roman d'un Enfant* p. 292.
‡ *Cf. Au Maroc*, pp. 235, 357. So, in Art, cf. *Le Roman
d'un Enfant*, page 142 ; and, as to his writing, pp. 238-9.

great swells of the South will not set about making literary criticism.

" Look at the white blackbird, he is told that he is a magpie, he is told that he is a jay, he is told that he is a wood pigeon."

" Nothing of all that ; he was an animal apart."

" The same way, you, my dear Loti, you are very, unique in your manner ; you belong to no known species of bird." *

And so, in the passage which immediately precedes : " That which is very particular in you, which gives to your books that strangeness that entraps idlers, is the contempt which you seem to make of modern things ; it is the easy independence with which you appear to disengage yourself from all that which thirty centuries have brought to humanity, to come back from it to the simple sentiments of primitive man, or to those of the antediluvian animals of the seas of the South, which you were explaining to us just now. Only you employ all the resources, all the researches of very civilized man, in order to render these sentiments intelligible, and you succeed in it in a certain measure, I do not dispute it." †

The style of M. Loti is thus a reflex of himself, as knowing the exact beauty and value of words, but natural and glowing with the spirit of the personality that uses them. He has no pretentious rhetoric. He uses no volcanic vocables like Victor Hugo. He has none of the "overlanguaged" quality which Lowell assigns to Keats. He never strives for style

* *Fleurs d'ennui*, pp. 104–105.
† Ib. p.104.

as he does for sentiment.   As Scherer says : " I have
rarely felt as with this writer the felicitous word,
the powerful word is never other than the just word ; "
" there is not an ambitious epithet, and it can never
be forgotten ; "   " One had never thus spoken in
French, and yet where is the studied, the artificial ? "
For as Barbey d'Aurévilly puts it in a general statement : " In the matter of literary form it is the thing
poured into the vase which makes the beauty of
the vase, otherwise there is nothing more than a
vessel."

Apart thus from the faculty of making words defining
infinite vagueness, as of sky, sea, distance, sensation,
yet render precise impressions ; apart from the new
strength and suppleness and shading he has given
to words ; apart from the power with which he has
charged them, of expressing subtlety and intuitions ;
apart from the color and impressionism of his art ;
apart from his independence, though an Academician,
in creation of phrase more than of word, he has technical demerits, which in him become merits.   He has
entirely fulfilled the principle of Montaigne.*   But
he has what the French call the *décousu,* the lack of
continuity or of structure, in both the single story and
the whole book, due to the voyaging quality of mind.

---

* " The handling and utterance of fine wits is that which
sets off a language ; not so much by innovating it, as by
putting it to more vigorous and various service, and by
straining, bending, and adapting it to this.   They do not
create words, but they enrich their own, and give them
weight and signification by the uses they put them to."

INTRODUCTION.   xlvii

He has no plot. It is, as says Henry James, "at
once of the most striking cases of literary irrespon-
sibility that I know and one of the finest of ingratia-
tion." His principal defect, according to M. Bru-
tière, is in lacking invention. That is, he is wanting
in psychology. It is description, not development.
He enormously repeats himself. He has similar
themes, types, thoughts, yet the monotony is like
that of his sea, powerful and enveloping. There are
also broader lacunæ, the ethical ones. His men
are practically unconscious of moral law, and actu-
ated by the force of friendship, rather than by idea
of duty. His women are slaves, savages, with superstitious and primitive souls, the Oriental conception
of woman, as M. Doumic points out ; his one-sided experience of life, "impressions of a sailor, of a man
who passes and looks quickly," says M. Larroumet,
cause him, "if he generalize, to make a mistake. And
he generalizes." He has thus not learned civilization
as much as cosmopolitanism. He has not known,
though so complicated and contradictory himself, the
subtleties of souls refined by the social life * of great
centres from which, save for short periods, his profession has kept him. And because of this, Maupassant,
the absolute impersonal antithesis to the so personal
Loti, has by reason of his *milieu* and his mind, better
seized and better expressed in some ways, the strong
point of both, delineation of the psychology of Love.
While in another sphere, in the treatment of the
curse of drink, it is easy to see how the method of
science of M. Zola and that of sentiment of M. Loti

*Cf. his own words in the *Discours de réception*, for proof.

differ, and one can gauge the spirit of two schools,
and the excellencies of each. Yet M. Loti's delicacy
always outweighs the depravity of his theme.

The word school naturally suggests technical or
comparative position and the difficulty of placing M.
Loti in a class in contemporaneous fiction. M. Bourget
in a short sketch on "The conditions of the novel of
habits and of the novel of character"* quotes Taine's
definition of literature as "a living psychology"
and says that Stendhal one of the first foresaw the
"marriage possible between imagination and psychological inquiry" and wrote in one of his letters : "The
public, in becoming more numerous, less sheep, wishes
a greater number of *true little facts* about a passion
or a situation of life." To this differentiation M.
Bourget adds a third kind of novel, that of psychological analysis properly so-called. The *Princesse de
Clèves*, *Dominique*, the *Affinités*, *Adolphe*, *Fanny*, are
models of it. One can see in them, as in the trage-
dies of Racine, an effort to note in detail the least
eddies of passion. Character and manners are relegated to the background. And this form also is
legitimate." It is hard to adjust M. Loti to any of
such conditions, for the difference between his analyses
of passion and those in these typical romances are as
great as between his novels of manners and the manners which constitute the picture of a class as in
Flaubert's *l'Éducation sentimentale*. On the other
hand M. Doumic in one of his theatrical critiques
on "Le Théâtre d'idées," says that "Balzac speaks
somewhere of a kind of novel which he calls the novel

* In *Les Annales politiques et litteraires*, No. 693.

of ideas," and himself adds : "Now, every work is vain
which does not induce us to reflect. A novel or a
comedy is only a witness' testimony upon life. Every
writer is obliged, according to the experience which
he has made of things and according to the gifts
which he has received, to bring his tribute to that
treasure of experience which men will to each other
and which they justly confide to literature," saying also
that "While indigence of thought had been one of the
characteristics of the realistic and naturalistic litera-
tures, the men who arrived at the literary life about
1880 have shown themselves solicitous about all sorts
of problems, curious of ideas, anxious about the sense
of life." Here again M. Loti scarcely is the novelist
of ideas in the sense meant by such a phrase. Nor
if indigence of thought be the test is he either realist
or naturalist. And so his definition is doubly difficult,
or as involved, as his books are technically formless.
In so far as his created types are creatures of instinct
and of simplest psychology, he is a naturalist. In
so far as he rises infinitely above the bareness or the
brutality of realism, he is a poet. Yet who has been
more real or more natural ? Even more than these,
M. Loti, master of intuitive art, "uniquely sensa-
tional," is, in his pictures to the mind, and his prose
as style, one of the greatest of the few real Impres-
sionists. Says Lemaitre : "As he has grown freely
outside of every literary school it has been given to him
to have at the same time the acuity of perception of
the most subtle of his contemporaries and something
of the simplicity of form of the primitive writers.
This case is perhaps unique. What would you say of

4

a Homer who might have the senses of Edmond de
Goncourt ?"

M. Loti is independent as was Alfred de Musset
writing "Mon verre n'est pas grand, mais je bois
dans mon verre."

M. Loti's power is not that of beauty of form, nor of
subtle and sad attraction, nor of appeal to desires long
latent in man, and called to life by what one might term
the homesickness of heredity, the instinct of primitive
ages.   He has qualities of heart which surpass these
other sentiments.   He has simplicity of soul in the
midst of the complex elements of modern times, whose
culture and pessimism and yearnings for a breaking
loose from accretions of centuries in living and for
return to an age of unquestioning faith he has expressed.   He has a toleration and a force of friendship
that soothe after the aggressive dogmatism and the
selfishness of the present age.   His books bring with
their very fatalism, a calm that rests a tired humanity.
He has, in spite of lapses, an intense striving for the
good, tendencies to the noblest ideals, which elevate
above the lower plane to which the reality of his facts
might draw one.   He distinctly, almost unconsciously,
brings into relief, the evanescence of life, the eternity
of that which is not life.   His materialism becomes
mysticism, out of which would seem to evolve even
for himself the salvation of a tempestuous soul.   But
more than all, explaining him and his power, M.
Loti has affection, affection, real, warm, universal.
He is, as few men in literature, human in the sense
of heart.   Gustave Flaubert once wrote : "It has
always been my rule to put nothing of myself into

my works, yet I have put much of myself into them."
The works of M. Loti are himself. And perhaps no
one in all literature could better say those words
which Goethe, defending himself from the accusation
of non-patriotism, and praising the French, once said :
"I have never affected anything in poetry. I have
never uttered anything which I have not experienced
and which has not urged me to production."

The personality of M. Loti is a compound of attractive qualities which make him the hero of the
seamen he commands, and the admiration of those
who can better understand his culture. He is pas-
sionately fond of flowers and their perfumes. He
draws well. He sings remarkably well. He plays,
as he always has since childhood, and as he did at the
Tahitian court, and at the ball the last night of the
stay in the paradise of Rarahu. He is most artistic
in the decoration of "dens" and his rooms, as he
was in the description of his cabins on ship-board.
He is a splendid shot and has muscles and strength
of steel. And as he says, in speaking of that evolution from a hot-house plant to a hardy and bronzed
sailor : "I was to cross many years of hesitations, of
errors, of struggles ; to mount many calvaries ; to
pay cruelly for having been brought up as an isolated
sensitive plant ; by force of will, to recast and to
harden my physical constitution, as well as my moral
one—up to that day when, towards my twenty-seven
years, a manager of a circus, after having seen how
my muscles unbent now like springs of steel, let fall
in his admiration these words, the most profound
that I may have heard in my life : What a pity,

sir, that your education may have been begun so late."*

M. Loti speaks of a place † in Herzegovina, formerly Turkish, now Austrian, where from amid the ruins of Moslem monuments, rise the Germanic KK, Kaiserlichen and Kœniglichen, "KK gate, KK bench, KK bridge, KK barracks," that dominate, in yellow and black, the whole of a politically-conquered country. And as one sees the art-structures of France, nothing seems, by subtle instinct, to better perpetuate the power of the Louis of the Bourbons than the duality .IL stamped upon stones. M. Loti, too, has sealed his impress upon the century by a combination in which Loti and Literature go together. But there is more than this. The Alchemy of the middle and later ages saw a series of suggestions in a single sign. It is not only that he might be typified by that field daisy fixed upon branches of broom by a children's custom, and which, according to a Breton poet, represented the "flower of love grafted upon the thorns of grief." Were we to seek the symbolism for M. Loti, it would surely be concentrated in the letter S, which would stand for Sea and Sky and Ships and Sailors and Sentiment and Sympathy and Sadness and Spontaneity and Soul. Then we would better be able to understand the words of Henry James—himself critic and romancer —when he speaks of French "tactile sensibility," and of M. Loti who writes "like an angel" and who

---

* *Le Roman d'un Enfant,* pp. 309–310.
† *Fleurs d'ennui,* p. 48.

has a charm which is "essentially a charm absolute, a charm outside of the rules, outside of logic, and independent of responsibility," "the spell of such a talent" as "that of so rare and individual a genius as this exquisite Loti."

THE WORKS OF PIERRE LOTI.

1879. Azyadé. Extrait des notes et lettres d'un lieutenant de la marine anglaise entré au service de la Turquie le 10 Mai 1876, tué sous les murs de Kars, le 27 Octobre 1877. First published in *La Nouvelle Revue*.

1880. Rarahu, republished in 1882, under its present title Le Mariage de Loti. First appearing in *La Nouvelle Revue*.

1881. Le Roman d'un Spahi. First published in *La Nouvelle Revue*.

1882. Fleurs d'ennui. Including Les Trois Dames de la Kasbah, conte oriental (republished separately in 1884). Followed by Pasquala Ivanovitch—Voyage au Montenegro—Suleima.

1883. Mon frère Yves. Originally appearing in the *Revue des Deux-Mondes*.

1886. Pêcheur d'Islande. Couronné par l'Académie Française. First appearing in *La Nouvelle Revue*.

1887. Madame Chrysanthème.

1888. Propos d'Exil. (Including A la mémoire de Madame Lée Childe—Propos d'exil—Une relâche de trois heures—Mahé des Indes—Obock—Sur la mort de l'amiral Courbet). Originally published in the *Revue des Deux-Mondes*.

1889. Japoneries d'automne. (Including Kioto, la ville sainte—Un bal à Yeddo—Extraordinaire cuisine de deux vieux—Toilette d'impératrice—Trois légendes rustiques—La Sainte Montagne de Nikko—Au tom-

lv

beau des Samouraïs—Yeddo—L'Impératrice Printemps).

1890. Au Maroc. Originally, in *l'Illustration*.

1890. Le Roman d'un enfant.

1891. Le Livre de la pitié et de la mort. (Including Rêve —Chagrin d'un vieux forçat—Une bête galeuse— Pays sans nom—Vies de deux chattes—L'Œuvre de Pen-Bron—Dans le passé mort—Veuves de pêcheurs—Tante Claire nous quitte—Viande de boucherie—La chanson des vieux époux.)

1892. Fantôme d'Orient. Originally in *La Nouvelle Revue*.

1893. L'Exilée. (Including Carmen Sylva—Une Exilée originally in *La Nouvelle Revue*)—Constantinople en 1890—Charmeurs de serpents—Une page oubliée de Madame Chrysanthème—Femmes Japonaises.)

1893. Matelot.

1894. Le Désert. First published in *La Nouvelle Revue*.

1895. Jérusalem. First published in *La Nouvelle Revue*.

1895. La Galilée. First published in *Le Figaro*.

1896. Le Ramuntcho. First published in *La Revue de Paris*.

Pêcheur d'Islande and *Madame Chrysanthème* have been dramatized, and represented respectively at the Eden-Théâtre and the Renaissance, in 1893.

The latter gave the idea for the play of George Edwardes: The Geisha. (M. Loti writes: "*Guéchas*, chanteuses et danseuses de profession formées au Conservatoire de Yeddo;" cf. also the description, p. 62 of *Japoneries d'automne*.)

CRITIQUES.

ANTOINE ALBALAT. *Pierre Loti.* In *La Nouvelle Revue,* volume 75, page 449.

EMILE BÉRARD-VARAGNAC. *M. Pierre Loti.* In *Portraits Littéraires.* Paris, Calmann Lévy, 1887.

CHARLES BUET. *Les Artistes mystérieux : Pierre Loti.* In the *Revue Bleue,* December 15, 1888.

YETTA BLAZE DE BURY. *Pierre Loti.* In *Murray's Magazine,* volume 8, page 215.

HENRY BORDEAUX. *Pierre Loti.* In *Ames modernes.* Paris, Perrin et Cie., 1895.

ADOLPHE BRISSON. *L'Art du développement chez M. Pierre Loti.* In *La Comédie Littéraire.* Paris, Armand Colin et Cie., 1895.

EDWARD DELILLE. *Pierre Loti.* In *The Fortnightly,* volume 57, page 233.

FERDINAND BRUNETIÈRE. *Les romans de Pierre Loti.* In tome II of *Histoire et Littérature,* Paris, Calmann Lévy, 1891. (Also in the *Revue des Deux-Mondes,* volume 6 of 1883.)

LÉON A. DAUDET. *Pierre Loti* in *Les Idées en marche.* Paris, Bibliothèque-Charpentier, 1896.

GASTON DESCHAMPS. *Le pèlerinage de M. Loti* in *Le catholicisme littéraire* of *La Vie et les Livres.* Paris, Armand Colin et Cie., 1895.

RENÉ DOUMIC. *M. Pierre Loti* in *Écrivains d'aujourd'hui.* Paris, Perrin et Cie., 1895.

J. FITZGERALD. *Some aspects of the work of Pierre Loti.* In *The Westminster Review,* volume 140, page 31.

ANATOLE FRANCE. *L'Amour Exotique. Madame Chry-*

santhème. In *La Vie littéraire.* Paris, Calmann Lévy, 1888.

GASTON FROMMEL. *Pierre Loti* in *Esquisses contemporaines.* Lausanne, Arthur Imer, 1891.

CHARLES FUSTER. *Le Roman exotique et M. Pierre Loti.* In *Essais de Critique.* Paris, E. Giraud et Cie., 1886.

EUGENE GILBERT. *M. Pierre Loti : l'Exotisme dans le roman contemporain* in *Le Roman en France pendant le XIXe siècle.* Paris, E. Plon, Nourrit et Cie., 1896.

E. and J. DE GONCOURT. In *Journal des Goncourt mémoires de la vie littéraire,* tomes sixième, septième, huitième, and neuvième. Paris, Bibliothèque-Charpentier, 1892, 1894, 1895, 1896.

J. HOCHE. *Sur les traces de Pierre Loti à travers l'Arabie syrienne.* In the *Revue Bleue,* June 16, 1894.

HENRY JAMES. *Pierre Loti* in *Essays in London and Elsewhere.* New York, Harper and Brothers, 1893. (Also in the *Fortnightly Review,* volume 49, page 647).

GUSTAVE LARROUMET. *Pierre Loti* in *Études de littérature et d'art. Quatrième série.* Paris, Hachette et Cie., 1896.

CHARLES LE GOFFIC. *Pierre Loti* in *Les Impressionistes* of *Les Romanciers d'aujourd'hui.* Paris, Léon Vanier, 1890.

JULES LEMAITRE. *Pierre Loti* in *Les Contemporains. Troisième série.* Paris, H. Lecène et H. Oudin, 1889. (Also in the *Revue Bleue,* September 18, 1886.)

MARY JOSEPHINE ONAHAN. *Pierre Loti* in *The Catholic World,* volume 60, page 191.

OUIDA. *Death and Pity.* In *The Fortnightly,* volume 57, page 548.

GEORGES PELLISSIER. *Pierre Loti* in *Nouveaux Essais de littérature contemporaine.* Paris, Lecène, Oudin et Cie., 1895. (Of which *Fantôme d'Orient,* étude, appeared in the *Revue Encyclopédique,* page 566 of 1892.)

WILLIAM RITTER. *Pierre Loti aux lieux-saints (frag-*

ments). Paris. (Originally articles in the *Magasin Litté-raire* (15 Juin, 15 Juillet, 1895), published at Gand.)

MICHEL SALOMON. *Pierre Loti* in *Études et Portraits Littéraires.* Paris, E. Plon, Nourrit et Cie., 1896.

EDMOND SCHERER. *Pierre Loti* in *Études sur la Littéra-ture contemporaine,* volume ix. Paris, Calmann Lévy, 1889.

JAMES SULLY. *The Story of a child.* In *Longman's Magazine,* volume 19, page 205.

M. R. VALLERY-RADOT. *Vues de Constantinople depuis Chateaubriand jusqu'à Loti.* In the *Revue Bleue,* April 2, 1892.

———

Discours de réception de Pierre Loti. Séance de l'Aca-démie Française du 7 Avril, 1892. Paris, Calmann Lévy, 1892.

Réponse de M. Mézières au discours de Pierre Loti. Sé-ance de l'Académie Française du 7 Avril, 1892. Paris, Calmann Lévy, 1892.

———

ANONYMOUS.

Atlantic Monthly. In *Recent French Literature,* volume 69, page 123.

Nouvelle Revue. *Le Christianisme de Pierre Loti.* Vo-lume 85, page 770.

Revue Encyclopédique. *Pierre Loti. Le livre de la pitié et de la mort.* Page 941, of 1891. Discours de récep-tion de Pierre Loti à l'Académie et réponse de Mézières. Page 641 of 1892.

Quarterly. *Pierre Loti.* Volume 176, page 433.

Saturday Review. *M. Viaud's Reception.* No. 1,902. (April 9, 1892).

Scottish Review. *Pierre Loti and the Sea.* Volume 26, page 343.

Spectator. *M. Pierre Loti and Modern Paganism.* No. 3,328. (April 9, 1892.)

Without attempting to give a list of books bearing upon the scenes depicted by M. Loti, the following, both for comparative purposes in literature, and as illustrating the countries, or the spirit of them, which have been displayed also in his works, may be suggested :

Châteaubriand. Atala. Itinéraire de Paris à Jérusalem.

Fromentin. Un été dans le Sahara. Une année dans le Sahel.

Gautier. L'Orient. Constantinople.

Gérard de Nerval. Scènes de la vie orientale. Voyage en Orient.

Hugo. Les Orientales.

Lamartine. Voyage en Orient. Nouveau Voyage en Orient.

Leconte de Lisle. Poèmes barbares. (Such as La Genèse polynésienne — Le Désert — L'Oasis — Les Rêves morts— Paysage polaire, etc. Cf. also Villanelle, in Poèmes tragiques.)

Renan. Souvenirs d'enfance et de jeunesse.

Bernardin de Saint-Pierre. Études de la Nature. Paul et Virginie. La Chaumière indienne.

De Paris au Tonkin, by Paul Bourde.

De Hanoï à la frontière du Kouang-Si, by A. Aumoitte.

Lafcadio Hearn. Glimpses of Unfamiliar Japan. Out of the East—Reveries and Studies in New Japan. Kokoro : Hints and Echoes of Japanese Inner Life.

E. H. House. Japanese Episodes. Yone Santo.

Tamenaga Shounsoui. Les fidèles Ronins, translated into French by B. H. Gausseron.

Le Cahier Rose de Mme. Chrysanthème, by Félix Regamey, which purports to be a defence of Japan, and a picture of Loti from the point of view of the Japanese heroine.

For Briseux's *Breton poems*, see foot-note, page xxviii.

François Coppée. *En Bretagne* (Notes de voyage).

Gustave Flaubert. *Par les champs et par les grèves: Voyage en Bretagne*, in *Mélanges et Œuvres inédites*, volume 6 of the édition définitive.

Anastole Le Braz. *La Légende de la mort en Basse-Bretagne, croyances, traditions et usages des Bretons Armoricains*, with an Introduction by L. Marillier.

M. Luzel. *Chants populaires de la Basse-Bretagne*, two volumes. *Chansons populaires de la Basse-Bretagne* (in collaboration with A. Le Braz), two volumes. *Legendes chrétiennes de la Basse-Bretagne*, two volumes. *Contes populaires de la Basse-Bretagne*, three volumes. And other more technical works.

Paul Sébillot. *Contes populaires de la Haute-Bretagne; Contes des paysans et des pêcheurs; Contes des marins; Contes de terre et de mer, légendes de la Haute-Bretagne; Légendes, croyances et superstitions de la mer; Littérature orale de la Haute-Bretagne; Traditions et superstitions de la Haute-Bretagne; Coutumes populaires de la Haute-Bretagne; Petites légendes chrétiennes de la Haute-Bretagne; Questionnaire des croyances, légendes et traditions de la mer; La Langue Bretonne, limites et statistique.*

M. Sébillot, who is the Secretary of the *Société des Traditions Populaires* has published other works besides these.

Emile Souvestre. *Les Derniers Bretons*, 4 volumes.

SELECTIONS FROM LOTI.

LE MARIAGE DE LOTI.

Rarahu.

RARAHU était une petite créature qui ne ressemblait à aucune autre, bien qu'elle fût un type accompli de cette race *maorie* qui peuple les archipels polynésiens et passe pour une des plus belles du monde ;
5 race distincte et mystérieuse, dont la provenance est inconnue.

. Rarahu avait des yeux d'un noir roux, pleins d'une langueur exotique, d'une douceur câline, comme celle des jeunes chats quand on les caresse ; ses cils étaient
10 si longs, si noirs qu'on les eût pris pour des plumes peintes. Son nez était court et fin, comme celui de certaines figures arabes ; sa bouche, un peu plus épaisse, un peu plus fendue que le type classique, avait des coins profonds, d'un contour délicieux. En riant,
15 elle découvrait jusqu'au fond des dents un peu larges, blanches comme de l'émail blanc, dents que les années n'avaient pas eu le temps de beaucoup polir, et qui conservaient encore les stries légères de l'enfance. Ses cheveux, parfumés au sandal, étaient longs, droits,
20 un peu rudes ; ils tombaient en masses lourdes sur

1

ses rondes épaules nues. Une même teinte fauve tirant sur le rouge brique, celle des terres cuites claires de la vieille Etrurie, était répandue sur tout son corps, depuis le haut de son front jusqu'au bout de ses pieds. 5

Rarahu était d'une petite taille, admirablement prise, admirablement proportionnée ; sa poitrine était pure et polie, ses bras avaient une perfection antique.

Autour de ses chevilles, de légers tatouages bleus, simulant des bracelets ; sur la lèvre inférieure, trois 10 petites raies bleues transversales, imperceptibles, comme les femmes des Marquises ; et, sur le front, un tatouage plus pâle, dessinant un diadème. Ce qui surtout en elle caractérisait sa race, c'était le rapprochement excessif de ses yeux, à fleur de tête 15 comme tous les yeux maoris ; dans les moments où elle était rieuse et gaie, ce regard donnait à sa figure d'enfant une finesse maligne de jeune ouïstiti ; alors qu'elle était sérieuse ou triste, il y avait quelque chose en elle qui ne pouvait se mieux définir que par ces 20 deux mots : une grâce polynésienne.

La Cour de Pomaré.

La cour de Pomaré s'était parée pour une demi-réception, le jour où je mis pour la première fois le pied sur le sol tahitien. — L'amiral anglais du *Rendeer* venait faire sa visite d'arrivée à la souveraine (une 25 vieille connaissance à lui) — et j'étais allé, en grande tenue de service, accompagner l'amiral.

L'épaisse verdure tamisait les rayons de l'ardent soleil de deux heures ; tout était tranquille et désert dans les avenues ombreuses dont l'ensemble forme 30

Papeete, la ville de la reine. — Les cases à vérandas, disséminées dans les jardins, sous les grands arbres, sous les grandes plantes tropicales, — semblaient, comme leurs habitants, plongées dans le voluptueux
5 assoupissement de la sieste. — Les abords de la demeure royale étaient aussi solitaires, aussi paisibles...

Un des fils de la reine, — sorte de colosse basané qui vint en habit noir à notre rencontre, nous introduisit dans un salon aux volets baissés, où une dou-
10 zaine de femmes étaient assises, immobiles et silencieuses...

Au milieu de cet appartement, deux grands fauteuils dorés étaient placés côte à côte. — Pomaré, qui en occupait un, invita l'amiral à s'asseoir dans le se-
15 cond, tandis qu'un interprète échangeait entre ces deux anciens amis des compliments officiels.

Cette femme, dont le nom était mêlé jadis aux rêves exotiques de mon enfance, m'apparaissait vêtue d'un long fourreau de soie rose, sous les traits d'une
20 vieille créature au teint cuivré, à la tête impérieuse et dure. — Dans sa massive laideur de vieille femme, on pouvait démêler encore quels avaient pû être les attraits et le prestige de sa jeunesse, dont les navigateurs d'autrefois nous ont transmis l'original sou-
25 venir.

Les femmes de sa suite avaient, dans cette pénombre d'un appartement fermé, dans ce calme silence du jour tropical, un charme indéfinissable. — Elles étaient belles presque toutes, de la beauté tahitienne : des
30 yeux noirs, chargés de langueur, et le teint ambré des gitanos. — Leurs cheveux dénoués étaient mêlés de fleurs naturelles et leurs robes de gaze traînantes,

libres à la taille, tombaient autour d'elles en longs
plis flottants.

C'était sur la princesse Ariitéa surtout, que s'arrê-
taient involontairement mes regards.   Ariitéa à la
figure douce, réfléchie, rêveuse, avec de pâles roses du 5
Bengale, piquées au hasard dans ses cheveux noirs...

Économie Sociale et Philosophie.

Le caractère des Tahitiens est un peu celui des
petits enfants. — Ils sont capricieux, fantasques, —
boudeurs tout à coup et sans motif ;— foncièrement
honnêtes toujours, — et hospitaliers dans l'acception 10
du mot la plus complète...

Le caractère contemplatif est extraordinairement
développé chez eux ; ils sont sensibles aux aspects
gais ou tristes de la nature, accessibles à toutes les rêveries de l'imagination...   15

La solitude des forêts, les ténèbres, les épouvantent,
et ils les peuplent sans cesse de fantômes et d'esprits.

Les bains nocturnes sont en honneur à Tahiti ; au
clair de lune, des bandes de jeunes filles s'en vont
dans les bois se plonger dans des bassins naturels 20
d'une délicieuse fraîcheur. — C'est alors que ce simple
mot : " Toupapahou ! " jeté au milieu des bai-
gneuses les met en fuite comme des folles... —(*Toupapahou* est le nom de ces fantômes tatoués qui sont
la terreur de tous les Polynésiens, — mot étrange, 25
effrayant en lui-même et intraduisible...)

En Océanie, le travail est chose inconnue. — Les
forêts produisent d'elles-mêmes tout ce qu'il faut
pour nourrir ces peuplades insouciantes ; le fruit de
l'arbre-à-pain, les bananes sauvages, croissent pour 30

tout le monde et suffisent à chacun. — Les années s'écoulent pour les Tahitiens dans une oisiveté absolue et une rêverie perpétuelle, — et ces grands enfants ne se doutent pas que dans notre belle Europe 5 tant de pauvres gens s'épuisent à gagner le pain du jour...

Tahiti.

... Qui peut dire où réside le charme d'un pays ?... Qui trouvera ce quelque chose d'intime et d'insaisissable que rien n'exprime dans les langues humaines ?

.   .   .   .

10   Il y a dans le charme tahitien beaucoup de cette tristesse étrange qui pèse sur toutes ces îles d'Océanie, — l'isolement dans l'immensité du Pacifique, — le vent de la mer, — le bruit des brisants, — l'ombre épaisse, — la voix rauque et triste des Maoris qui cir-15 culent en chantant au milieu des tiges des cocotiers, étonnamment hautes, blanches et grêles...

On s'épuise à chercher, à saisir, à exprimer... effort inutile, — ce quelque chose s'échappe, et reste incompris...

20   J'ai écrit sur Tahiti de longues pages ; il y a là dedans des détails jusque sur l'aspect des moindres petites plantes — jusque sur la physionomie des mousses...

Qu'on lise tout cela avec la meilleure volonté du 25 monde, — eh bien, après, a-t-on compris ?... Non assurément...

Après cela, a-t-on entendu, la nuit, sur ces plages de Polynésie toutes blanches de corail, — a-t-on en-

tendu, la nuit, partir du fond des bois le son plaintif
d'un *vivo* [1] ?... ou le beuglement lointain des trompes
en coquillage ?...

Gastronomie.

... "La chair des hommes blancs a goût de banane
mûre..."   5

Ce renseignement me vient du vieux chef maori
Hoatoaru, de l'île Routoumah, dont la compétence
en cette matière est indiscutable...

La vie de Loti à Tahiti.

Loti à John B., à bord du " Rendeer."

                                         Taravao, 1872.
    "Mon bon frère John,

"Le messager qui te portera cette lettre est chargé 10
en même temps de te remettre une foule de présents
que je t'envoie. — C'est d'abord un plumet, en
queues de phaétons rouges, objet très précieux, don
de mon hôte le chef de Tehaupoo ; ensuite un collier
à trois rangs de petites coquilles blanches, don de la 15
cheffesse, — et enfin deux touffes de reva-reva, —
qu'une grande dame du district de Papéouriri avait
mises hier sur ma tête à la fête de Taravao.

"Je resterai quelques jours encore ici, chez le chef,
qui était un ami de mon frère ; j'userai jusqu'au bout 20
de la permission de l'amiral.

"Il ne me manque que ta présence, frère, pour
être absolument charmé de mon séjour à Taravao.
Les environs de Papeete ne peuvent te donner une idée

----

[1] *Vivo*, flûte de roseau.

de cette région ignorée qui s'appelle la presqu'île de
Taravao : un coin paisible, ombreux, enchanteur, —
des bois d'orangers gigantesques, dont les fruits et les
fleurs jonchent un sol délicieux, tapissé d'herbes fines
5 et de pervenches roses. . .

"Là-dessous sont disséminées quelques cases en
bois de citronnier, où vivent immobiles des Maoris
d'autrefois ; là-dessous on trouve la vieille hospitalité
indigène : des repas de fruits, sous des tendelets de
10 verdure tressée et de fleurs ; de la musique, des unis-
sons plaintifs de *vivo* de roseaux, des chœurs d'*himéné*,
des chants et des danses.

"J'habite seul une case isolée, bâtie sur pilotis,
au-dessus de la mer et des coraux. De mon lit de
15 nattes blanches, en me penchant un peu, je vois s'a-
giter au-dessous de moi tout ce petit monde à part
qui est le monde du corail. Au milieu des rameaux
blancs ou roses, dans les branchages compliqués des
madrépores, circulent des milliers de petits poissons
20 dont les couleurs ne peuvent se comparer qu'à celles
des pierres précieuses ou des colibris ; des rouges de
géranium, des verts chinois, des bleus qu'on ne saurait
peindre, — et une foule de petits êtres bariolés de
toutes les nuances de l'arc-en-ciel, — ayant forme de
25 tout excepté forme de poisson. . . Le jour, aux heures
tranquilles de la sieste, absorbé dans mes contemplations, j'admire tout cela qui est presque inconnu,
même aux naturalistes et aux observateurs.

"La nuit, mon cœur se serre un peu dans cet iso-
30 lement de Robinson. — Quand le vent siffle au dehors,
quand la mer fait entendre dans l'obscurité sa grande
voix sinistre, alors j'éprouve comme une sorte d'an-

goisse de la solitude, là, à la pointe la plus australe
et la plus perdue de cette île lointaine, — devant cette
immensité du Pacifique, — immensité des immensités
de la terre, qui s'en va tout droit jusqu'aux rives
mystérieuses du continent polaire.   5

" Dans une excursion de deux jours, en compagnie
du chef de Tehaupoo, j'ai vu ce lac de Vaïria qui ins-
pire aux indigènes une superstitieuse frayeur. — Une
nuit nous avons campé sur ses bords.   C'est un site
étrange que peu de gens ont contemplé ; de loin en 10
loin quelques Européens y viennent par curiosité ; la
route est longue et difficile, les abords sauvages et
déserts. — Figure-toi, à mille mètres de haut, une
mer morte, perdue dans les montagnes du centre ; —
tout autour, des mornes hauts et sévères découpant 15
leurs silhouettes aiguës dans le ciel clair du soir. —
Une eau froide et profonde, que rien n'anime, ni un
souffle de vent, ni un bruit, ni un être vivant, ni
seulement un poisson. . . — 'Autrefois, dit le chef de
Tehaupoo, des Toupapahous d'une race particulière 20
descendaient la nuit des montagnes, et *battaient l'eau
de leurs grandes ailes d'albatros.'*

" . . . Si tu vas chez le gouverneur, à la soirée du
.mercredi, tu y verras la princesse Ariitéa ; dis-lui que
je ne l'oublie point dans ma solitude, et que j'espère 25
la semaine prochaine danser avec elle au bal de la
reine. — Si, dans les jardins tu rencontrais Faïmana
ou Téria, tu pourrais de ma part leur dire tout ce qui
te passerait par la tête. . .

" Cher petit frère, fais-moi le plaisir d'aller au 30
ruisseau de Fataoua, donner de mes nouvelles à la
petite Rarahu, d'Apiré. . . Fais cela pour moi, je t'en

prie ; tu es trop bon pour ne pas nous pardonner à tous deux... Vrai, la pauvre petite, je te jure que je l'aime de tout mon cœur."

Coutumes et Légendes.

Rarahu ne connaissait pas du tout le dieu *Taaroa*, 5 non plus que les nombreuses déesses de sa suite ; elle n'avait même jamais entendu parler d'aucun de ces personnages de la mythologie polynésienne. La reine Pomaré seule, par respect pour les traditions de son pays, avait appris les noms de ces divinités d'autre-10 fois et conservait dans sa mémoire les étranges légendes des anciens temps...

Mais tous ces mots bizarres de la langue polynésienne qui m'avaient frappé, tous ces mots au sens vague ou mystique, sans équivalents dans nos langues 15 d'Europe, étaient familiers à Rarahu qui les employait ou me les expliquait avec une rare et singulière poésie.

—Si tu restais plus souvent à Apiré la nuit, me disait-elle, tu apprendrais avec moi beaucoup plus 20 vite une foule de mots que ces filles qui vivent à Papeete ne savent pas. Quand nous *aurons eu peur ensemble*, je t'enseignerai, en ce qui concerne les Toupapahous, des choses très effrayantes que tu ignores...

En effet, il est dans la langue maorie beaucoup de 25 mots et d'images qui ne deviennent intelligibles qu'à la longue, quand on a vécu avec les indigènes, la nuit dans les bois, écoutant gémir le vent et la mer, l'oreille tendue à tous les bruits mystérieux de la nature.

... On n'entend aucun chant d'oiseaux dans les

bois tahitiens ; les oreilles des Maoris ignorent cette
musique naïve qui, dans d'autres climats, remplit les
bois de gaîté et de vie.

Sous cette ombre épaisse, dans les lianes et les
grandes fougères, rien ne vole, rien ne bouge, c'est 5
toujours le même silence étrange qui semble régner
aussi dans l'imagination mélancolique des naturels.

On voit seulement planer dans les gorges, à d'effrayantes hauteurs, le phaéton, un petit oiseau blanc
qui porte à la queue une longue plume blanche ou 10
rose.

Les chefs attachaient autrefois à leur coiffure une
touffe de ces plumes ; aussi leur fallait-il beaucoup
de temps et de persévérance pour composer cet orne-
ment aristocratique.   15

.   .   .   .

En suivant sous les minces cocotiers les blanches
plages tahitiennes, — sur quelque pointe solitaire
regardant l'immensité bleue, en quelque lieu choisi
avec un goût mélancolique par des hommes des générations passées, — de loin en loin on rencontre les 20
monticules funèbres, les grands tumulus de corail...
Ce sont les *maraé*, les sépultures des chefs d'autre
fois ; et l'histoire de ces morts qui dorment là-dessous
se perd dans le passé fabuleux et inconnu qui pré-
céda la découverte des archipels de la Polynésie. — 25
Dans toutes les îles habitées par les Maoris, les *maraé*
se retrouvent sur les plages. Les insulaires mystérieux de Rapa-Nui ornaient ces tombeaux de statues
gigantesques au masque horrible ; les Tahitiens y
plantaient seulement des bouquets d'arbres de fer. 30

L'arbre de fer est le cyprès de là-bas, son feuillage est triste ; le vent de la mer a un sifflement particulier en passant dans ses branches rigides... Ces tumulus restés blancs, malgré les années, de la blancheur du
5 corail, et surmontés de grands arbres noirs, évoquent les souvenirs de la terrible religion du passé ; c'étaient aussi les autels où les victimes humaines étaient immolées à la mémoire des morts.

— Tahiti, disait Pomaré, était la seule île où,
10 même dans les plus anciens temps, les victimes n'étaient pas mangées après le sacrifice ; on faisait seulement le simulacre du repas macabre ; les yeux, enlevés de leurs orbites, étaient mis ensemble sur un plat et servis à la reine, — horrible prérogative de la
15 souveraineté. (*Recueilli de la bouche de Pomaré.*)

Tahaapaïru, le père adoptif de Rarahu, exerçait une industrie tellement originale que dans notre Europe, si féconde en inventions de tous genres, on n'a certes encore rien imaginé de semblable.
20 Il était fort vieux, ce qui en Océanie n'est pas chose commune ; de plus il avait de la barbe et de la barbe blanche, objet des plus rares là-bas. Aux îles Marquises la barbe blanche est une denrée presque introuvable qui sert à fabriquer des ornements pré-
25 cieux pour la coiffure et les oreilles de certains chefs, — et quelques vieillards y sont soigneusement entretenus et conservés pour l'exploitation en coupes réglées de cette partie de leur personne.

Deux fois par an, le vieux Tahaapaïru coupait la
30 sienne, et l'expédiait à Hivaoa, la plus barbare des îles Marquises, où elle se vendait au prix de l'or.

... Rarahu chantait beaucoup toujours. Elle se
faisait différentes petites voix d'oiseau, tantôt stridentes, tantôt douces comme des voix de fauvettes,
et qui montaient jusqu'aux plus extrêmes de la
gamme. — Elle était restée un des premiers sujets du 5
chœur d'*himéné* d'Apiré...

De son enfance passée dans les bois, elle avait con-
servé le sentiment d'une poésie contemplative et
rêveuse ; elle traduisait ses conceptions originales par
des chants ; elle composait des *himéné* dont le sens 10
vague et sauvage resterait inintelligible pour des
Européens auxquels on chercherait à les traduire. —
Mais je trouvais à ces chants bizarres un singulier
charme de tristesse, — surtout quand ils s'élevaient
doucement dans le grand silence des midis d'Océanie... 15

Quand venait le soir, Rarahu s'occupait généralement de préparer ses couronnes de fleurs pour la nuit.
— Mais rarement elle les composait elle-même ; il y
avait certains Chinois en renom qui savaient en fabriquer de très extraordinaires ; avec des corolles et des 20
feuilles de vraies fleurs combinées ensemble, ils arrivaient à produire des fleurs nouvelles et fantastiques,
— vraies fleurs de potiches, empreintes d'une grâce
artificielle et chinoise...

Les fleurs de gardénia blanc, à l'odeur ambrée, 25
étaient toujours employées à profusion dans ces
grandes couronnes singulières, qui étaient le principal luxe de Rarahu.

Un autre objet de parure, plus *habillé* que la simple
couronne de fleurs, était la couronne de *piia*, faite 30
d'une paille fine et blanche comme la paille de riz, et
tressée par les mains des Tahitiennes avec une déli-

catesse et un art infinis. Sur la couronne de piia, se
posait le *reva-reva* (de *reva-reva*, flotter) qui complé-
tait cette coiffure des fêtes, et s'éployait comme un
nuage, au moindre souffle du vent...

5 Les reva-reva sont de grosses touffes de rubans
transparents et impalpables, d'une nuance d'or vert,
que les Tahitiennes retirent du cœur des cocotiers.

.   .   .   .

On voyage dans cet heureux pays comme on eût
voyagé aux temps de l'âge d'or, si les voyages eussent
10 été inventés à cette époque reculée...

Il n'est besoin d'emporter avec soi ni armes, ni pro-
visions, ni argent ; l'hospitalité vous est offerte partout, cordiale et gratuite, et dans toute l'île il n'existe
d'autres animaux dangereux que quelques colons euro-
15 péens ; encore sont-ils fort rares, et à peu près locali-
sés dans la ville de Papeete. . .

Notre première étape fut à Papara, où nous arri-
vâmes au coucher du soleil, après une journée de
marche ; c'était l'heure où les pêcheurs indigènes
20 revenaient du large dans leurs minces pirogues à
balancier ; les femmes du district les attendaient
groupées sur la plage, et nous n'eûmes que l'embarras
de choisir pour accepter un gîte. L'une après l'autre,
les pirogues effilées abordaient sous les cocotiers ; les
25 rameurs nus battaient l'eau tranquille à grands coups
de pagayes, et sonnaient bruyamment de leurs trompes
en coquillage, comme des tritons antiques ; cela était
vivant et original, simple et primitif comme une scène
des premiers âges du monde. . .

Dès l'aube, le lendemain, nous nous remîmes en
route. . .

Le pays autour de nous devenait plus grandiose et
plus sauvage. — Nous suivions sur le flanc de la montagne un sentier unique, d'où la vue dominait toute 5
l'immensité de la mer ; — çà et là des îlots bas, couverts d'une végétation invraisemblable ; des pandanus
à la physionomie antédiluvienne ; des bois qu'on eût
dit échappés de la période éteinte du Lias. — Un ciel
lourd et plombé comme celui des âges détruits ; un 10
soleil à demi voilé, promenant sur le Grand-Océan
morne de pâles traînées d'argent. . .

De loin en loin nous rencontrions les villages cachés
sous les palmiers, les huttes ovales aux toits de chaume,
et les graves Tahitiens, accroupis, occupés à suivre 15
dans un demi-sommeil leurs rêveries éternelles ; des
vieillards tatoués, au regard de sphinx, à l'immobilité
de statue ; je ne sais quoi d'étrange et de sauvage qui
jetait l'imagination dans des régions inconnues. . .

Destinée mystérieuse que celle de ces peuplades 20
polynésiennes, qui semblent les restes oubliés des
races primitives ; qui vivent là-bas d'immobilité et
de contemplation, qui s'éteignent tout doucement au
contact des races civilisées, et qu'un siècle prochain
trouvera probablement disparues. . .   25

.   .   .   .

A mi-chemin de Papéuriri, dans le district de
Maraa, Rarahu eut un moment de surprise et d'admiration. . .

Nous avions rencontré une grande grotte qui s'ouvrait sur le flanc de la montagne comme une porte 30

d'église, et qui était toute pleine de petits oiseaux.
— Une colonie de petites hirondelles grises avait, à
l'intérieur, tapissé de leurs nids les parois du rocher ;
elles voltigeaient par centaines un peu surprises de
5 notre visite, et s'excitant les unes les autres à crier et
à chanter.

Pour les Tahitiens d'autrefois ces petites créatures
étaient des *varué*, des esprits, des âmes de trépassés ;
pour Rarahu ce n'était plus qu'une famille nombreuse
10 d'oiseaux ; pour elle qui n'en avait jamais tant vu,
c'était encore quelque chose de nouveau et de char-
mant, et volontiers elle fût restée là, en extase, à les
entendre, à les imiter.

Un pays idéal à son avis eût été un pays rempli
15 d'oiseaux où tout le jour, dans les branches, on les
eût entendus chanter.

Depuis longtemps je pouvais couramment parler le
tahitien de la plage qui est au tahitien pur ce que le
petit-nègre est au français ; — mais je commençais
20 aussi à m'exprimer sans embarras au moyen des mots
corrects et des tournures bizarres d'autrefois, et Pomaré consentait à tenir de longues conversations avec
moi.   J'avais deux personnes à m'aider dans l'étude
de cette langue qui bientôt ne se parlera plus : Rarahu
25 et la reine.

La reine, pendant nos longues parties d'écarté, me
reprenait avec intérêt, charmée de me voir étudier et
aimer cette langue destinée à disparaître.

Je trouvais plaisir à l'interroger sur les légendes,
30 les coutumes et les traditions du passé. . . Elle parlait lentement, d'une voix basse et rauque ; je re-

cueillais de sa bouche d'étranges récits sur les temps
anciens, sur ces temps mystérieux et oubliés que les
Maoris appellent : *la nuit.*

Le mot *po,* en tahitien, désigne en même temps
la nuit, l'obscurité et les époques légendaires dont les 5
vieillards ne se souviennent plus.

(La Légende des Pomotous, racontée par la reine Pomaré.)

" Les îles *Pomotous* (îles de la nuit ou îles sou-
mises), nom que nous avons changé aujourd'hui sur
la demande de leurs chefs en celui de *Tuamotous*
(îles éloignées), renferment encore aujourd'hui, tu 10
le sais, de pauvres cannibales.

" Elles furent peuplées les dernières de toutes les
îles de nos archipels. Des génies de l'eau les gar-
daient jadis, et battaient si fort la mer de leurs
grandes ailes d'albatros que personne n'en pouvait 15
approcher. A une époque fort reculée, ils furent
battus et détruits par le dieu Taaroa.

" C'est depuis leur défaite que les premiers Maoris
ont pu venir habiter les Pomotous."

(Légende des Lunes.)

" La légende océanienne rapporte que jadis cinq 20
lunes étaient au ciel, au-dessus du Grand Océan.
Elles avaient des visages humains, plus accusés que
la lune actuelle, et jetaient des maléfices sur les premiers hommes qui habitaient Tahiti ; ceux qui le-
vaient la tête pour les fixer étaient pris de folies 25
étranges. — Le grand dieu Taaroa se mit à les con-
jurer. Alors elles s'agitèrent ; — on les entendit

chanter ensemble dans l'immensité, avec de grandes voix lointaines et terribles ; elles chantaient des chants magiques en s'éloignant de la terre ; mais sous la puissance de Taaroa, elles commencèrent à
5 trembler, furent prises de vertige, et tombèrent avec un bruit de tonnerre sur l'océan qui s'ouvrit en bouillonnant pour les recevoir.

"Ces cinq lunes en tombant formèrent les îles de Bora-Bora, Emeo, Huahine, Raïatéa et Toubouai-
10 Manou."

2

LE ROMAN D'UN SPAHI.

Le Spahi.

L'ENNUI était venu vite trouver le pauvre Jean. C'était une sorte de mélancolie qu'il n'avait jamais éprouvée, vague, indéfinissable, la nostalgie de ses montagnes qui commençait, la nostalgie de son village et de la chaumière de ses vieux parents tant 5 aimés.

Les spahis, ses nouveaux compagnons, avaient déjà traîné leur grand sabre dans différentes garnisons de l'Inde et de l'Algérie. Dans les estaminets des villes maritimes où ils avaient promené leur jeunesse, ils 10 avaient pris ce tour d'esprit gouailleur et libertin qu'on ramasse en courant le monde ; ils possédaient, en argot, en sabir, en arabe, de cyniques plaisanteries toutes faites qu'ils jetaient à la face de toute chose. Braves garçons dans le fond, et joyeux camarades, 15 ils avaient des façons d'être que Jean ne comprenait guère, et des plaisirs qui lui causaient une répugnance extrême.

Jean était rêveur, par nature de montagnard. La rêverie est inconnue à la populace abêtie et gangrenée 20 des grandes villes. Mais, parmi les hommes élevés aux champs, parmi les marins, parmi les fils de pêcheurs qui ont grandi dans la barque paternelle au milieu des dangers de la mer, on rencontre des hommes qui *rêvent,* vrais poètes muets, qui peuvent tout comprendre. Seulement ils ne savent pas donner de forme à leurs impressions et restent incapables de les traduire.

5 Jean avait de grands loisirs à la caserne, et il les employait à observer et à songer.

Chaque soir, il suivait la plage immense, les sables bleuâtres illuminés par des couchers de soleil inimaginables.

10 Il se baignait dans les grands brisants de la côte d'Afrique, s'amusant, comme un enfant qu'il était encore, à se faire rouler par ces lames énormes qui le couvraient de sable.

Ou bien il marchait longtemps, pour le seul plaisir
15 de se remuer, d'aspirer à pleine poitrine l'air salé qui soufflait de la mer. Et puis aussi, cette platitude sans fin le gênait ; elle oppressait son imagination, habituée à contempler des montagnes ; il éprouvait comme un besoin d'avancer toujours, comme
20 pour élargir son horizon, comme pour voir *au delà.*

La plage, au crépuscule, était couverte d'hommes noirs qui revenaient aux villages chargés de gerbes de mil. Les pêcheurs aussi ramenaient leurs filets entourés de bandes bruyantes de femmes et d'enfants.
25 C'étaient toujours des pêches miraculeuses que ces pêches du Sénégal : les filets se rompaient sous le poids de milliers de poissons de toutes les formes ; les négresses en emportaient sur leur tête des corbeilles toutes pleines ; les bébés noirs rentraient au logis,
30 tous coiffés d'une couronne de gros poissons grouil-

lants, enfilés par les ouïes. Il y avait là des figures
extraordinaires arrivant de l'intérieur, des caravanes
pittoresques de Maures ou de Peuhles qui descendaient la *langue de Barbarie;* des tableaux impossibles à chaque pas, chauffés à blanc par une lumière 5
invraisemblable.

Et puis les crêtes des dunes bleues devenaient roses ;
de dernières lueurs horizontales couraient sur tout ce
pays de sable ; le soleil s'éteignait dans des vapeurs
sanglantes, et alors tout ce peuple noir se jetait la 10
face contre terre pour la prière du soir.

C'était l'heure sainte de l'islam ; depuis la Mecque
jusqu'à la côte saharienne, le nom de Mahomet, répété
de bouche en bouche, passait comme un souffle mystérieux sur l'Afrique ; il s'obscurcissait peu à peu à 15
travers le Soudan et venait mourir là sur ces lèvres
noires, au bord de la grande mer agitée.

Les vieux prêtres yolofs, en robe flottante, tournés
vers la mer sombre, récitaient leurs prières, le front
dans le sable, et toutes ces plages étaient couvertes 20
d'hommes prosternés. Le silence se faisait alors, et
la nuit descendait, avec la rapidité propre aux pays du
soleil.

A la tombée du jour, Jean rentrait au quartier des
spahis, dans le sud de Saint-Louis.   25

Dans la grande salle blanche, ouverte au vent du
soir, tout était silencieux et tranquille ; les lits numé-
rotés des spahis étaient alignés le long des murailles
nues ; la tiède brise de mer agitait leurs moustiquaires
de mousseline. Les spahis étaient dehors ; Jean 30
rentrait à l'heure où les autres se répandaient dans les
rues désertes.

C'est alors que le quartier isolé lui semblait triste,
et qu'il songeait le plus à sa mère.

En Route.

Une nuit calme de la fin de février, vraie nuit
d'hiver, — calme et froide, après une journée brû-
5 lante.

La colonne des spahis, en route pour Dialamban,
traverse au pas les plaines de Legbar. — La débandade
est permise au goût et à la fantaisie de chacun, et
Jean, qui s'est attardé à l'extrême arrière, chemine
10 tranquillement en compagnie de son ami Nyaor...

Le Sahara et le Soudan ont de ces nuits froides, qui
ont la splendeur claire de nos nuits d'hiver, avec plus
de transparence et de lumière.

Un silence de mort règne sur tout ce pays. Le ciel
15 est d'un bleu vert, sombre, profond, étoilé à l'infini.

La lune éclaire comme le plein jour, et dessine les
objets avec une étonnante netteté, dans des teintes
roses...

Au loin, à perte de vue, des marécages, couverts de
20 la triste végétation des palétuviers : ainsi est tout ce
pays d'Afrique, depuis la rive gauche du fleuve jusqu'aux confins inaccessibles de la Guinée.

Sirius se lève, la lune est au zénith, — le silence
fait peur...

25 Sur le sable rose s'élèvent les grandes euphorbes
bleuâtres ; leur ombre est courte et dure, la lune dé-
coupe les moindres ombres des plantes avec une
netteté figée et glaciale, pleine d'immobilité et de
mystère.

30 Des brousses par-ci par-là, des fouillis obscurs, de

grandes taches sombres sur le fond lumineux et rosé
des sables ; — et puis des nappes d'eau croupissantes,
avec des vapeurs qui planent au-dessus comme des
fumées blanches : des miasmes de fièvre, plus délé-
tères et plus subtils que ceux du jour. — On éprouve 5
une pénétrante sensation de froid, — étrange après
la chaleur de la journée ; — l'air humide est tout
imprégné de l'odeur des grands marais...

Çà et là, le long du chemin, de grands squelettes
contournés par la douleur ; des cadavres de chameaux, 10
baignant dans un jus noir et fétide. — Ils sont là, en
pleine lumière, riant à la lune, étalant avec impu-
dence leur flanc déchiqueté par les vautours, leur
éventrement hideux.

.   .   .   .

De temps à autre, un cri d'oiseau de marais, au 15
milieu du calme immense.

.   .   .   .

De loin en loin, un baobab étend dans l'air immobile ses branches massives, comme un grand madré-
pore mort, un arbre de pierre, et la lune accuse avec
une étonnante dureté de contours sa structure rigide 20
de mastodonte, donnant à l'imagination l'impression
de quelque chose d'inerte, de pétrifié et de froid.

Au milieu de leurs branches polies sont posées des
masses noires : toujours les vautours ! De confiantes
familles de vautours sont là, lourdement endormies ; 25
elles laissent approcher Jean avec leur aplomb d'oiseaux fétiches. Et la lune jette sur leurs grandes
ailes repliées des reflets bleus, des luisants de métal.

Et Jean s'étonne de voir pour la première fois tous les détails intimes de ce pays en pleine nuit.

.   .   .   .

A deux heures, un concert de cris, comme ceux des chiens qui *hurlent à la lune,* mais quelque chose
5 de plus fauve, de plus grinçant, de plus étrangement sinistre.   Dans ces nuits de Saint-Louis, quand le vent venait du côté des cimetières, quelquefois Jean avait cru entendre, de très loin, des gémissements pareils.   Mais, ce soir, c'était là tout près, dans la
10 brousse, que se chantait ce concert lugubre : des glapissements lamentables de chacals, mêlés à des miaulements suraigus et stridents d'hyènes.   Une bataille entre deux bandes errantes, en maraude pour les chameaux morts.

15   — Qu'est-ce que c'est ? dit Jean au spahi noir.
Pressentiment peut-être, une sorte d'horreur s'emparait de lui.   C'était bien là, tout près, dans la brousse, et le timbre de ces voix lui faisait passer des frissons dans la chair et dresser les cheveux sur la
20 tête.

— Ceux qui sont morts, répondit Nyaor-fall, avec une pantomime expressive, ceux qui sont morts par terre, ces bêtes les cherchent pour les manger...

Et, pour dire *les manger,* il faisait le simulacre de
25 mordre son bras noir avec ses dents fines et blanches.
Jean comprit et trembla.   Depuis, chaque fois qu'il entendait, la nuit, les concerts lugubres, il se rappelait cette explication si clairement donnée par la mimique de Nyaor, et lui qui, en plein jour, n'avait pas
30 peur de grand'chose, il frissonnait et se sentait glacer

par une de ces terreurs vagues et sombres de montagnard superstitieux.

Le bruit s'apaise, se perd dans l'éloignement ; il
s'élève encore, plus voilé, d'un autre point de l'hori- 5
zon, puis il s'éteint, et tout retombe dans le silence.

Sur les eaux dormantes, les vapeurs blanches s'épais-
sissent à l'approche du matin, on se sent pénétré et
transi par l'humidité glacée des marais. Sensation
étrange : dans ce pays, il fait froid. La rosée tombe. 10
La lune peu à peu s'abaisse à l'occident, se voile et
s'éteint. La solitude serre le cœur.

Et puis enfin, là-bas à l'horizon, apparaissent des
pointes de chaume : le village de Dialamban, où, au
petit jour, les spahis doivent camper.   15

.   .   .   .

La Rêverie.

C'était triste le soir, ce quartier mort, isolé au bout
d'une ville morte.

Jean restait souvent accoudé à la grande fenêtre de
sa chambre blanche et nue. — La brise de la mer faisait papillonner au plafond les parchemins des prêtres, 20
que Fatou avait pendus là par de longs fils, pour veiller
sur eux.

Devant lui, il avait les grands horizons du Sénégal,
— la pointe de Barbarie, — une immensité plate, sur
les lointains de laquelle pesaient de sombres vapeurs 25
de crépuscule : l'entrée profonde du désert.

Ou bien il s'asseyait à la porte de la maison de
Samba-Hamet, devant ce carré de terrain vague que
bordaient de vieilles constructions de briques en ruines,

— sorte de place au milieu de laquelle croissait ce maigre palmier jaune, de l'espèce à épines, qui était l'arbre unique du quartier.

Il s'asseyait là et fumait des cigarettes qu'il avait
5 appris à Fatou à lui faire.

Hélas ! cette distraction même, il allait falloir songer à la supprimer bientôt — faute d'argent pour en acheter.

Il suivait de ses grands yeux bruns devenus atones,
10 le va-et-vient de deux ou trois petites négresses qui se poursuivaient, gambadaient follement au vent du soir, — dans le demi-jour crépusculaire, comme des phalènes.

En décembre, le coucher du soleil amenait presque
15 toujours sur Saint-Louis des brises fraîches et de grands rideaux de nuages qui, tout à coup, assombrissaient le ciel, mais ne crevaient jamais. — Ils passaient bien haut, et s'en allaient. — Jamais une goutte de pluie, jamais une impression d'humidité ; c'était la
20 *saison sèche*, et, dans toute la nature, on n'eût pas trouvé un atome de vapeur d'eau. — On respirait pourtant, ces soirs de décembre ; c'était un répit, cette fraîcheur pénétrante, cela causait une sensation de soulagement physique, — mais, en même temps,
25 je ne sais quelle impression plus grande de mélancolie.

Et, quand Jean était assis, à la tombée de la nuit, devant sa porte isolée, — sa pensée s'en allait au loin.

Ce trajet à vol d'oiseau, que ses yeux faisaient cha-
30 que jour sur les grandes cartes géographiques pendues aux murs dans la caserne des spahis, il le parcourait souvent en esprit, — le soir surtout, — sur une sorte

de panorama imaginaire, de représentation qu'il s'était
faite du monde.

Traverser d'abord ce grand désert sombre, qui commençait là, derrière sa maison.

Cette première partie du voyage était celle que son 5
esprit accomplissait le plus lentement, — s'attardant
dans un infini de solitudes mystérieuses, où tous ces
sables ralentissaient sa marche.

Et puis franchir l'Algérie, et la Méditerranée, —
arriver aux côtes de France ; remonter la vallée du 10
Rhône, — et parvenir enfin à ce point que la carte
marquait de petites hachures noires, — et que lui se
représentait en hautes cimes bleuâtres dans des nuages :
les Cévennes.

Des montagnes ! Il y avait si longtemps que ses 15
yeux étaient faits aux solitudes plates ! — si longtemps qu'il n'en avait pas vu, qu'il en avait presque
perdu la notion.

Et des forêts ! Les grands bois de châtaigniers de
son pays, — qui étaient humides et qui étaient pleins 20
d'ombre, — où couraient de vrais ruisseaux d'eau vive,
où le sol était de la *terre*, avec des tapis de fraîches
mousses et d'herbes fines !... Il lui semblait qu'il aurait éprouvé un soulagement, rien qu'en voyant un peu
de terre humide et moussue, — au lieu de toujours 25
ce sable aride, promené par le vent du désert.

Et son cher village, que dans son voyage idéal il
apercevait d'abord de haut, comme en planant, — la
vieille église, — sur laquelle il s'imaginait de la neige,
la cloche sonnant l'*Angelus*, probablement — (il était 30
sept heures du soir), — et sa chaumière auprès ! —
Tout cela bleuâtre et dans la vapeur, — par un soir

de décembre bien froid, — avec un pâle rayon de lune glissant dessus.

Était-ce possible? — A cet instant même, à l'heure qu'il était, en même temps que ce qui l'entourait, — 5 tout cela existait bien réellement quelque part ; ce n'était pas seulement un souvenir, une vision du passé ; — cela existait ; — cela n'était même pas très loin ; — à cette heure même, il y avait des gens qui y étaient, — et il était possible d'y aller.

.   .   .   .

10   Que faisaient-ils ses pauvres vieux parents, à cette heure où il pensait à eux? — Assis au coin du feu, sans doute, devant la grande cheminée, où flambaient gaîment des branches ramassées dans la forêt.

Il revoyait là tous les objets familiers à son enfance, 15 — la petite lampe des veillées d'hiver, les vieux meubles, — le chat endormi sur un escabeau. — Et, au milieu de toutes ces choses amies, il cherchait à placer les hôtes bien-aimés de la chaumière.

Sept heures à peu près !   C'était bien cela ; le repas 20 du soir terminé, ils étaient assis au coin du feu, — vieillis sans doute, — son vieux père dans son attitude habituelle, appuyant sur sa main sa belle tête grise, — une tête d'ancien cuirassier redevenu montagnard ; — et sa mère, tricotant probablement, faisant glisser 25 très vite ses grandes aiguilles entre ses braves mains vives et laborieuses, — ou bien tenant droite sa quenouille de chanvre, et filant.

Et Jeanne, — elle était avec eux peut-être ! — Sa mère lui avait écrit qu'elle venait souvent leur tenir 30 compagnie aux veillées d'hiver. — Comment était-elle maintenant ? — *Changée et encore embellie,* lui avait-on dit. — Comment était sa figure de grande jeune fille, qu'il n'avait pas vue ?

.　　.　　.　　.　　.　　.　　.　　.　　.

Oh ! vous qui vivez de la vie régulière de la famille, assis paisiblement chaque jour au foyer, ne jugez jamais 5 les marins, les spahis, ceux que leur destinée a jetés, avec des natures ardentes, dans des conditions d'existence anormales, sur la grande mer ou dans les lointains pays du soleil, au milieu de privations inouïes, de convoitises, d'influences que vous ignorez. Ne jugez 10 pas ces exilés ou ces errants, dont les souffrances, les joies, les impressions tourmentées vous sont inconnues.

.　　.　　.　　.　　.　　.　　.　　.　　.

Prenez les matelots, les spahis,—tous ces abandonnés, tous ces jeunes hommes qui dépensent leur vie 15 au loin sur la grande mer ou dans les pays d'exil, au milieu des conditions d'existence les plus rudes et les plus anormales ; — prenez les plus mauvaises têtes ; —choisissez les plus insouciants, les plus débraillés, les plus tapageurs ;— cherchez dans leur cœur, dans 20 le recoin le plus sacré et le plus profond : souvent dans ce sanctuaire vous trouverez une vieille mère assise,— une vieille paysanne de n'importe où,— une Basque en capulet de laine,— ou une brave bonne femme de Bretonne en coiffe blanche. 25

.　　.　　.　　.　　.　　.　　.　　.　　. ¹

¹ The last two paragraphs have been taken from two chapters further in the book, as furnishing a fitting climax to the description.

Digression Pédantesque sur la Musique et sur une Catégorie de Gens Appelés Griots.

L'Art de la musique est confié, dans le Soudan, à une caste d'hommes spéciaux, appelés *griots*, qui sont, de père en fils, musiciens ambulants et compositeurs de chants héroïques.

5 C'est aux griots que revient le soin de battre le tam-tam pour les bamboulas, et de chanter, pendant les fêtes, les louanges des personnages de qualité.

Lorsqu'un chef éprouve le besoin d'entendre exal-ter sa propre gloire, il mande ses griots, qui viennent 10 s'asseoir devant lui sur le sable, et composent sur-le-champ, en son honneur, une longue série de couplets officiels, accompagnant leur aigre voix des sons d'une petite guitare très primitive, dont les cordes sont ten-dues sur des peaux de serpent.

15 Les griots sont les gens du monde les plus philo-sophes et les plus paresseux ; ils mènent la vie errante et ne se soucient jamais du lendemain.—De village en village, ils s'en vont, seuls ou à la suite des grands chefs d'armée,—recevant par-ci par-là des aumônes, 20 traités partout en parias, comme en Europe les gita-nos ;—comblés quelquefois d'or et de faveurs ; — ex-clus, pendant leur vie, des cérémonies religieuses, et, après leur mort, des lieux de sépulture.

Ils ont des romances plaintives, aux paroles vagues 25 et mystérieuses ;—des chants héroïques, qui tiennent de la mélopée par leur monotonie, de la marche guerrière par leur rythme scandé et nerveux : — des

airs de danse pleins de frénésie ; — des chants
d'amour, qui semblent des transports de rage amou-
reuse, des hurlements de bêtes en délire. — Mais, dans
toute cette musique noire, la mélodie se ressemble ;
comme chez les peuples très primitifs, elle est compo- 5
sée de phrases courtes et tristes, sortes de gammes
plus ou moins accidentées, qui partent des notes les
plus hautes de la voix. humaine, et descendent brusquement jusqu'aux extrêmes basses, en se traînant ensuite comme des plaintes. 10

Les négresses chantent beaucoup en travaillant, ou
pendant ce demi-sommeil nonchalant qui compose
leur sieste. Au milieu de ce grand calme de midi,
plus accablant là-bas que dans nos campagnes de
France, ce chant des femmes nubiennes a son charme 15
à lui, mêlé à l'éternel bruissement des sauterelles. —
Mais il serait impossible de le transporter en dehors
de son cadre exotique de soleil et de sable ; entendu
ailleurs, ce chant ne serait plus lui-même.

Autant la mélodie semble primitive, insaisissable à 20
force de monotonie, autant le rythme est difficile et
compliqué. — Ces longs cortèges de noces qu'on ren
contre la nuit, cheminant lentement sur le sable, chantent, sous la conduite de griots, des chœurs d'ensemble
d'une allure bien étrange, dont l'accompagnement est 25
un contretemps persistant, et qui semblent hérissés,
comme à plaisir, de difficultés rythmiques et de bi-
zarreries.

Un instrument très simple, et réservé aux femmes,
remplit dans cet ensemble un rôle important : c'est 30
seulement une gourde allongée, ouverte à l'une de ses

extrémités, — objet qu'on frappe de la main, tantôt à
l'ouverture, tantôt sur le flanc, et qui rend ainsi deux
sons différents : l'un sec, et l'autre sourd ; on n'en
peut tirer rien de plus, et le résultat ainsi obtenu est
5 cependant surprenant. — Il est difficile d'exprimer
l'effet sinistre, presque diabolique, d'un bruit lointain
de voix nègres, à demi couvertes par des centaines de
semblables instruments.

Un *contretemps* perpétuel des accompagnateurs, et
10 des *syncopes* inattendues, parfaitement comprises et
observées par tous les exécutants, sont les traits les
plus caractéristiques de cet art — inférieur peut-être,
mais assurément très différent du nôtre, — que nos
organisations européennes ne nous permettent pas de
15 parfaitement comprendre.

Guet-n'dar, la Ville Nègre.

Guet-n'dar, la ville nègre, bâtie en paille grise sur
le sable jaune. — Des milliers, des milliers de petites
huttes rondes, à moitié cachées derrière des palissádes
de roseaux secs, et coiffées toutes d'un grand bonnet
20 de chaume. — Et les milliers de pointes de ces milliers
de toits affectant les formes les plus extravagantes et
les plus pointues, — les unes droites, menaçant le ciel,
— les autres de travers, menaçant leurs voisines, — les
autres, enfin, racornies, ventrues, défoncées, ayant
25 l'air fatigué d'avoir tant séché au soleil, — paraissant
vouloir se recroqueviller, s'enrouler comme de vieilles
trompes d'éléphant. — Et tout cela à perte de vue,
découpant de bizarres perspectives de choses cornues
sur l'uniformité du ciel bleu.
30 Au milieu de Guet-n'dar, partageant la cité en deux,

du nord au sud, une large rue de sable, bien régulière
et bien droite, s'ouvrant au loin toute grande sur le
désert. — Le désert pour campagne et pour horizon.

.   .   .   .

Il fait beau ; cet air pur du matin, le bien-être physique apporté par cette rare fraîcheur, tout cela influe 5
doucement sur Jean.

C'est un de ces moments fugitifs et singuliers, où
chez lui le souvenir est mort, où ce pays d'Afrique
semble sourire, — où le spahi s'abandonne sans arrière-
pensée sombre à cette vie qui depuis trois ans le berce 10
et l'endort d'un sommeil lourd et dangereux, hanté
par des rêves sinistres.

L'air du matin est frais et pur.   Derrière les palis-
sades grises en roseaux qui bordent les petites rues de
Guet-n'dar, on   commence à entendre les premiers 15
coups sonores des pilons à kousskouss, mêlés à des
éclats de voix nègres qui s'éveillent, à des bruits de
verroterie qu'on remue ; — à tous les coins du chemin,
des crânes de moutons cornus, — (pour ceux qui sont
au courant des usages nègres : les égorgés de la *ta-* 20
baski), plantés au bout de longs bâtons, et regardant
passer le monde, avec des airs de tendre leur cou de
bois pour mieux voir. — Et, posés partout, de gros
lézards fétiches, au corps bleu de ciel, dandinant perpétuellement de droite et de gauche, par suite d'un 25
singulier tic de lézard qu'ils ont, leur tête d'un beau
jaune qui semble faite en peau d'orange.

Des odeurs de nègres, d'amulettes de cuir, de kouss-
kouss et de soumaré.

Des négrillons, commençant à paraître aux portes 30

avec leur gros ventre orné d'un rang de perles bleues,
—avec leur sourire fendu jusqu'aux oreilles, et leur
tête en poire, rasée à trois petites queues.   Tous s'é-
tirent, regardent Jean d'un air étonné avec leurs gros
5 yeux d'émail, — et disant quelquefois, les plus osés :
" Toubah ! toubah ! . . . toubah ! bonjour ! "

.   .   .   .

A Guet-n'dar, sur le sable, tapage, confusion de
tous les types, babel de toutes les langues du Soudan.
—Là se tient perpétuellement le grand marché, plein
10 de gens de tous les pays, où l'on vend de tout, des
choses précieuses et des choses saugrenues, — des denrées utiles et des denrées extravagantes, — des objets
invraisemblables, — de l'or et du beurre, — de la
viande et des onguents, — des moutons sur pied et
15 des manuscrits, — des captifs et de la bouillie, — des
amulettes et des légumes.

D'un côté, fermant le tableau, un bras du fleuve
avec Saint-Louis derrière : ses lignes droites et ses
terrasses babyloniennes ; ses blancheurs bleuâtres de
20 chaux, tachées de rougeurs de briques, — et, çà et là,
le panache jauni d'un palmier montant sur le ciel bleu.

De l'autre côté, Guet-n'dar, la fourmilière nègre
aux milliers de toits pointus.

Auprès, des caravanes qui stationnent, des cha-
25 meaux couchés dans le sable, des Maures déchargeant
leurs ballots d'arachides, — leurs sacs-fétiches en cuir
ouvragé.

Marchands et marchandes accroupis dans le sable,
riant ou se disputant ; bousculés, piétinés, eux et
30 leurs produits, par les acheteurs.

3

—Hou ! dièndé m'pât ! . . . (marchandes de lait
aigre, contenu dans des peaux de bouc cousues retour-
nées le poil en dedans).

—Hou ! dièndé nébam ! . . . (marchandes de
beurre, — de race peuhle, — avec de grands chignons 5
tricornes plaqués de cuivre, — pêchant leur mar-
chandise à pleines mains dans des outres poilues ; —
la roulant dans leurs doigts en petites boulettes sales
à un sou la pièce, — et s'essuyant les pattes après
dans leurs cheveux).   10

—Hou ! dièndé kheul ! . . . dièndé khorompolé !
. . . (marchandes de simples, de petits paquets d'herbes ensorcelées, de queues de lézards et de racines à
propriétés magiques).

—Hou ! dièndé tchiakhkha ! . . . dièndé djiarab ! 15
. . . (marchandes accroupies, de grains d'or, de
grains de jahde, de perles d'ambre, de ferronnières
d'argent ; — tout cela étalé par terre sur des linges
sordides, — et piétiné par les clients).

—Hou ! dièndé guerté ! . . . dièndé khankhel ! 20
. . . dièndé iap-nior ! . . . —(marchandes de pistaches,
— de canards en vie, — de comestibles insensés, — de
viandes séchées au soleil, de pâtes au sucre mangées
par les mouches).

Marchandes de poisson salé, marchandes de pipes, 25
marchandes de tout ; — marchandes de vieux bijoux,
de vieux pagnes crasseux et pouilleux, sentant le cadavre ; de beurre de Galam pour l'entretien crépu de
la chevelure ; — de vieilles petites queues, coupées ou
arrachées sur des têtes de négresses mortes, et pou- 30
vant resservir telles quelles, toutes tressées et gom-
mées, toutes prêtes.

Marchandes de grigris, d'amulettes, de vieux fusils, de crottes de gazelles, de vieux *corans* annotés par les pieux marabouts du désert ; — de musc, de flûtes, de vieux poignards à manche d'argent, de vieux cou-
5 teaux de fer ayant ouvert des ventres, — de tam-tams, de cornes de girafes et de vieilles guitares.

Et la truanderie, la haute pouillerie noire, assise alentour, sous les maigres cocotiers jaunes : de vieilles femmes lépreuses tendant leurs mains et de vieux
10 squelettes à moitié morts.

. . . .

Des debris de toutes sortes et des tas d'ordures. — Et là-dessus, tombant d'aplomb, un de ces soleils brûlants qu'on sentait là tout près de soi, dont le rayonnement cuisait comme celui d'un brasier trop
15 rapproché.

Et toujours, et toujours, pour horizon le désert ; la platitude infinie du désert.

. . . .

Une Nuit de Calme sur la Mer Équatoriale.

Une nuit de calme sur la mer équatoriale.

Un *absolu* de silence, au milieu duquel les plus
20 légers frôlements de voiles deviennent perceptibles ; — de temps à autre, sur le pont, on entend gémir quelque négresse qui rêve ; les voix humaines vibrent avec des sons effrayants.

Une tiède torpeur des choses. Dans l'atmosphère,
25 les immobilités stupéfiantes du sommeil d'un monde.

Un immense miroir reflétant de la nuit, de la trans-

parence chaude ; — une mer laiteuse pleine de phosphore.

On dirait qu'on est entre deux miroirs qui se regardent, et se reflètent l'un l'autre sans fin ; on dirait
qu'on est dans le vide : il n'y a plus d'horizon. Au 5
loin, les deux nappes se mêlent, tout est fondu, le
ciel et les eaux, dans des profondeurs cosmiques,
vagues, infinies.

Et la lune est là, très basse, — comme un gros
rond de feu rouge sans rayons, en suspension au milieu 10
d'un monde de vapeurs d'un gris de lin pâle et phos-
phorescent.

Aux premiers âges géologiques, avant que *le jour
fût séparé des ténèbres,* les choses devaient avoir de
ces tranquillités d'attente. Les repos entre les créa- 15
tions devaient avoir de ces immobilités inexprimables,
— aux époques où les mondes n'étaient pas encore
condensés, où la lumière était diffuse et indéfinie
dans l'air, où les nues suspendues étaient du plomb
et du fer incréés, où toute l'éternelle matière était 20
sublimée par l'intense chaleur des chaos primitifs.

La Lettre.

Quand Jean se retrouva dans la rue solitaire, il n'y
put tenir, et, en frémissant, il ouvrit sa lettre.

Il y trouva cette fois l'écriture seule de sa vieille
mère, écriture plus tremblée que jamais, — avec des 25
taches de larmes.

Il dévora les lignes, — il eut un éblouissement, le
pauvre spahi, — et porta ses mains à sa tête, en
s'appuyant au mur.

.   .   .   .

C'était très pressé, avait dit le gouverneur, ce pli
qu'il portait ; il embrassa pieusement le nom de la
vieille Françoise, et s'en alla comme un homme ivre.

. . . .

Était-ce bien possible, cela ? C'était fini, fini à
5 jamais ! On lui avait pris sa fiancée, au pauvre exilé,
— sa fiancée d'enfance, que ses vieux parents lui
avaient choisie !

. . . .

" Les bans sont publiés, la noce sera faite avant
un mois. Je m'en doutais bien, mon cher fils, dès
10 le mois dernier ; Jeanne ne revenait plus nous voir.
Mais je n'osais pas te le dire encore, pour ne pas te
tourmenter, puisque nous ne pouvions rien y faire.
" Nous sommes dans un grand désespoir. Maintenant, mon fils, il est venu hier à Peyral une idée
15 qui nous fait peur : c'est que tu ne voudras plus
revenir au pays, et que tu resteras en Afrique.
" Nous sommes bien vieux tous les deux ; mon bon
Jean, mon cher fils, ta pauvre mère t'en supplie à
genoux, que cela ne t'empêche pas d'être sage, et de
20 nous revenir bientôt comme nous t'attendions. Autrement, j'aimerais mieux mourir tout de suite, et
Peyral aussi."

. . . .

Des pensées incohérentes, tumultueuses, se pressaient dans la tête de Jean.
25 Il fit un rapide calcul de dates. Non, ce n'était
pas fini encore, ce n'était pas un fait accompli. Le

télégraphe ! Mais non, à quoi donc pensait-il ! il
n'y avait point de télégraphe entre la France et le
Sénégal. Et, quand même, qu'aurait-il pu leur dire
de plus ? S'il avait pu partir en laissant tout derrière,
partir sur quelque navire à grande vitesse, et arriver 5
encore à temps ; en se jetant à leurs pieds, avec sup-
plications, avec larmes, il aurait peut-être encore pu
les attendrir. Mais, si loin... quelles impossibilités,
quelle impuissance ! Tout serait consommé avant
qu'il ait seulement pu leur envoyer en cri de dou- 10
leur.

Et il lui semblait qu'on serrait sa tête dans des
mains de fer, qu'on pressait sa poitrine dans des
étaux terribles.

Il s'arrêta encore pour relire, et puis, se souvenant 15
qu'il portait un ordre pressé du gouverneur, il replia
sa lettre et se remit à marcher.

.   .   .   .

Autour de lui, tout était au grand calme du milieu
du jour. — Les vieilles maisons à la mauresque
s'alignaient correctement, avec leur blancheur lai- 20
teuse, sous le bleu intense du ciel. — Parfois, en
passant, on entendait derrière leurs murs de brique
quelque plaintive et somnolente chanson de négresse ;
— ou bien, sur le pas des portes, on rencontrait quelque négrillon bien noir, qui dormait le ventre au 25
soleil, tout nu, avec un collier de corail, — et marquait une tache foncée au milieu de toute cette uniformité de lumière. — Sur le sable uni des rues, les
lézards se poursuivaient avec de petits balancements
de tête comiques, — et traçaient, en traînant leur 30

queue, une infinité de zigzags fantasques, compliqués comme des dessins arabes. — Un bruit lointain de pilons à kouss-kouss, monotone et régulier comme une sorte de silence, arrivait de Guet-n'dar, amorti par 5 les couches chaudes et lourdes de l'atmosphère de midi...

Cette tranquillité de la nature accablée semblait vouloir narguer l'exaltation du pauvre Jean, et exaspérer sa douleur ; elle l'oppressait comme un 10 mal physique, elle l'étouffait comme un suaire de plomb.

Ce pays lui faisait tout à coup l'effet d'un vaste tombeau.

Il s'éveillait, le spahi, comme d'un pesant sommeil 15 de cinq années. — Une immense révolte se faisait en lui, révolte contre tout et contre tous !... Pourquoi l'avait-on pris à son village, à sa mère, pour l'ensevelir au plus beau temps de sa vie sur cette terre de mort ?... De quel droit avait-on fait de lui cet être à 20 part qu'on appelle spahi, traîneur de sabre à moitié Africain, malheureux déclassé, — oublié de tous, — et finalement renié par sa fiancée !...

Il se sentait une rage folle au cœur, et ne pouvait pleurer ; il éprouvait le besoin de s'en prendre à 25 quelqu'un ou à quelque chose, — le besoin de torturer, d'étreindre, d'écraser quelqu'un de ses semblables dans ses bras puissants...

Et rien, rien autour de lui, — que le silence, la chaleur et le sable.

. . . .

30 Hélas ! pas un ami non plus dans tout ce pays, —

pas même un camarade de cœur à qui conter sa
peine... Il était donc bien abandonné, mon Dieu !...
et bien seul au monde !...

La Reconnaissance.

Une première reconnaissance, — à l'est du campe-
ment de Dialdé, dans la direction de Djidiam (Jean, 5
le sergent Muller et le grand Nyaor).

Au dire des vieilles femmes peureuses de la tribu
alliée, on avait vu sur le sable les empreintes toutes
fraîches d'une troupe nombreuse d'hommes et de cavaliers, qui ne pouvait être autre que l'armée du 10
grand roi noir.

Depuis deux heures, les trois spahis promenaient en
tous sens leurs chevaux dans la plaine, sans rencontrer
aucune empreinte humaine par terre, aucune trace
du passage d'une armée.   15

Le sol, en revanche, était criblé d'empreintes de
toutes les bêtes d'Afrique, — depuis le gros trou rond
que creuse l'hippopotame de son pied pesant, jusqu'au
petit triangle délicat que la gazelle, dans sa course
légère, trace du bout de son sabot. — Le sable, durci 20
par les dernières pluies de l'hivernage, gardait avec
fidélité parfaite tous les dessins que lui confiaient les
habitants du désert.   On y reconnaissait des mains
de singes, — de grands pas dégingandés de girafes,
— des traînées de lézards et de serpents, — des griffes 25
de tigres et de lions ; on aurait pu suivre les allées et
venues cauteleuses des chacals, — les bonds prodi-
gieux des biches poursuivies ; — on devinait toute
l'animation terrible amenée par l'obscurité dans ces

déserts, qui demeurent silencieux tant que le soleil y
promène son grand œil flamboyant ; on reconstituait
tous les sabbats nocturnes de la vie sauvage.

Les trois spahis faisaient lever devant leurs chevaux
5 tout le gibier caché dans les halliers ; — on eût fait
dans ce pays des chasses miraculeuses. Les perdrix
rouges s'envolaient au bout de leurs fusils, — et les
poules-pharaons, — et les geais bleus et les geais
roses, — et les merles métalliques, et les grandes
10 outardes. Eux les laissaient tous partir, cherchant
toujours des traces d'hommes, et n'en trouvant
aucune.

Le soir approchait, et des vapeurs épaisses s'entas-
saient à l'horizon. Le ciel avait ces aspects lourds et
15 immobiles que l'imagination prête aux couchers du
soleil antédiluvien, — aux époques où l'atmosphère,
plus chaude et plus chargée de substances vitales,
couvait sur la terre primitive ces germes monstrueux
de mammouths et de plésiosaures...

20 Le soleil s'abaissa doucement dans ces voiles
étranges ; il devint terne, — livide, — sans rayons ;
il se déforma, — s'agrandit démesurément, — puis
s'éteignit.

Nyaor, qui jusque-là avait suivi Muller et Jean avec
25 son insouciance habituelle, déclara que la reconnaissance devenait imprudente, et que les deux toubabs
ses amis seraient inutilement téméraires s'ils la pro-
longeaient davantage.

Le fait est que toutes les surprises étaient possibles,
30 qu'autour d'eux tout était à redouter. De plus, les
empreintes de lions étaient partout fraîches et nombreuses ; — les chevaux commençaient à s'arrêter,

flairant ces cinq griffes si nettes sur le sable uni, et tremblants de frayeur...

Jean et le sergent Muller, ayant tenu conseil, se décidèrent à tourner bride, et bientôt les trois chevaux volaient comme le vent dans la direction du 5 blockhaus, laissant flotter derrière eux les burnous blancs de leurs cavaliers. Dans le lointain, on commençait à entendre cette formidable voix caverneuse que les Maures comparent au tonnerre : la voix du lion en chasse. 10

Ils étaient braves, ces trois hommes qui galopaient là, — et pourtant ils subissaient cette sorte de vertige que donne la vitesse, — cette peur contagieuse qui faisait bondir leurs bêtes affolées. — Les joncs qui se couchaient sous leur passage, les branches qui 15 fouettaient leurs jambes, — leur semblaient des légions de lions du désert lancés à leur trousse...

Ils aperçurent bientôt la rivière qui les séparait des tentes françaises, du monde habité, et le petit blockhaus arabe du village de Dialdé, éclairé encore de 20 dernières lueurs rouges.

Ils firent passer leurs chevaux à la nage et rentrèrent au camp.

Le Combat.

Sept heures du matin. — Un site perdu du pays de Diambour. — Un marais plein d'herbages renfer- 25 mant un peu d'eau. — Une colline basse bornait l'horizon du côté du nord ; — du côté opposé de la plaine, à perte de vue, les grands champs de Dialakar.

Tout est silencieux et désert ; — le soleil monte tranquillement dans le ciel pur. 30

Des cavaliers apparaissent dans ce paysage africain qui eût trouvé aussi bien sa place dans quelque contrée solitaire de l'ancienne Gaule. — Fièrement campés sur leurs chevaux, ils sont beaux tous, avec
5 leurs vestes rouges, leurs pantalons bleus, leurs grands chapeaux blancs rabattus sur leurs figures bronzées.

Ils sont douze, douze spahis envoyés en éclaireurs, sous la conduite d'un adjudant, — et Jean est parmi
10 eux.

Aucun présage de mort, rien de funèbre dans l'air, — rien que le calme et la pureté du ciel. — Dans le marais, les hautes herbes, humides encore de la rosée de la nuit, brillent au soleil ; les libellules voltigent,
15 avec leurs grandes ailes tachetées de noir ; les nénufars ouvrent sur l'eau leurs larges fleurs blanches.

La chaleur est déjà lourde ; les chevaux tendent le col pour boire, ouvrant leurs naseaux, flairant l'eau dormante. — Les spahis s'arrêtent un instant pour
20 tenir conseil ; ils mettent pied à terre pour mouiller leurs chapeaux et baigner leurs fronts.

. . . .

Tout à coup, dans le lointain, on entend des coups sourds, — comme le bruit de grosses caisses énormes résonnant toutes à la fois.
25 — Les *grands tam-tams!* dit le sergent Muller, qui avait vu plusieurs fois la guerre au pays nègre.

Et, instinctivement, tous ceux qui étaient descendus coururent à leurs chevaux.

Mais une tête noire venait de surgir près d'eux
30 dans les herbages ; un vieux marabout avait fait, avec

son bras maigre, un signe bizarre, comme un commandement magique adressé aux roseaux du marais, — et une grêle de plomb s'abattait sur les spahis.

.　.　.　.　.　.　.　.　.

Les coups, pointés patiemment, sûrement, dans la sécurité de cette embuscade, avaient tous porté. — 5 Cinq ou six chevaux s'étaient abattus ; les autres, surpris et affolés, se cabraient, en renversant sous leurs pieds leurs cavaliers blessés, — et Jean s'était affaissé, lui aussi, sur le sol avec une balle dans les reins. 10

En même temps, trente têtes sinistres émergeaient des herbes, trente démons noirs, couverts de boue, bondissaient, en grinçant de leurs dents blanches, comme des singes en fureur.

O combat héroïque qu'eût chanté Homère et qui 15 restera obscur et ignoré, comme tant d'autres de ces combats lointains d'Afrique ! Ils firent des prodiges de valeur et de force, les pauvres spahis, dans leur défense suprême. — La lutte les enflammait, comme tous ceux qui sont courageux par nature et qui sont 20 nés braves ; ils vendirent cher leur vie, ces hommes qui tous étaient jeunes, vigoureux et aguerris ! — Et dans quelques années, à Saint-Louis même, ils seront oubliés. — Qui redira encore leurs noms, — à ceux qui sont tombés au pays de Diambour, dans les 25 champs de Dialakar ?

Cependant le bruit des grands tam-tams se rapprochait toujours.

Et tout à coup, pendant la mêlée, les spahis, comme en rêve, virent passer sur la colline une grande troup- 30

noire ; des guerriers, à moitié nus, couverts de grigris, courant dans la direction de Dialdé, en masses
échevelées ; — des tam-tams de guerre énormes, que
quatre hommes ensemble avaient peine à entraîner
5 dans leur course ; — de maigres chevaux du désert
qui semblaient pleins de feu et de fureur, harnachés
d'oripeaux singuliers, tout pailletés de cuivre, — avec
de longues queues, de longues crinières, teintes en
rouge sanglant, — tout un défilé fantastique, démo-
10 niaque ; — un cauchemar africain, plus rapide que le
vent.

C'était Boubakar-Ségou qui passait !

Il allait s'abattre là-bas sur la colonne française.

— Il passait sans même prendre garde aux spahis, —
15 les abandonnant à la troupe embusquée qui achevait
de les exterminer.

On les poussait toujours, loin des herbages et de
l'eau, on les poussait dans les sables arides, là où une
chaleur plus accablante, une réverbération plus ter-
20 rible les épuisait plus vite.

On n'avait pu recharger les armes ; — on se battait
avec des couteaux, des sabres, des coups d'ongle et
des morsures ; — il y avait partout de grandes blessures ouvertes et des entrailles saignantes.

25 Deux hommes noirs s'étaient acharnés après Jean.
— Lui était plus fort qu'eux ; il les roulait et les cha-
virait avec rage, — et toujours ils revenaient.

A la fin, ses mains n'avaient plus de prise sur le
noir huileux de leur peau nue ; ses mains glissaient
30 dans du sang ; — et puis il s'affaiblissait par toutes
ses blessures.

Il perçut confusément ces dernières images : ses

camarades morts, tombés à ses côtés, — et le gros de
l'armée nègre qui courait toujours, prête à disparaître ; — et le beau Muller qui râlait près de lui,
en rendant du sang par la bouche ; — et, là-bas, déjà
très loin, le grand Nyaor qui se frayait un chemin 5
dans la direction de Saldé, en fauchant à grands
coups de sabre dans un groupe noir.

. . . .

Et puis, à trois, ils le terrassèrent, ils le couchèrent
sur le côté, lui tenant les bras, — et l'un d'eux appuya
contre sa poitrine un grand couteau de fer. 10

Une minute effroyable d'angoisse, pendant laquelle ·
Jean sentit la pression de ce couteau contre son corps.
Et pas un secours humain, rien, tous tombés, personne!

Le drap rouge de sa veste et la grosse toile de sa
chemise de soldat, et sa chair, faisaient matelas et 15
résistaient : le couteau était mal aiguisé !

Le nègre appuya plus fort. — Jean poussa un grand
cri rauque et tout à coup son flanc se creva. — La
lame, avec un petit crissement horrible, plongea dans
sa poitrine profonde ; — on la remua dans le trou, — 20
puis on l'arracha à deux mains, — et l'on repoussa le
corps du pied.

. . . .

C'était lui le dernier. — Les démons noirs prirent
leur course en poussant leur cri de victoire ; en une
minute, ils avaient fui comme le vent dans la direc- 25
tion de leur armée.

On les laissa seuls, les spahis, — et le calme de la
mort commença pour eux.

. . . .

MON FRÈRE YVES.

En rade, — à bord d'un navire arrivé le matin même de l'Amérique du Sud, — à quatre heures sonnantes, un quartier-maître avait donné un coup de sifflet prolongé, suivi de trilles savants qui signifiaient en lan-
5 gage de marine : "Armez la chaloupe !" Alors on avait entendu un murmure de joie dans ce navire, où les matelots étaient parqués, à cause de la pluie, dans l'obscurité du faux pont. C'est qu'on avait eu peur un moment que la mer ne fût trop mauvaise pour
10 communiquer avec Brest, et on attendait avec anxiété ce coup de sifflet qui décidait la question. Après trois ans de campagne, c'était la première fois qu'on allait remettre les pieds sur la terre de France, et l'impatience était grande.
15 Quand les hommes désignés, vêtus de petits costumes en toile cirée jaune-paille, furent tous embarqués dans la chaloupe et rangés à leur banc d'une manière correcte et symétrique, le même quartier-maître siffla de nouveau et dit : "Les permissionnaires
20 à l'appel !"

Le vent et la mer faisaient grand bruit ; les lointains de la rade étaient noyés dans un brouillard blanchâtre fait d'embruns et de pluie.

Les matelots permissionnaires montaient en cou-

47

rant, sortaient des panneaux et venaient s'aligner, à
mesure qu'on appelait leur numéro et leur nom, la
figure illuminée par cette grande joie de revoir Brest.
Ils avaient mis leurs beaux habits du dimanche ; ils
achevaient, sous l'ondée torrentielle, des derniers dé- 5
tails de toilette, s'ajustant les uns les autres avec des
airs de coquetterie.

Quand on appela : " 218 : Kermadec ! " on vit
paraître Yves, un grand garçon de vingt-quatre ans,
à l'air grave, portant bien son tricot rayé et son large 10
col bleu.   .

Grand, maigre de la maigreur des antiques, avec
les bras musculeux, le col et la carrure d'un athlète,
l'ensemble du personnage donnant le sentiment de la
force tranquille et légèrement dédaigneuse. Le visage 15
incolore, sous une couche uniforme de hâle brun, je
ne sais quoi de breton qui ne se peut définir, avec un
teint d'Arabe. La parole brève et l'accent du Finistère ; la voix basse, vibrant d'une manière particulière, comme ces instruments aux sons très puis- 20
sants, mais qu'on touche à peine de peur de faire trop
de bruit.

Les yeux gris roux, un peu rapprochés et très ren-
foncés sous l'arcade sourcilière, avec une expression
impassible de regard en dedans ; le nez très fin et ré- 25
gulier ; la lèvre inférieure s'avançant un peu, comme
par mépris.

Figure immobile, marmoréenne, excepté dans les
moments rares où paraît le sourire ; alors tout se
transforme et on voit qu'Yves est très jeune. Le 30
sourire de ceux qui ont souffert : il a une douceur
d'enfant et illumine les traits durcis, un peu comme

ces rayons de soleil, qui, par hasard, passent sur les
falaises bretonnes.

Quand Yves parut, les autres marins qui étaient là
le regardèrent tous avec de bons sourires et une nuance
5 inusitée de respect.

C'est qu'il portait pour la première fois, sur sa
manche, le double galon rouge des quartiers-maîtres
qu'on venait de lui donner.   Et, à bord, c'est quelqu'un, un quartier-maître de manœuvre ; ces pauvres
10 galons de laine, qui, dans l'armée, arrivent si vite au
premier venu, dans la marine représentent des années
de misères ; ils représentent la force et la vie des
jeunes hommes, dépensées à toute heure du jour et
de la nuit là-haut, dans la mâture, ce domaine des
15 gabiers que secouent tous les vents du ciel.

Le maître d'équipage, s'étant approché, tendit la
main à Yves.   Jadis il avait été, lui aussi, un gabier
dur à la peine, il s'y connaissait en hommes courageux
et forts.

20   — Eh bien, Kermadec, dit-il, on va les *arroser*, ces
galons ?

— Mais oui, maître. . . , répondit Yves à voix basse,
en gardant un air grave et très rêveur.

Ce n'était pas de l'eau du ciel que voulait parler
25 ce vieux maître ; car, sous ce rapport-là, l'arrosage
était assuré.   Non, en marine, arroser des galons signifie se griser pour leur faire honneur le premier
jour où on les porte.

Yves restait pensif devant la nécessité de cette
30 cérémonie, parce qu'il venait de me faire, à moi,
un grand serment d'être sage et qu'il avait envie de le
tenir.

4

Et puis il en avait assez, à la fin, de ces scènes de cabaret déjà répétées dans tous les pays du monde. Traîner ses nuits dans tous les bouges, à la tête des plus indomptés et des plus ivres, et se faire ramasser le matin dans les ruisseaux, on se lasse à la longue 5 de ces plaisirs, si bon matelot qu'on soit. D'ailleurs, les lendemains sont pénibles et se ressemblent tous, Yves savait cela et n'en voulait plus.

Il était bien noir, ce temps de décembre, pour un jour de retour. On avait beau être insouciant et 10 jeune, ce temps jetait sur la joie de revenir une sorte de nuit sinistre. Yves éprouvait cette impression, qui lui causait malgré lui un étonnement triste ; car tout cela, en somme, c'était sa Bretagne ; il la sentait dans l'air et la reconnaissait rien qu'à 15 cette obscurité de rêve.

La chaloupe partit, les emportant tous vers la terre. Elle s'en allait toute penchée sous le vent d'ouest ; elle bondissait sur les lames avec un son creux de tambour, et, à chaque saut qu'elle faisait, une masse 20 d'eau de mer venait se plaquer sur eux, comme lancée par des mains furieuses.

Ils filaient très vite dans une espèce de nuage d'eau dont les grosses gouttes salées leur fouettaient la figure. Ils se tenaient tête baissée sous ce déluge, 25 serrés les uns contre les autres, comme font les moutons sous l'orage.

.   .   .   .

La Vie à Bord.

Juin 1875.

... C'était par le vingtième parallèle de latitude, dans la région des alizés, un matin vers six heures ;

sur le pont d'un navire qui était là tout seul au milieu du bleu immense, un groupe de jeunes hommes se
tenait, le torse nu, au soleil levant.

C'était la bande d'Yves, les gabiers de misaine et
5 ceux du beaupré.

Ayant tous attaché sur leurs épaules leur mouchoir, qu'ils venaient de laver, ils restaient grave-
ment le dos au soleil pour le faire sécher. Leur figure
brune, leur rire, avaient encore une grâce jeune d'en-
10 fant : leur dandinement, la façon souple et moelleuse
dont ils posaient leurs pieds nus, avaient quelque
chose du chat.

Et, tous les matins, à cette même heure, à ce même
soleil, dans ce même costume, ce groupe se tenait sur
15 ces mêmes planches qui les promenaient, insouciants,
au milieu des infinis de la mer.

Ce matin-là, ils discutaient sur la lune, sur son
visage humain, qui leur était resté de la nuit comme
une obsédante image blême gravée dans leur mémoire.
20 Pendant tout leur quart, ils l'avaient vue là-haut, suspendue toute seule, toute ronde, au milieu de l'immense vide bleuâtre ; même ils avaient été obligés de
se cacher le front (pendant leur sommeil, le ventre en
l'air et à la belle étoile) à cause des maladies et ma-
25 léfices qu'elle jette sur les yeux des matelots, lorsque
ceux-ci s'endorment sous son regard.

Ils étaient là quelques-uns qui conservaient toujours et quand même un grand air de noblesse, je ne
sais quoi de superbe dans l'expression et la tournure,
30 et le contraste était singulier entre leur aspect et les
choses naïves qu'ils faisaient.

Il y avait Jean Barrada, le sceptique de cette com-

pagnie, qui lançait de temps à autre dans la discus-
sion l'éclat mordant de son rire, montrant ses dents
blanches toujours et renversant sa belle tête en arrière.   Il y avait Clet Kerzulec, un Breton de l'île
d'Ouessant, qui se préoccupait surtout de ces traits 5
humains estompés sur ce disque pâle.   Et puis le
grand Barazère, qui jouait le sérieux et l'érudit, leur
assurant que c'était un monde beaucoup plus grand
que le nôtre et dans lequel vivaient des peuples étranges.   10

Eux secouaient la tête, incrédules, et Yves disait,
très songeur :

— Tout ça, c'est des choses... c'est des choses, vois-
tu, Barazère, dans lesquelles je crois que tu ne te connais pas beaucoup.   15

Et puis il ajoutait, d'un air qui tranchait la discus-
sion, que d'ailleurs il allait venir me trouver et se faire
bien expliquer ce que c'était que la lune.   Après, il
reviendrait le leur apprendre à tous.

Nul doute, en effet, que je ne fusse très au courant 20
des choses de la lune comme de tout le reste.   D'abord
on m'avait souvent vu occupé à la regarder marcher à
travers un instrument de cuivre en compagnie d'un
timonier qui me comptait tout haut, d'une voix monotone d'horloge, les minutes et les secondes tran- 25
quilles de la nuit.

Cependant les petits mouchoirs séchaient sur les dos
nus des jeunes hommes, et le soleil montait dans le
grand ciel bleu.

Il y en avait, de ces petits mouchoirs, qui étaient 30
tout uniment blancs ; d'autres qui avaient des dessins
de plusieurs couleurs, et même qui portaient de

beaux navires imprimés au milieu dans des cadres
rouges.

Moi, qui étais de quart, je commandai : " A larguer
le ris de chasse ! " Et le maître d'équipage fit irrup-
5 tion au milieu des causeurs en sifflant dans son sifflet
d'argent. Alors brusquement, en un clin d'œil,
comme une bande de chats sur lesquels on a lancé un
dogue, ils se dispersèrent tous en courant dans la mâture.

10 Yves habitait là-haut, dans sa hune. En regardant
en l'air, on était sûr de voir sa silhouette large et
svelte sur le ciel ; mais on le rencontrait rarement
en bas.

C'est moi qui montais de temps en temps lui faire
15 visite, bien que mon service ne m'y obligeât plus depuis que j'avais franchi le grade de midship ; mais
j'aimais assez ce domaine d'Yves, où l'on était éventé
par un air encore plus pur.

Dans cette hune, il avait ses petites affaires ; un jeu
20 de cartes dans une boîte, du fil et des aiguilles pour
coudre, des bananes volées, des salades prises la nuit
dans les réserves du commandant, tout ce qu'il pouvait ramasser de frais et de vert dans ses maraudes
nocturnes (les matelots sont friands de ces choses
25 rares qui guérissent les gencives fatiguées par le sel).
Et puis il avait *sa perruche* attachée par une patte et
fermant sous le soleil ses yeux clignotants.

Sa perruche était un hibou à grosse tête des pam-
pas, tombé un jour à bord à la suite d'un grand vent.
30 Il y a de bizarres destinées sur la terre, ainsi celle
de ce hibou faisant le tour du monde en haut d'un
mât. Quel sort inattendu.

Il connaissait son maître et le saluait par de petits battements d'ailes joyeux.   Yves lui faisait régulièrement manger sa propre ration de viande, ce qui pourtant ne l'empêchait pas d'élargir.

Cela l'amusait beaucoup, en le regardant de tout 5 près, de tout près, dans les yeux, de le voir se retirer, se cambrer d'un air de dignité offensée, en dodelinant de la tête avec un tic d'ours.   Alors il était pris de fou rire, et il lui disait avec son accent breton :

— Oh ! mais comme tu as l'air bête, ma pauvre per- 10 ruche !

De là-haut, on dominait comme de très loin le pont de la *Sybille,* une *Sybille* aplatie, fuyante, très drôle à regarder de ce domaine d'Yves, ayant l'air d'une espèce de long poisson de bois, dont la couleur de sapin 15 neuf tranchait sur les bleus profonds, infinis de la mer.

Et, dans tous ces bleus transparents, au milieu du sillage, derrière, une petite chose grise, ayant la même forme que le navire et le suivant toujours entre 20 deux eaux : le requin.   Il y a toujours un requin qui suit, rarement deux ; seulement, quand on l'a pêché, il en vient un autre.   Il suit pendant des nuits et des jours, il suit sans se lasser pour manger tout ce qui tombe : débris quelconques, hommes vivants 25 ou hommes morts.

De temps en temps, il y avait de toutes petites hirondelles qui venaient aussi nous faire cortège pour s'amuser, par caprice, picorant les miettes de biscuit que nous semions derrière nous dans ce désert d'eau 30 et puis disparaissant au loin en décrivant des courbes joyeuses.   Petites bêtes d'une espèce rare, de couleur rousse à queue blanche, qui vivent on ne sait comment, perdues au milieu des grandes eaux, toujours au plus large des mers.

Yves, qui en voulait une, leur tendait des pièges ;
5 mais elles, très fines, ne venaient pas s'y prendre.

.   .   .   .

Les Frères.

Ce fut le soir, après souper, que la mère d'Yves me recommanda solennellement son fils, et cela resta toute la vie.

Elle avait bien compris, avec son instinct de mère,
10 que je n'étais pas ce que je paraissais être et que je pourrais avoir sur la destinée de son dernier fils une influence souveraine.

— Elle dit, traduisait la jeune fille, que vous nous trompez, monsieur, et qu'Yves aussi nous trompe
15 pour vous faire plaisir ; que vous n'êtes pas quelqu'un comme nous autres... Et elle demande, puisque vous naviguez ensemble, si vous voudrez veiller sur lui.

Alors la vieille femme me commença l'histoire du
20 père d'Yves, histoire que, par Yves lui-même, je connaissais déjà depuis longtemps. Je l'écoutai volontiers cependant, contée par cette jeune fille, devant la grande cheminée bretonne où la flamme dansait sur une souche de hêtre.

25 — ... Elle dit que notre père était un beau marin, si beau, qu'on n'avait jamais vu dans le pays un si bel homme marcher sur terre. Il est mort, nous laissant treize, treize enfants. Il est mort comme beau-

coup de marins de nos pays, monsieur.   Un dimanche
qu'il avait bu, il est parti en mer le soir dans sa
barque, malgré un grand vent qui soufflait du nord-
ouest, et on ne l'a jamais vu revenir.   Comme ses
fils, il avait très bon cœur ; mais sa tête était bien 5
mauvaise.

Et la pauvre mère regardait son fils Yves...

— Elle dit, continua la jeune fille, que mes parents
habitaient Saint-Pol-de-Léon, dans le Finistère,
qu'Yves avait un an, et que, moi, je n'étais pas encore 10
venue quand notre père est mort ; alors elle a quitté
cette ville pour retourner à Plouherzel en Goëlo, son
pays natal.   Mon père laissait nos affaires en grand
désordre ; presque tout l'argent que nous avions eu
autrefois était passé au cabaret, et ma mère n'avait 15
plus de pain à nous donner.   C'est alors que nos
deux frères aînés, Gildas et Goulven, sont partis
comme mousses sur des navires au long cours.

"On ne les a pas beaucoup vus au pays depuis leur
départ, et pourtant on ne peut pas dire qu'ils ne 20
nous aimaient pas.   Ils se sont souvent privés de
leur paye de matelot pour permettre à notre mère de
nous élever, nous les plus petits, Yves, ma sœur qui
est ici, et puis moi.

"Mais Goulven a déserté, monsieur, il y a plus de 25
quinze ans, par un mauvais coup de tête...

— Eux aussi, dit la vieille femme, sont de beaux
et braves marins, leur cœur est franc comme l'or...
Mais ils ont la tête de leur père, et déjà ils se sont
mis à boire...   30

— Mon frère Gildas, reprit la jeune fille, a navi-
gué sept ans à bord d'un américain pour faire,

dans le Grand Océan, la pêche à la baleine. Cette campagne l'avait rendu très riche ; mais il paraît que c'est un dur métier, n'est-ce pas, monsieur ?

—Oui, un dur métier, en effet... Je les ai vus à
5 l'œuvre, dans le Grand Océan, ces marins-là, moitié baleiniers, moitié forbans, qui passent des années dans les grandes houles des mers australes sans aborder aucune terre habitée.

—Il était si riche, mon frère Gildas, quand il est
10 revenue de cette pêche, qu'il avait un grand sac tout rempli de pièces d'or.

—Il les avait versées là sur mes genoux, dit la vieille femme en relevant les pans de sa robe, comme pour les retenir encore, et mon tablier en était plein.
15 De grosses pièces d'or des autres pays, marquées de toute sorte de figures de rois et d'oiseaux.[1] Il y en avait de toutes neuves, qui représentaient le portrait d'une dame avec une couronne de plumes,[2] et qui valaient seules plus de cent francs, monsieur. Jamais
20 nous n'avions vu tant d'or... Il donna mille franc à chacune de ses sœurs, et mille à moi sa mère, et m'acheta cette petite maison où nous demeurons. Il dépensa le reste à s'amuser à Paimpol et à faire des choses qui, certainement, n'étaient pas bien. Mais
25 ils sont tous comme ça, monsieur, vous le savez mieux que moi. Pendant deux mois, on ne parlait que de lui dans la ville.

"Depuis il est reparti et nous ne l'avons pas revu. C'est un brave marin, monsieur, que mon fils Gildas ;

---

[1] Les *condors* chiliens.
[2] Vingt piastres de Californie (les baleiniers font d'ordinaire leurs économies en cette monnaie-la).

mais il est perdu comme son père parce que, lui
aussi, s'est mis à boire."

Et la vieille femme courba douloureusement la
tête en parlant de ce fléau sans remède qui dévore
les familles des marins bretons.   5

Il y eut un silence, et elle parla de nouveau à sa
fille d'une voix grave en me regardant.

—Elle demande, monsieur... si vous voulez lui
faire cette promesse... au sujet de mon frère...

Ce regard anxieux, profond, fixé sur moi, me 10
causait une impression étrange.   C'est pourtant vrai
que toutes les mères, quelles que soient les distances
qui les séparent, ont, à certaines heures, des expressions pareilles... Maintenant il me semblait que
cette mère d'Yves avait quelque chose de la mienne. 15

—Dites-lui que je jure de veiller sur lui *toute ma
vie, comme s'il était mon frère.*

Et la jeune fille répéta, traduisant lentement en
breton :

—Il jure de veiller sur lui toute sa vie, comme s'il 20
était son frère.

Elle s'était levée, la vieille mère, toujours droite,
rude, et brusque ; elle avait pris au mur une image
du Christ, et s'était avancée vers moi en me parlant
comme pour me prendre au mot, là, avec une naïveté, 25
une indiscrétion sauvages.

—C'est là-dessus, monsieur, qu'elle vous demande
de jurer.

—Non, ma mère, non, dit Yves tout confus, qui
essayait de s'interposer, de l'arrêter.   30

Moi, j'étendis le bras vers cette image du Christ,
un peu surpris, un peu ému peut-être, et je répétai :

—Je jure de faire ce que je viens de dire.

Seulement mon bras tremblait légèrement, parce que je pressentais que l'engagement serait grave dans l'avenir.

5 Et puis je pris la main d'Yves, qui baissait la tête, rêveur :

— Et toi, tu m'obéiras, tu me suivras... *mon frère?*

Lui, répondit tout bas, hésitant, détournant les 10 yeux, avec le sourire d'un enfant :

— Mais oui... bien sûr...

L'Ouragan.

En mer, mai 1877.

Depuis deux jours, la grande voix sinistre gémissait autour de nous. Le ciel était très noir ; il était comme dans ce tableau où le Poussin a voulu peindre 15 le déluge ; seulement toutes les nuées remuaient, tourmentées par un vent qui faisait peur.

Et cette grande voix s'enflait toujours, se faisait profonde, incessante : c'était comme une fureur qui s'exaspérait. Nous nous heurtions dans notre marche 20 à d'énormes masses d'eau, qui s'enroulaient en volutes à crêtes blanches et qui passaient avec des airs de se poursuivre ; elles se ruaient sur nous de toutes leurs forces : alors c'étaient des secousses terribles et de grands bruits sourds.

25 Quelquefois la *Médée* se cabrait, leur montait dessus, comme prise, elle aussi, de fureur contre elles. Et puis elle retombait toujours, la tête en avant, dans des creux traîtres qui étaient derrière ; elle touchait le fond de ces espèces de vallées qu'on voyait s'ouvrir

rapides, entre de hautes parois d'eau ; et on avait
hâte de remonter encore, de sortir d'entre ces parois courbes, luisantes, verdâtres, prêtes à se refermer.

Une pluie glacée rayait l'air en longues flèches 5
blanches, fouettait, cuisait comme des coups de lanières. Nous nous étions rapprochés du nord, en
nous élevant le long de la côte chinoise, et ce froid
inattendu nous saisissait.

En haut, dans la mâture, on essayait de serrer les 10
huniers, déjà au bas ris ; la *cape* était déjà dure à
tenir, et maintenant il fallait, coûte que coûte, marcher droit contre le vent, à cause de terres douteuses
qui pouvaient être là, derrière nous.

Il y avait deux heures que les gabiers étaient à ce 15
travail, aveuglés, cinglés, brûlés par tout ce qui leur
tombait dessus, gerbes d'écume lancées de la mer,
pluie et grêle lancées du ciel ; essayant, avec leurs
mains crispées de froid qui saignaient, de crocher
dans cette toile raide et mouillée qui ballonnait sous 20
le vent furieux.

Mais on ne se voyait plus, on ne s'entendait plus.

On en aurait eu assez rien que de se tenir pour
n'être pas emporté, rien que de se cramponner à toutes
ces choses remuantes, mouillées, glissantes d'eau ; — 25
et il fallait encore travailler en l'air sur ces vergues qui
se secouaient, qui avaient des mouvements brusques,
désordonnés, comme les derniers battements d'ailes
d'un grand oiseau blessé qui râle.

Des cris d'angoisse venaient de là-haut, de cette 30
espèce de grappe humaine suspendue. Cris d'hommes,
cris rauques, plus sinistres que ceux des femmes, parce

qu'on est moins habitué à les entendre ; cris d'horrible
douleur : une main prise quelque part, des doigts ac-
crochés, qui se dépouillaient de leur chair ou s'arra-
chaient ; — ou bien un malheureux, moins fort que
5 les autres, crispé de froid, qui sentait qu'il ne se
tenait plus, que le vertige venait, qu'il allait lâcher
et tomber. Et les autres, par pitié, l'attachaient,
pour essayer de l'*affaler* jusqu'en bas.

...Il y avait deux heures que cela durait ; ils
10 étaient épuisés ; ils ne pouvaient plus.

Alors on les fit descendre, pour envoyer à leur place
ceux de bâbord qui étaient plus reposés et qui avaient
moins froid.

...Ils descendirent, blêmes, mouillés, l'eau gla-
15 cée leur ruisselant dans la poitrine et dans le dos, les
mains sanglantes, les ongles décollés, les dents qui
claquaient. Depuis deux jours on vivait dans l'eau,
on avait à peine mangé, à peine dormi, et la force des
hommes diminuait.

20 C'est cette longue attente, cette longue fatigue dans
le froid humide, qui sont les vraies horreurs de la
mer. Souvent les pauvres mourants, avant de rendre
leur dernier cri, leur dernier hoquet d'agonie, sont
restés des jours et des nuits, trempés, salis, couverts
25 d'une couche boueuse de sueur froide et de sel, d'un
enduit de mort.

...Le grand bruit augmentait toujours. Il y
avait des moments où ça sifflait aigre et strident,
comme dans un paroxysme d'exaspération méchante ;
30 et puis d'autres où cela devenait grave, caverneux,
puissant comme des sons immenses de cataclysme.
Et on sautait toujours d'une lame à l'autre, et, à part

la mer qui gardait encore sa mauvaise blancheur de
bave et d'écume, tout devenait plus noir. Un crépuscule glacial tombait sur nous ; derrière ces rideaux
sombres, derrière toutes ces masses d'eau qui étaient
dans le ciel, le soleil venait de disparaître, parce que 5
c'était l'heure ; il nous abandonnait, et il allait falloir
se débrouiller dans cette nuit. . . . .

. . . Yves était monté avec les bâbordais dans ce
désarroi de la mâture, et alors je regardais en haut,
aveuglé moi aussi, ne percevant plus que par instants 10
la grappe humaine en l'air.

Et tout à coup, dans une plus grande secousse, la
silhouette de cette grappe se rompit brusquement,
changea de forme ; deux corps s'en détachèrent, et
tombèrent les bras écartés dans les volutes mugis- 15
santes de la mer, tandis qu'un autre s'aplatit sur le
pont, sans cri, comme serait tombé un homme déjà
mort.

— Encore le *marchepied* cassé ! dit le maître de
quart, en frappant du pied avec rage. Du filin pourri, 20
qu'ils nous ont donné dans ce sale port de Brest ! Le
grand Kerboul, à la mer. Le second, qui est-ce ?

D'autres, raccrochés par les mains à des cordages,
un instant balancés dans le vide, remontaient maintenant, à la force des poignets, en se dépêchant, — 25
très vite, comme des singes.

Je reconnus Yves, un de ceux qui grimpaient, —
et alors, je repris ma respiration, que l'angoisse avait
coupée.

Ceux qui étaient à la mer, on jeta bien des bouées 30
pour eux, — mais à quoi bon ? — On aimait encore
mieux ne plus les voir reparaître, car alors, à cause de

ce danger de *tomber en travers à la lame,* on n'aurait pas pu s'arrêter pour les reprendre, et il aurait fallu avoir ce courage horrible de les abandonner. Seulement on fit l'appel de ceux qui restaient, pour savoir
5 le nom du second qu'on avait perdu : c'était un petit novice très sage, que sa mère, une veuve déjà âgée, était venue recommander au maître avant le départ de France.

L'autre, celui qui s'était écrasé sur le pont, on le
10 descendit tant bien que mal, à quatre, en le faisant encore tomber en route ; on le porta dans l'infirmerie, qui était devenue un cloaque immonde, où bouillonnaient deux pieds d'eau boueuse et noire, avec des fioles brisées, des odeurs de tous les remèdes répan-
15 dus. Pas même un endroit où le laisser finir en paix ; la mer n'avait seulement pas de pitié pour ce mourant, elle continuait de le faire danser, de le *sauter* de plus belle. Il avait retrouvé une espèce de son de la gorge, un râlement qui sortait encore, perdu dans
20 tous les grands bruits des choses. On aurait peut-être pu le secourir, prolonger son agonie, avec un peu de calme. Mais il mourut là assez vite, entre les mains d'infirmiers devenus stupides de peur, qui voulaient le faire manger.
25 *Huit heures du soir.*—A ce moment, la charge du quart était lourde, et c'était à mon tour de la prendre.

On se tenait comme on pouvait. On ne voyait plus rien. On était au milieu de tant de bruit, que la voix des hommes semblait n'avoir plus aucun son ;
30 les sifflets d'argent, forcés à pleine poitrine, perçaient mieux, comme des chants flûtés de tout petits oiseaux.

On entendait des coups terribles frappés contre les murailles du navire comme par des béliers énormes. Toujours les grands trous qui se creusaient, tout béants, partout ; on s'y sentait jeté, tête baissée, dans la nuit profonde. Et puis une force vous heurtait 5 d'une poussée brutale, vous relançait très haut en l'air, et toute la *Médée* vibrait, en ressautant, comme un monstrueux tambour. Alors, on avait beau se cramponner, on se sentait rebondir, et vite on se re-cramponnait plus fort, en fermant la bouche et les 10 yeux, parce qu'on devinait d'instinct, sans voir, que c'était le moment où une épaisse masse d'eau allait balayer l'air et peut-être vous balayer aussi.

Toujours cela recommençait, ces chutes en avant, et puis ces sauts avec l'affreux bruit de tambour. 15

Et, après chacun de ces chocs, il y avait encore les ruissellements de l'eau qui retombait de partout, et mille objets qui se brisaient, mille cassons qui rou-laient dans l'obscurité, tout cela prolongeant en queue sinistre l'effroi du premier grand bruit. 20

... Et les gabiers, et mon pauvre Yves, que fai-saient-ils là-haut ? Les mâts, les vergues, on les aper-cevait par instants, dans le noir, en silhouettes, quand on pouvait encore regarder à travers cette douleur cuisante que causait la grêle ; on apercevait ces formes 25 de grandes croix, à deux étages comme les croix russes, agitées dans l'ombre avec des mouvements de détresse, des gestes fous.

— Faites-les descendre, me dit le commandant, qui préférait le danger de ce hunier non serré à la peur 30 de perdre encore des hommes.

Je le donnai vite, avec joie, cet ordre-là. Mais

Yves, d'en haut, me répondit à l'aide de son sifflet,
que c'était presque fini ; plus que la *jarretière du
point*, qui était cassée, à remplacer par un *bout* quel-
conque, et puis ils allaient tous descendre, ayant serré
5 leur voile, achevé leur ouvrage.

...Après, quand ils furent tous en bas et au complet, je respirai mieux. Plus d'hommes en l'air, plus
rien à faire là-haut, plus qu'à attendre. Oh ! alors,
je trouvai qu'il faisait presque beau, qu'on était pres-
10 que bien sur cette passerelle, à présent qu'on m'avait
enlevé le poids si lourd de cette inquiétude.

...*Minuit*, — la fin du quart, — l'heure d'aller
se chercher un abri.

En bas, dans la batterie calfeutrée, c'était la tem-
15 pête avec ses dessous de misère, avec ses réalités
pitoyables.

D'un bout à l'autre, on voyait cette sorte de longue
halle sombre, à demi éclairée par les fanaux qui vacil-
laient. Les gros canons, appuyés sur leurs *jambes de
20 force*, se tenaient tant bien que mal, cordés par des
câbles de fer. Et tout ce lieu remuait ; il avait les
mouvements d'une chose qu'on secouerait dans un
crible, qu'on secouerait sans trêve, sans merci, perpétuellement, avec une rage aveugle ; il craquait de
25 partout, il avait des tressaillements de chose animée
qui souffre, tiraillé, exténué, comme près de s'éven-
trer et de mourir.

Et les grandes eaux du dehors, qui voulaient entrer,
filtraient çà et là en filets, en gerbes sinistres.
30 On se sentait soulevé si vite, que les jambes pliaient,
— et puis les choses se dérobaient, les choses s'enfon-
5

çaient sous les pas, — et on descendait avec tout, en
se raidissant malgré soi comme pour une espèce de
résistance.

Il y avait des sons aigres, faux, étonnants, qui sortaient de partout ; toute cette membrure en forme 5
d'oiseau de mer qui était la *Médée* se disjoignait peu
à peu, en gémissant sous l'effort terrible.　Et, dehors,
derrière le mur de bois, toujours le même grand bruit
sourd, la même grande voix d'épouvante.

Mais tout tenait bon quand même : la longue bat- 10
terie demeurait intacte, on la voyait toujours d'un
bout à l'autre, par moment toute penchée, à demi
retournée, ou bien se redressant toute droite avec une
secousse, ayant l'air plus longue encore dans cette
obscurité où les fanaux étaient perdus, paraissant se 15
déformer et grandir, dans tout ce bruit, comme un
lieu vague de rêve. . .

Au plafond très bas étaient pendues d'interminables
rangées de poches en toile, gonflées toutes par un contenu lourd, ayant l'air de ces nids que les araignées 20
accrochent aux murailles, — des poches grises enfermant chacune un être humain, des hamacs de matelots.

Çà et là, on voyait pendre un bras, ou une jambe
nue.　Les uns dormaient bien, épuisés par les fa- 25
tigues ; d'autres s'agitaient et parlaient tout haut
dans de mauvais songes.　Et tous ces hamacs gris se
balançaient, se frôlaient dans un mouvement perpétuel ; ou bien se heurtaient durement et les têtes se
blessaient.　　　　　　　　　　　　　　　　　　　30

Sur le plancher, au-dessous des pauvres dormeurs,
c'était un lac d'eau noire qui roulait de droite et de

gauche, entraînant des vêtements souillés, des morceaux de pain ou de biscuit, des soupes chavirées, toute
sorte de détritus et de déjections immondes. Et, de
temps en temps, on voyait des hommes hâves, défaits,
5 demi-nus, grelottants avec leur chemise mouillée, qui
erraient sous ces rangées de hamacs gris, cherchant
le leur, eux aussi, cherchant leur pauvre couchette
suspendue, leur seul gîte un peu chaud, un peu sec,
où ils allaient trouver une espèce de repos. Ils pas-
10 saient en titubant, s'accrochant pour ne pas tomber,
et heurtant de la tête ceux qui dormaient : chacun
pour soi en pareil cas, on ne prend plus garde à personne. Leurs pieds glissaient dans les flaques d'eau
et d'immondices ; ils étaient insouciants de leur mal-
15 propreté comme des animaux en détresse.

. . . .

A minuit, Yves, lui aussi, descendit dans la batterie avec les autres gabiers de bâbord ; ils avaient
fait un supplément de quart d'une heure, à cause des
embarcations qu'il avait fallu *ressaisir*. Ils se cou-
20 lèrent par le panneau entre-bâillé qui se referma sur
eux et vinrent se mêler à cette misère flottante.

. . . .

La Rencontre.

— Hale le bout à bord, Goulven !
C'était dans un accostage difficile. Je venais, avec
un canot du *Primauguet*, aborder un bâtiment balei-
25 nier d'allures suspectes, qui ne portait aucun pavillon.
Dans l'Océan austral, toujours ; auprès de l'île
Tonga-Tabou, du côté du vent. — Le *Primauguet*,

lui, était mouillé dans une baie de l'île, en dedans de la ligne des récifs, à l'abri du corail.   L'autre, le baleinier, s'était tenu au large presque en pleine mer, comme pour rester prêt à fuir, et la houle était forte autour de lui.   5

On m'envoyait en corvée pour le reconnaître, pour l'*arraisonner*, comme on dit dans notre métier.

— Hale à bord, Goulven ! hale !

Je levai la tête vers l'homme qui s'appelait Goulven ; c'était lui qui, du haut du navire équivoque, 10 tenait l'amarre qu'on venait de me lancer.   Et je fus saisi de cette figure, de ce regard déjà connu : c'était un autre Yves, moins jeune, encore plus basané et plus athlétique peut-être — les traits plus durs, ayant plus souffert ; — mais il avait tellement ses yeux, son 15 regard, que c'était comme un dédoublement de lui-même qui m'impressionnait.

Quelquefois j'avais pensé, en effet, que nous pourrions le rencontrer, ce frère Goulven, sur quelqu'un de ces baleiniers que nous trouvions, de loin en loin, 20 dans les mouillages du Grand-Océan, et que nous *arraisonnions* quand ils avaient mauvais air.

J'allai à lui d'abord, sans m'inquiéter du capitaine, qui était un énorme Américain, à tête de pirate, avec une longue barbe épaisse comme le goémon.   J'en- 25 trais là comme en pays conquis, et les convenances m'importaient peu.

— C'est vous, Goulven Kermadec ?

Et déjà je m'avançais en lui tendant la main, tant j'en étais sûr.   30

Mais lui blanchit sous son hâle brun, et recula.   Il avait peur.

Et, par un mouvement sauvage, je le vis qui rassemblait ses poings, raidissait ses muscles, comme pour résister quand même, dans une lutte désespérée.

5 Pauvre Goulven ! cette surprise de m'entendre dire son nom, — et puis mon uniforme, — et les seize matelots armés qui m'accompagnaient ! Il avait cru que je venais au nom de la loi française, pour le reprendre, et il était comme Yves, s'exaspérant devant
10 la force.

Il fallut un moment pour l'apprivoiser ; et puis, quand il sut que son *petit frère* était devenu le mien et qu'il était là, sur le navire de guerre, il me demanda pardon de sa peur avec ce même bon sourire
15 que je connaissais déjà chez Yves.

L'équipage avait singulière mine. Le navire lui-même avait les allures et la tenue d'un bandit. Tout léché, éraillé par la mer, depuis trois ans qu'il errait dans les houles du Grand-Océan sans avoir touché
20 aucune terre civilisée, — mais solide encore, et taillé pour la route. Dans ses haubans, depuis le bas jusqu'en haut, à chaque enfléchure, pendaient des fanons de baleine pareils à de longues franges noires ; on eût dit qu'il avait passé sous l'eau et s'était couvert d'une
25 chevelure d'algues.

En dedans, il était chargé des graisses et des huiles des corps de toutes ces grosses bêtes qu'il avait chassées. Il y en avait pour une fortune, et le capitaine comptait bientôt retourner en Amérique, en Californie
30 où était son port.

Un équipage mêlé : deux Français, deux Américains, trois Espagnols, un Allemand, un mousse in-

dien, et un Chinois pour la cuisine. Plus une *chola*
du Pérou, qui était la femme du capitaine, et un enfant de deux mois né sur la mer.

Le logement de cette famille, à l'arrière, avait des
murailles de chêne épaisses comme des remparts, et 5
des portes bardées de fer. Au dedans, c'était un arsenal de revolvers, et de coups-de-poing, et de casse-
tête. Les précautions étaient prises ; on pouvait, en
cas de besoin, tenir là un siège contre tout l'équipage.   10

D'ailleurs, des papiers en règle. On n'avait pas
hissé de pavillon parce qu'on n'en avait plus ; les
cafards avaient mangé le dernier, dont on me fit voir
les lambeaux en s'excusant ; il était bien aux couleurs
d'Amérique, rayé blanc et rouge, avec le *yak* étoilé. 15
Rien à dire ; c'était, en somme, correct.

. . . Goulven me demandait si je connaissais Plouherzel ; et alors je lui contais que j'avais dormi une
nuit sous le toit de sa vieille mère.

— Et vous, dis-je, n'y reviendrez-vous jamais ?   20

Il souffrait encore, et très cruellement, à ce souvenir ; je le voyais bien.

— C'est trop tard à présent. Il y aurait ma puni-
tion à faire à l'État, et je suis marié en Californie,
j'ai deux enfants à Sacramento.   25

— Voulez-vous venir avec moi voir Yves ?

— Venir avec vous ? répéta-t-il bas, d'une voix
sombre, comme très étonné de ce que je lui proposais.
Venir avec vous ? mais vous savez bien. . . que je suis
déserteur, moi ?   30

A ce moment, il était tellement Yves, il avait dit
cela tellement comme lui, qu'il me fit mal.

Après tout, je comprenais ses craintes d'homme
libre et jaloux de sa liberté ; je respectais ses terreurs
de la terre française, — car c'est une terre française
que le pont d'un navire de guerre ; — à bord du *Pri-*
5 *mauguet,* on était en droit de le reprendre, c'était la
loi.

— Au moins, dis-je, avez-vous envie de le voir ?

— Si j'ai envie de le voir !... mon pauvre petit
Yves !

10 — Allons, c'est bien, je vous l'amènerai. Quand
il viendra, je vous demande seulement de lui conseiller
d'être sage. Vous me comprenez... Goulven ?

Ce fut lui alors qui me prit la main, et la serra
dans les siennes.

15 J'avais accepté de dîner le lendemain chez ce capitaine baleinier. Nous nous étions convenus à merveille. Il n'avait rien de la manière des hommes
policés, mais il n'était nullement banal. Et puis,
surtout, c'était le seul moyen pour moi d'amener
20 Yves à son bord.

Je m'attendais un peu le lendemain matin, au jour,
à trouver le baleinier disparu, envolé pendant la nuit
comme un oiseau sauvage. Mais non, on le voyait
là-bas à son poste, au large, avec toutes ses franges
25 noires dans ses haubans, se détachant sur le grand
miroir circulaire des eaux, qui étaient ce jour-là
immobiles, et lourdes, et polies, comme des coulées
d'argent.

C'était sérieux, cette invitation, et on m'attendait.
30 Par précaution, le commandant avait voulu que les
canotiers qui me mèneraient fussent armés et res-
tassent là, tout le temps, avec moi. Justement cela

tombait à merveille pour Yves, et je le pris comme
patron.

.   .   .   .

Le capitaine me reçoit à la coupée, en tenue assez
correcte de Yankee ; la *chola*, transformée, porte une
robe en soie rose, avec un collier magnifique en perles 5
des îles Pomotou ; j'admire combien elle est belle et
combien sa taille est parfaite.

Nous voici dans le logis aux étonnantes murailles
bardées de fer.   Il y fait sombre et lourd ; mais, par
les petites fenêtres épaisses, on voit resplendir des 10
choses qui semblent enchantées : une mer d'un bleu
laiteux et d'un poli de turquoise, une île lointaine,
d'un violet rose d'iris, et de tout petits nuages orangés
flottant dans un profond ciel d'or vert.

Après, quand on a détourné les yeux de ces petites 15
fenêtres ouvertes, de ces contemplations de lumière,
on retrouve plus étrange le logis bas, irrégulier sous
ses énormes solives, avec son arsenal de revolvers, de
coups-de-poing, de lanières et de fouets.

On mange à ce dîner des conserves de San-Fran- 20
cisco, des fruits exquis de l'île Tonga-Tabou, des
aiguilles, qui sont de petits poissons fins des mers
chaudes ; on boit des vins de France, du *pisco* péru-
vien et des liqueurs anglaises.

Le Chinois qui nous sert est en robe de soie d'un 25
violet d'évêque, et porte des souliers à hautes semelles
de papier.   La *chola* chante une *zamacuéca* du Chili,
en pinçant sur sa *diguhela* une sorte d'accompagnement qui semble le dandinement monotone d'une
mule au trot.   Les portes de la forteresse sont grandes 30

ouvertes. Grâce à la présence de mes seize hommes armés, règnent une sécurité, une intimité paisible, qui son vraiment fort touchantes.

À l'avant, les hommes du *Primauguet* boivent et
5 chantent avec les baleiniers. C'est fête partout. Et je vois de loin Yves et Goulven, qui ne boivent pas, eux, mais qui font les cent pas en causant. Goulven, le plus grand, a passé son bras sur les épaules de son frère, qui le tient, lui, autour de la taille ; isolés tous
10 deux au milieu des autres, ils se promènent en se parlant à voix basse.

Les verres se vident partout dans des toasts bizarres. Le capitaine, qui d'abord ressemblait à la statue impassible d'un dieu marin ou d'un fleuve, s'anime, rit
15 d'un rire puissant qui fait trembler tout sons corps ; sa bouche s'ouvre comme celle d'un cétacé, et le voilà qui dit en anglais des choses étranges, qui s'oublie avec moi dans des confidences à le faire pendre ; sa conversation tourne en douce causerie de pirate...

.   .   .   .

20 Il était temps d'aller prendre sur le pont un peu d'air pur, l'air frais et délicieux du soir. La mer, toujours aussi immobile et lourde, luisait au loin, reflétant de dernières lueurs du côté de l'ouest. Maintenant les hommes dansaient, au son d'une flûte
25 qui jouait un air de gigue.

En dansant, les baleiniers nous jetaient de côté des regards de chats, moitié timidité curieuse, moitié dédain farouche. Ils avaient de ces jeux de physionomie que les coureurs de mer ont gardés de l'homme primi-
30 tif ; des gestes drôles à propos de tout, une mimique

excessive, comme les animaux à l'état libre. Tantôt
ils se renversaient en arrière, tout cambrés ; tantôt,
à force de souplesse naturelle et par habitude de ruse,
ils s'écrasaient, en enflant le dos, comme font les
grands félins quand ils marchent à la lumière du jour. 5
Et ils tournaient tous, au son de la petite musique
flûtée, du petit turlututu sautillant et enfantin ; très
sérieux, faisant les beaux danseurs, avec des poses
gracieuses de bras et des ronds de jambes.

Mais Yves et Goulven se promenaient toujours 10
enlacés. Ils se hâtaient pour tout ce qu'ils avaient
encore à se dire, ils pressaient leur entretien dernier
et suprême, comprenant que j'allais partir. Ils
s'étaient vus une fois, quinze ans auparavant, alors
qu'Yves était petit encore, pendant cette journée que 15
Goulven était venu passer à Plouherzel, en se cachant
comme un banni. Et sans doute ils ne se retrou-
veraient jamais plus.

On vit tout à coup deux de ces danseurs qui se
tenaient par la taille, se jeter à terre, toujours serrés 20
l'un à l'autre, et puis se débattre, râler, pris d'une
rage subite ; ils cherchaient à s'enfoncer leur couteau
dans la poitrine, et le sang faisait déjà sur les planches
ses marques rouges.

Le capitaine à tête de fleuve les sépara en les cin- 25
glant tous deux avec une lanière en cuir d'hippopotame.

— *No matter*, dit-il ; *they are drunk !* (ce n'est
rien, ils sont ivres !)

Il était temps de partir. Goulven et Yves s'em- 30
brassèrent, et je vis que Goulven pleurait.

Comme nous revenions sur la mer tranquille, les

premières étoiles australes s'allumant en haut, Yves
me parlait de son frère :

— Il n'est pas trop heureux.   Pourtant il ne gagne
pas mal d'argent, et il a une petite maison en Cali-
5 fornie, où il espère revenir.   Mais voilà, c'est le mal
du pays qui le tue.

... Ce capitaine m'avait juré de venir le lendemain
avec sa *chola* dîner à mon bord.   Mais, pendant la
nuit, le baleinier prit le large, s'évanouit dans l'im-
10 mensité vide ; nous ne le vîmes plus.

. . . .

Matelots.

Il n'y avait qu'une heure de mélancolie inévitable,
c'était quand la prière du soir venait d'être dite,
quand les signes de croix des Bretons venaient de
finir et que le soleil était couché ; à cette heure-là,
15 assurément, beaucoup d'entre eux songeaient au pays.

Même dans ces régions d'admirable lumière, il y a
toujours cette heure indécise entre le jour et la nuit,
qui est triste.   On voyait à cet instant-là des têtes de
matelots se tourner involontairement vers cette der-
20 nière bande de lumière qui persistait du côté du couchant, très bas, à toucher la ligne des eaux.

Une bande nuancée toujours ; sur l'horizon c'était
d'abord du rouge sombre, un peu d'orangé au-dessus,
un peu de vert pâle, une traînée de phosphore, et
25 puis cela se fondait en montant avec les gris éteints,
avec les nuances d'ombre et d'obscurité.   De derniers
reflets d'un jaune triste restaient sur la mer, qui

luisait encore çà et là avant de prendre ses tons neu-
tres de la nuit ; ce dernier regard oblique du jour,
jeté sur les profondeurs désertes, avait quelque chose
d'un peu sinistre, et on s'inquiétait malgré soi de
l'immensité des eaux.　C'était l'heure des révoltes 5
intimes et des serrements de cœur.　C'était l'heure
où les matelots avaient la notion vague que leur vie
était étrange et contre nature, où ils songeaient à
leur jeunesse séquestrée et perdue.　Quelque lointaine image de femme passait devant leurs yeux, 10
entourée d'un charme alanguissant, d'une douceur
délicieuse.　"Ou bien ils faisaient, avec un trouble
subit de leurs sens, le rêve de quelque fête insensée
de luxure et d'alcool pour se rattraper et s'étourdir,
la prochaine fois qu'on les déchaînerait à terre...　15

Mais, après, venait la vraie nuit, tiède, pleine
d'étoiles, et l'impression passagère était oubliée ; les
matelots venaient tous s'asseoir ou s'étendre à l'avant
du navire et commençaient à chanter.

Il y avait des gabiers qui savaient de longues chan- 20
sons très jolies, dont les refrains se reprenaient en
chœur.　Les voix étaient belles et vibrantes dans les
silences sonores de ces nuits.

Il y avait aussi un vieux maître qui contait toujours
à un petit cercle attentif d'interminables histoires : 25
c'étaient des aventures très certainement arrivées
autrefois à de beaux gabiers, que des princesses amou-
reuses avaient emmenés dans des châteaux.

Il courait toujours, le *Primauguet*, traçant derrière
lui, dans l'obscurité, une vague traînée blanche qui 30
s'effaçait à mesure, comme une queue de météore.
Il courait toutes les nuits, sans se reposer ni dormir ;

seulement ses grandes ailes perdaient le soir leur
blancheur de goéland, et, sur les lueurs diffuses du
ciel, on les voyait tout à coup découper, en ombres
chinoises, des pointes et des échancrures de chauve-
5 souris.

Mais il avait beau courir, il était toujours au milieu
du même grand cercle qui semblait éternellement se
reformer, s'étendre et le suivre.

Quelquefois ce cercle était noir et dessinait nette-
10 ment partout sa ligne inexorable qui s'arrêtait aux
premières étoiles du ciel, ou bien l'immense contour
était adouci par des vapeurs qui fondaient tout
ensemble ; alors on se figurait courir dans une espèce
de globe d'un bleu gris, très étoilé, dont on s'étonnait
15 de ne jamais rencontrer les parois fuyantes.

L'étendue était remplie des bruits légers de l'eau,
l'étendue était toujours bruissante à l'infini, mais
d'une manière contenue et presque silencieuse ; elle
rendait un son puissant et insaisissable, comme ferait
20 un orchestre de milliers de cordes que les archets
frôleraient à peine et avec grand mystère.

Par instants, les étoiles australes se mettaient à
briller d'éclats très surprenants ; les grandes nébu-
leuses, étincelaient comme une poussière de nacre,
25 toutes les teintes de la nuit semblaient s'éclairer, par
transparence, de lumières étranges, on se serait cru à
ces moments des féeries où tout s'illumine pour
quelque immense apothéose ; et on se disait : pourquoi
est-ce que les choses resplendissent de cette manière,
30 qu'est-ce qui va se passer, qu'est-ce qu'il y a... ? Eh
bien, non, il n'y avait rien, jamais ; c'était simplement
la région des tropiques qui était ainsi. Il n'y avait

rien que les mers désertes, et toujours l'étendue circulaire, absolument vide...

Ces nuits étaient bien d'exquises nuits d'été, douces, douces, plus que nos plus douces nuits de juin. Et elles troublaient un peu tous ces hommes dont les 5 aînés n'avaient pas trente ans...

Ces obscurités tièdes apportaient des idées d'amour dont on n'aurait pas voulu. On se voyait près de s'amollir encore dans des rêves troublants ; on sentait le besoin d'ouvrir ses bras à quelque forme humaine 10 très désirée, de l'étreindre avec une tendresse fraîche et rude, infinie. Mais non, personne, rien... Il fallait se raidir, rester seul, se retourner sur les planches dures de ce pont de bois, puis penser à autre chose, se remettre à chanter... Et alors les belles chansons, 15 gaies ou tristes, vibraient plus fort, dans le vide de la mer.

Pourtant, on était bien sur ce gaillard d'avant pendant ces veillées du large ; on y recevait en pleine poitrine les souffles frais de la nuit, les brises vierges 20 qui n'avaient jamais passé sur terre, qui n'apportaient aucun effluve vivant, qui n'avaient aucune senteur. Quand on était étendu là, on perdait peu à peu la notion de tout, excepté de la vitesse, qui est toujours une chose amusante, même quand on n'a pas de but 25 et qu'on ne sait pas où l'on va.

Ils n'avaient pas de but, les matelots, et ils ne savaient pas où ils allaient. A quoi bon d'ailleurs, puisqu'on ne leur permettait nulle part de mettre les pieds sur terre ? Ils ignoraient la direction de cette 30 course rapide et l'infinie profondeur des solitudes où ils étaient ; mais cela les amusait d'aller droit devant

eux, dans l'obscurité bleuâtre, très vite, et de se
sentir filer. En chantant leurs chansons du soir, ils
regardaient ce beaupré, toujours lancé en avant, avec
ses deux petites cornes et sa tournure d'arbalète
5 tendue, qui sautillait sur la mer, qui effleurait l'eau
bruissante à la façon très légère d'un poisson volant.

.   .   .   .

La Chaumière.

La grande pendule, inexorable, a encore marché ;
dans quelques heures, je vais partir, et bientôt mon
frère Yves s'en ira aussi, tous deux au loin, à l'in-
10 connu.

C'est le dernier jour, le dernier soir. Yves, petit
Pierre et moi, nous allons à la chaumière des vieux
Keremenen, pour ma visite d'adieu à la grand'mère
Marianne.

15 Elle habite seule, maintenant, sous son toit plein
de mousse, sous les grands chênes étendus en voûte !
Pierre Kerbras et Anne, qui se sont mariés au printemps, font bâtir dans le village une vraie maison,
en granit, pareille à celle d'Yves. Tous les enfants
20 sont partis.

Pauvre chaumière où s'agitaient si joyeusement, le
jour du baptême, les belles coiffes et les collerettes
blanches ! Déjà passé, tout cela ; à présent, elle est
vide et silencieuse. Nous nous asseyons sur les vieux
25 bancs de chêne, nous accoudant sur la table où nous
avions fait le grand repas joyeux. La grand'mère
est sur un escabeau, filant à sa quenouille, la tête
basse ; son air déjà devenu caduc et égaré.

Bien que le soleil ne soit pas encore très bas, ici il fait noir.

Autour de nous, rien que des choses d'autrefois, pauvres et primitives. Des chapelets très grossiers sont suspendus aux pierres brutes, au granit des 5 murs ; dans les coins perdus d'ombre, on aperçoit les cosses de chêne amassées pour l'hiver, et de vieux ustensiles de ménage, noircis et poudreux, aux formes anciennes et naïves.

Jamais nous n'avions si bien senti combien tout 10 cela est passé et loin de nous.

C'est la vieille Bretagne d'autrefois, bientôt morte.

Par la cheminée filtre la lumière du ciel, des tons verts tombent d'en haut sur les pierres de l'âtre, et par la porte ouverte on aperçoit le sentier breton, 15 avec un rayon du soleil couchant dans les chèvre-feuilles et les fougères.

Nous devenons rêveurs, Yves et moi, dans cette visite que nous sommes venus faire au logis des grands-parents. 20

D'ailleurs, la grand'mère Marianne ne parle que le breton. De temps en temps, Yves lui adresse la parole dans cette langue du passé ; elle répond, sourit, l'air heureux de nous regarder ; mais la conversation tombe vite et le silence revient... 25

Tristesse vague du soir, rêverie des temps lointains dans ce vieux logis qui bientôt s'affaissera au bord du chemin, qui tombera en ruine comme ses vieux hôtes et qu'on ne relèvera plus.

Petit Pierre est là avec nous. Il affectionne beau- 30 coup, lui, cette chaumière, et cette vieille grand'mère, qui le gâte avec adoration. Il aime surtout la petite

corbeille de chêne, œuvre d'un autre siècle, dans
laquelle on l'avait mis quand il est né. Il est plus
long que son berceau maintenant et s'en sert, assis
dedans, comme d'une balançoire, promenant autour
5 de lui ses yeux noirs éveillés. Et voilà maintenant
la grand'mère, toute courbée, près de lui, l'échine
arrondie sous sa collerette à fraise, qui le berce elle-
même pour l'amuser. Elle le berce en chantant, et
lui, de temps en temps, lance au milieu de ces notes
10 grêles l'éclat de son rire d'enfant.

> Boudoul galaïchen ! boudoul galaïch du !

Chante, pauvre vieille, de ta voix cassée qui tremble,
chante la berceuse antique, l'air qui vient de loin dans
la nuit des générations mortes et que tes petits-enfants
ne sauront plus.

> Boudoul, boudoul ! galaïchen, galaïch du !

15 On s'attend à voir par la grande cheminée, avec la
lueur qui descend d'en haut, des nains et des fées
descendre.

Au dehors, le soleil dore toujours les branches des
chênes, les chèvrefeuilles et les fougères.
20 Au dedans, dans la chaumière isolée, tout est mystérieux et noir.

> Boudoul, boudoul ! galaïchen, galaïch du !

Berce encore ton petit-fils, vieille femme en fraise
blanche. Bientôt ce sera fini des chansons bretonnes
et aussi des vieux Bretons.
25 Maintenant, petit Pierre joint ses mains pour faire
sa prière du soir.

6

Mot pour mot, d'une voix très douce qui a beaucoup
l'accent de Toulven, il répète en nous regardant tout
ce que sa grand'mère sait de français :

— Mon Dieu, ma bonne sainte Vierge, ma bonne
sainte Anne, je vous prie pour mon père, pour ma 5
mère, pour mon parrain, pour mes grands-parents,
pour ma petite sœur Yvonne...

— Pour mon oncle Goulven, qui est bien loin sur la
mer, ajoute Yves d'une voix grave.

Et, encore plus recueilli :   10

— Pour ma grand'mère de Plouherzel.

— Pour ma grand'mère de Plouherzel, répète petit
Pierre.

Et puis il attend autre chose pour répéter encore,
gardant toujours ses mains jointes.   15

Mais Yves a presque des larmes à ce souvenir poignant, qui lui revient tout à coup de sa mère, de sa
chaumière, à lui, de son village de Plouherzel, que
son fils connaîtra à peine et que lui ne reverra peut-
être plus.   Ainsi est la vie pour les enfants de la côte, 20
pour les marins : ils s'en vont, les lois de leur métier
de mer les séparent de parents chéris qui savent à
peine leur écrire et qu'ensuite ils ne revoient plus.

Je regarde Yves, et, comme nous nous comprenons
sans nous parler, je pressens très bien ce à quoi il va 25
penser.

Aujourd'hui il est heureux au delà de son rêve,
beaucoup de choses sombres sont éloignées et vaincues,
et pourtant, et après ?   Le voilà tout à coup plongé
dans je ne sais quel songe de passé et d'avenir, mélan- 30
colie étrange, et après ?

Boudoul galaïchen ! boudoul galaïch du !

chante la vieille femme, le dos courbé sous sa fraise blanche.

Et après ?... Petit Pierre seul est en train de rire. Il tourne de côté et d'autre sa tête vive, bronzée et vigoureuse ; la gaîté, la flamme de la vie toute neuve sont encore dans ses grands yeux noirs.

Et après ?... Tout est sombre dans la chaumière abandonnée ; on dirait que les objets causent entre eux avec mystère du passé ; la nuit va descendre autour de nous sur les grands bois.

Et après ?... Petit Pierre grandira, courra les mers, et nous, mon frère nous passerons, et tout ce que nous avons aimé avec nous, — nos vieilles mères d'abord, — puis tout et nous-mêmes, les vieilles mères des chaumières bretonnes comme celles des villes, et la vieille Bretagne aussi, et tout, et toutes les choses de ce monde !

Boudoul galaïchen ! boudoul galaïch du !

La nuit tombe, et une tristesse inattendue, profonde, nous prend au cœur... Pourtant, aujourd'hui nous sommes heureux.

Yves et Loti.

Et les Celtes regrettaient trois pierres brutes, sous un ciel pluvieux, au fond d'un golfe rempli d'îlots.
GUSTAVE FLAUBERT, *Salammbô*.

Nous sortons tous les deux, laissant petit Pierre à sa grand-mère. Nous nous en allons par le sentier vert, sous la voûte des chênes et des hêtres, entendant de loin, dans la sonorité du soir, le bruit du berceau antique qui se balance, et la vieille chanson à dormir et l'éclat de ce rire d'enfant.

Dehors, il fait encore grand jour ; le soleil, très bas, dore la campagne tranquille.

—Allons encore jusqu'à la chapelle de Saint-Éloi, dit Yves.

Elle est en haut de la colline, bien antique, toute ron- 5 gée de mousse, toute barbue de lichens, seule toujours, fermée et mystérieuse au milieu des bois.

Elle ne s'ouvre qu'une fois l'an, pour le *pardon des chevaux*, qui viennent tous alentour, à l'heure d'une messe basse qu'on dit là pour eux.   C'était tout der- 10 nièrement ce pardon, et l'herbe est encore foulée par les sabots des bêtes qui sont venues.

Ce soir, c'est une tranquillité étrange autour de cette chapelle.   Les horizons boisés s'étendent au loin paisibles, comme pris de sommeil ; il semble que ce 15 soit aussi le soir de notre vie et que nous n'ayons plus qu'à nous reposer du repos éternel en regardant la nuit descendre sur les campagnes bretonnes, à nous éteindre doucement dans cette nature qui s'endort.

—... C'est égal, dit Yves très songeur, je crois 20 bien que ce sera quelque part *par là-bas* (*par là-bas* signifie Plouherzel) que je m'en retournerai quand je serai devenu vieux, pour qu'on me mette près de la chapelle de Kergrist, vous savez, là où je vous ai montré ?   Oui, sûr que je m'en irai par là-bas mourir. 25

La chapelle de Kergrist, dans le pays de Goëlo, sous le ciel le plus sombre ; le lac d'eau marine et, au mi- lieu, les îlots de granit, la grande bête accroupie qui dort sur une plaine grise... Je revois ce lieu, qui m'est apparu, il y a déjà plusieurs années, un jour 30 d'hiver.   Oui, je me rappelle que c'est là la terre d'Yves, le sol qui l'attend ; quand il est loin sur la

mer, dans la nuit, dans le danger, c'est cette sépulture
qu'il rêve.

— Yves, mon frère, nous sommes de grands enfants, je t'assure. Souvent très gais quand il ne fau-
5 drait pas, nous voilà tristes et divaguant tout à fait
pour un moment de paix et de bonheur qui par hasard
nous est arrivé ; c'est tout au plus si le manque d'habitude nous excuse.

" A nous voir pourtant, qui se douterait que nous
10 sommes capables de rêver tout éveillés, simplement
parce que la nuit vient et qu'il fait calme dans ce
bois ?

" Pense donc, nous avons à peu près trente-deux
ans chacun ; devant nous, la vie peut être bien longue
15 encore, et il y aura des voyages, des dangers, des an-
goisses, et pour chacun de nous du soleil, et des enivre-
ments, et de l'amour, et, qui sait ? peut-être encore
entre nous deux des scènes, et des rébellions, et des
luttes !

20   En beaucoup moins de mots qu'il n'y en a ci-dessus,
tout cela tomba au milieu de son rêve.

Alors lui me répondit avec un air de reproche
triste :

— Au moins, vous savez bien, frère, que je suis
25 changé maintenant et qu'il y a *quelque chose* qui
est bien fini ; ce n'est pas de cela que vous voulez
parler ?

Et, moi, je serrai la main de mon frère Yves, en essayant de sourire comme quelqu'un qui aurait tout à
30 fait confiance.

Les histoires de la vie devraient pouvoir être arrê-
tées à volonté comme celles des livres.....

·   ·   ·   ·   ·   ·   ·   ·   ·

Yann.

La seconde fois qu'ils s'étaient vus, c'était à des noces. Ce fils Gaos avait été désigné pour lui donner le bras. D'abord elle s'était imaginé en être contrariée : défiler dans la rue avec ce garçon, que tout le monde regarderait à cause de sa haute taille, et qui 5 du reste ne saurait probablement rien lui dire en route !... Et puis, il l'intimidait, celui-là, décidément, avec son grand air sauvage.

A l'heure dite, tout le monde étant déjà réuni pour le cortège, ce Yann n'avait point paru. Le temps 10 passait, il ne venait pas, et déjà on parlait de ne point l'attendre. Alors elle s'était aperçue que, pour lui seul, elle avait fait toilette ; avec n'importe quel autre de ces jeunes hommes, la fête, le bal, seraient pour elle manqués et sans plaisir... 15

A la fin il était arrivé, en belle tenue lui aussi, s'excusant sans embarras auprès des parents de la mariée. Voilà : de grands bancs de poissons, qu'on n'attendait pas du tout, avaient été signalés d'Angleterre comme devant passer le soir, un peu au large 20 d'Aurigny ; alors tout ce qu'il y avait de bateaux dans Ploubazlanec avait appareillé en hâte. Un émoi dans les villages, les femmes cherchant leurs maris dans les cabarets, les poussant pour les faire courir ; se démenant elles-mêmes pour hisser les voiles, aider à la manœuvre, enfin un vrai *branle-bas* dans le pays ...

5 Au milieu de tout ce monde qui l'entourait, il racontait avec une extrême aisance ; avec des gestes à lui, des roulements d'yeux, et un beau sourire qui découvrait ses dents brillantes. Pour exprimer mieux la précipitation des appareillages, il jetait de temps 10 en temps au milieu de ses phrases un certain petit *hou!* prolongé, très drôle, — qui est un cri de matelot donnant une idée de vitesse et ressemblant au son flûté du vent. Lui qui parlait avait été obligé de se chercher un remplaçant bien vite et de le faire ac-15 cepter par le patron de la barque auquel il s'était loué pour la saison d'hiver. De là venait son retard, et, pour n'avoir pas voulu manquer les noces, il allait perdre toute sa part de pêche.

Ces motifs avaient été parfaitement compris par 20 les pêcheurs qui l'écoutaient et personne n'avait songé à lui en vouloir ; — on sait bien, n'est-ce pas, que, dans la vie, tout est plus ou moins dépendant des choses imprévues de la mer, plus ou moins soumis aux changements du temps et aux migrations 25 mystérieuses des poissons. Les autres Islandais qui étaient là regrettaient seulement de n'avoir pas été avertis assez tôt pour profiter, comme ceux de Ploubazlanec, de cette fortune qui allait passer au large.

30 Trop tard à présent, tant pis, il n'y avait plus qu'à offrir son bras aux filles. Les violons commençaient

dehors leur musique, et gaîment on s'était mis en
route.

D'abord il ne lui avait dit que de ces galanteries
sans portée, comme on en conte pendant les fêtes de
mariage aux jeunes filles que l'on connaît peu. Par- 5
mi ces couples de la noce, eux seuls étaient des étran-
gers l'un pour l'autre ; ailleurs dans le cortège, ce
n'était que cousins et cousines, fiancés et fiancées.
Des amants, il y en avait bien quelques paires
aussi.   10

   .   .   .   .

Mais le soir, pendant qu'on dansait, la causerie
étant revenue entre eux deux sur ce grand passage
de poissons, il lui avait dit brusquement, la regardant dans les yeux en plein, cette chose inattendue :   15
— Il n'y a que vous dans Paimpol, — et même dans
le monde, — pour m'avoir fait manquer cet appareil-
lage ; non, sûr que pour aucune autre, je ne me serais dérangé de ma pêche, mademoiselle Gaud...
Etonnée d'abord que ce pêcheur osât lui parler 20
ainsi, à elle qui était venue à ce bal un peu comme
une reine, et puis charmée délicieusement, elle avait
fini par répondre :
— Je vous remercie, monsieur Yann ; et moi-
même je préfère être avec vous qu'avec aucun 25
autre.
Ç'avait été tout. Mais, à partir de ce moment
jusqu'à la fin des danses, ils s'étaient mis à se parler d'une façon différente, à voix plus basse et plus
douce...

On dansait à la vielle, au violon, les mêmes couples presque toujours ensemble. Quand lui venait la reprendre, après avoir par convenance dansé avec quelque autre, ils échangeaient un sourire d'amis qui
5 se retrouvent et continuaient leur conversation d'avant qui était très intime. Naïvement, Yann racontait sa vie de pêcheur, ses fatigues, ses salaires, les difficultés d'autrefois chez ses parents, quand il avait fallu élever les quatorze petits Gaos dont il était le frère aîné. —
10 A présent, ils étaient tirés de la peine, surtout à cause d'une épave que leur père avait rencontrée en Manche, et dont la vente leur avait rapporté dix mille francs, part faite à l'État ; cela avait permis de construire un premier étage au-dessus de leur maison,—laquelle était
15 à la pointe du pays de Ploubazlanec, tout au bout des terres, au hameau de Pors-Even, dominant la Manche, avec une vue très belle.

— C'était dur, disait-il, ce métier d'Islande : partir comme ça dès le mois de février, pour un tel pays,
20 où il fait si froid et si sombre, avec une mer si mauvaise...

... Toute leur conversation du bal, Gaud, qui se la rappelait comme chose d'hier, la repassait lentement dans sa mémoire, en regardant la nuit de mai tomber
25 sur Paimpol. S'il n'avait pas eu des idées de mariage, pourquoi lui aurait-il appris tous ces détails d'existence, qu'elle avait écoutés un peu comme fiancée ; il n'avait pourtant pas l'air d'un garçon banal aimant à communiquer ses affaires à tout le
30 monde...

— ... Le métier est assez bon tout de même, avait-il dit, et pour moi je n'en changerais toujours pas.

Des années, c'est huit cents francs ; d'autres fois
douze cents, que l'on me donne au retour et que je
porte à notre mère.

— Que vous portez à votre mère, monsieur Yann ?

— Mais oui, toujours tout. Chez nous, les Islan- 5
dais, c'est l'habitude comme ça, mademoiselle Gaud.
(Il disait cela comme une chose bien due et toute
naturelle.) Ainsi, moi, vous ne croiriez pas, je n'ai
presque jamais d'argent. Le dimanche, c'est notre
mère qui m'en donne un peu quand je viens à Paimpol. 10
Pour tout c'est la même chose. Ainsi cette année
notre père m'a fait faire ces habits neufs que je porte,
sans quoi je n'aurais jamais voulu venir aux noces ;
oh ! non, sûr, je ne serais pas venu vous donner le
bras avec mes habits de l'an dernier...   15

Pour elle, accoutumée à voir des Parisiens, ils
n'étaient peut-être pas très élégants, ces habits neufs
d'Yann, cette veste très courte, ouverte sur un gilet
d'une forme un peu ancienne ; mais le torse qui se
moulait dessous était irréprochablement beau, et alors 20
le danseur avait grand air tout de même.

En souriant, il la regardait bien dans les yeux,
chaque fois qu'il avait dit quelque chose, pour voir ce
qu'elle en pensait. Et comme son regard restait bon
et honnête, tandis qu'il racontait tout cela pour qu'elle 25
fût bien prévenue qu'il n'était pas riche !

Elle aussi lui souriait, en le regardant toujours bien
en face ; répondant très peu de chose, mais écoutant
avec toute son âme, toujours plus étonnée et attirée
vers lui. Quel mélange il était, de rudesse sauvage 30
et d'enfantillage câlin ! Sa voix grave, qui avec
d'autres était brusque et décidée, devenait, quand il

lui parlait, de plus en plus fraîche et caressante ;
pour elle seule, il savait la faire vibrer avec une extrême douceur, comme une musique voilée d'instruments à cordes.

5 Et quelle chose singulière et inattendue, ce grand
garçon avec ses allures désinvoltes, son aspect terrible, toujours traité chez lui en petit enfant et trouvant cela naturel ; ayant couru le monde, toutes les
aventures, tous les dangers, et conservant pour ses
10 parents cette soumission respectueuse, absolue.

Elle le comparait avec d'autres, avec trois ou quatre
freluquets de Paris, commis, écrivassiers ou je ne sais
quoi, qui l'avaient poursuivie de leurs adorations,
pour son argent. Et celui-ci lui semblait être ce
15 qu'elle avait connu de meilleur, en même temps qu'il
était le plus beau.

Pour se mettre davantage à sa portée, elle avait
raconté que, chez elle aussi, on ne s'était pas toujours trouvé à l'aise comme à présent ; que son père
20 avait commencé par être pêcheur d'Islande, et gardait
beaucoup d'estime pour les Islandais ; qu'elle-même
se rappelait avoir couru pieds nus, étant toute petite,
— sur la grève, — après la mort de sa pauvre mère ...

. . . .

... Oh ! cette nuit de bal, la nuit délicieuse, déci-
25 sive et unique dans sa vie, — elle était déjà presque
lointaine, puisqu'elle datait de décembre et qu'on
était en mai. Tous les beaux danseurs d'alors pê-
chaient à présent là-bas, épars sur la mer d'Islande
— y voyant clair, au pâle soleil, dans leur solitude

immense, tandis que l'obscurité se faisait tranquillement sur la terre bretonne.

Gaud restait à sa fenêtre. La place de Paimpol, presque fermée de tous côtés par des maisons antiques, devenait de plus en plus triste avec la nuit ; on n'en- 5 tendait guère de bruit nulle part. Au-dessus des maisons, le vide encore lumineux du ciel semblait se creuser, s'élever, se séparer davantage des choses terrestres, — qui maintenant, à cette heure crépusculaire, se tenaient toutes en une seule découpure noire 10 de pignons et de vieux toits. De temps en temps une porte se fermait, ou une fenêtre ; quelque ancien marin, à la démarche roulante, sortait d'un cabaret, s'en allait par les petites rues sombres ; ou bien quelques filles attardées rentraient de la promenade avec 15 des bouquets de fleurs de mai. Une, qui connaissait Gaud, en lui disant bonsoir, leva bien haut vers elle au bout de son bras une gerbe d'aubépine comme pour la lui faire sentir ; on voyait encore un peu dans l'obscurité transparentes ces légères touffes de fleu- 20 rettes blanches. Il y avait du reste une autre odeur douce qui était montée des jardins et des cours, celle des chèvrefeuilles fleuris sur le granit des murs, — et aussi une vague senteur de goémon, venue du port. Les dernières chauves-souris glissaient dans l'air, 25 d'un vol silencieux, comme les bêtes des rêves.

Gaud avait passé bien des soirées à cette fenêtre, regardant cette place mélancolique, songeant aux Islandais qui étaient partis, et toujours à ce même bal... 30

· · · · · · · · · ·

La Mer d'Islande.

... Il avait aussi changé d'aspect et de couleur, le soleil d'Islande, et il ouvrait cette nouvelle journée par un matin sinistre. Tout à fait dégagé de son voile, il avait pris de grands rayons, qui traversaient
5 le ciel comme des jets, annonçant le mauvais temps prochain.

Il faisait trop beau depuis quelques jours, cela devait finir. La brise soufflait sur ce conciliabule de bateaux, comme éprouvant le besoin de l'éparpiller,
10 d'en débarrasser la mer ; et ils commençaient à se disperser, à fuir comme une armée en déroute, — rien que devant cette menace écrite en l'air, à laquelle on ne pouvait plus se tromper.

Cela soufflait toujours plus fort, faisant frissonner
15 les hommes et les navires.

Les lames, encore petites, se mettaient à courir les unes après les autres, à se grouper ; elles s'étaient marbrées d'abord d'une écume blanche qui s'étalait dessus en bavures ; ensuite, avec un grésillement, il
20 en sortait des fumées ; on eût dit que ça cuisait, que ça brûlait ; — et le bruit aigre de tout cela augmentait de minute en minute.

On ne pensait plus à la pêche, mais à la manœuvre seulement. Les lignes étaient depuis longtemps rentrées.
25 trées. Ils se hâtaient tous de s'en aller, — les uns, pour chercher un abri dans les fiords, tenter d'arriver à temps ; d'autres, préférant dépasser la pointe sud d'Islande, trouvant plus sûr de prendre le large et d'avoir devant eux de l'espace libre pour filer vent
30 arrière. Ils se voyaient encore un peu les uns les

autres ; çà et là, dans les creux de lames, des voiles
surgissaient, pauvres petites choses mouillées, fatiguées, fuyantes, — mais tenant debout tout de même,
comme ces jouets d'enfant en moelle de sureau que l'on
ouche cen soufflant dessus, et qui toujours se redressent. 5

La grande panne de nuages, qui s'était condensée
à l'horizon de l'ouest avec un aspect d'île, se défaisait
maintenant par le haut, et les lambeaux couraient
dans le ciel. Elle semblait inépuisable, cette panne :
le vent l'étendait, l'allongeait, l'étirait, en faisait 10
sortir indéfiniment des rideaux obscurs, qu'il dé-
ployait dans le clair ciel jaune, devenu d'une lividité
froide et profonde.

Toujours plus fort, ce grand souffle qui agitait
toute chose.   15

Le croiseur était parti vers les abris d'Islande ; les
pêcheurs restaient seuls sur cette mer remuée qui
prenait un air mauvais et une teinte affreuse. Ils
se pressaient, pour leurs dispositions de gros temps.
Entre eux les distances augmentaient ; ils allaient se 20
perdre de vue.

Les lames, frisées en volutes, continuaient de se
courir après, de se réunir, de s'agripper les unes les
autres pour devenir toujours plus hautes, et, entre
elles, les vides se creusaient.   25

En quelques heures, tout était labouré, bouleversé
dans cette région la veille si calme, et, au lieu du
silence d'avant, on était assourdi de bruit. Change-
ment à vue que toute cette agitation d'à présent, in-
consciente, inutile, qui s'était faite si vite. Dans 30
quel but tout cela ?... Quel mystère de destruc-
tion aveugle !...

Les nuages achevaient de se déplier en l'air, venant toujours de l'ouest, se superposant, empressés, rapides, obscurcissant tout. Quelques déchirures jaunes restaient seules, par lesquelles le soleil envoyait d'en bas
5 ses derniers rayons en gerbes. Et l'eau, verdâtre maintenant, était de plus en plus zébrée de baves blanches.

A midi, la *Marie* avait tout à fait pris son allure de mauvais temps ; ses écoutilles fermées et ses voiles
10 réduites, elle bondissait souple et légère ; — au milieu du désarroi qui commençait, elle avait un air de jouer comme font les gros marsouins que les tempêtes amusent. N'ayant plus que la misaine, elle *fuyait devant le temps,* suivant l'expression de marine qui désigne
15 cette allure-là.

En haut, c'était devenu entièrement sombre, une voûte fermée, écrasante, — avec quelques charbonnages plus noirs étendus dessus en taches informes ; cela semblait presque un dôme immobile, et il fallait
20 regarder bien pour comprendre que c'était au contraire en plein vertige de mouvement : grandes nappes grises, se depêchant de passer, et sans cesse remplacées par d'autres qui venaient du fond de l'horizon ; tentures de ténèbres, se dévidant comme d'un rouleau
25 sans fin...

Elle fuyait devant le temps, la *Marie,* fuyait, toujours plus vite ; — et le temps fuyait aussi — devant je ne sais quoi de mystérieux et de terrible. La brise, la mer, la *Marie,* les nuages, tout était pris d'un même
30 affolement de fuite et de vitesse dans le même sens. Ce qui détalait le plus vite, c'était le vent ; puis les grosses levées de houle, plus lourdes, plus lentes,

courant après lui ; puis la *Marie* entraînée dans ce mouvement de tout. Les lames la poursuivaient, avec leurs crêtes blêmes qui se roulaient dans une perpétuelle chute, et elle, — toujours rattrapée, toujours dépassée, — leur échappait tout de même, au 5 moyen d'un sillage habile qu'elle se faisait derrière, d'un remous où leur fureur se brisait.

Et dans cette allure de *fuite*, ce qu'on éprouvait surtout, c'était une illusion de légèreté ; sans aucune peine ni effort, on se sentait bondir. Quand la *Marie* 10 montait sur ces lames, c'était sans secousse comme si le vent l'eût enlevée ; et sa redescente après était comme une glissade, faisant éprouver ce tressaillement du ventre qu'on a dans les chutes simulées des "chars russes" ou dans celles imaginaires des rêves. 15 Elle glissait comme à reculons, la montagne fuyante se dérobant sous elle pour continuer de courir, et alors elle était replongée dans un de ces grands creux qui couraient aussi ; sans se meurtrir, elle en touchait le fond horrible, dans un éclaboussement d'eau qui ne 20 la mouillait même pas, mais qui fuyait comme tout le reste ; qui fuyait et s'évanouissait en avant comme de la fumée, comme rien...

Au fond de ces creux, il faisait plus noir, et après chaque lame passée, on regardait derrière soi arriver 25 l'autre ; l'autre encore plus grande, qui se dressait toute verte par transparence ; qui se dépêchait d'approcher, avec des contournements furieux, des volutes prêtes à se refermer, un air de dire : "Attends que je t'attrape, et je t'engouffre..."   30

... Mais non : elle vous soulevait seulement, comme d'un haussement d'épaule on enlèverait une plume ;

et, presque doucement, on la sentait passer sous soi,
avec son écume bruissante, son fracas de cascade.

Et ainsi de suite, continuellement. Mais cela grossissait toujours. Ces lames se succédaient, plus énor-
5 mes, en longues chaînes de montagnes dont les vallées
commençaient à faire peur. Et toute cette folie de
mouvement s'accélérait, sous un ciel de plus en plus
sombre, au milieu d'un bruit plus immense.

C'était bien du très gros temps, et il fallait veiller.
10 Mais, tant qu'on a devant soi de l'espace libre, de l'espace pour courir ! Et puis, justement la *Marie*, cette
année-là, avait passé sa saison dans la partie la plus
occidentale des pêcheries d'Islande ; alors toute cette
fuite dans l'Est était autant de bonne route faite pour
15 le retour.

Yann et Sylvestre étaient à la barre, attachés par
la ceinture. Ils chantaient encore la chanson de *Jean-
François de Nantes ;* grisés de mouvement et de vitesse, ils chantaient à pleine voix, riant de ne plus
20 s'entendre au milieu de tout ce déchaînement de bruits,
s'amusant à tourner la tête pour chanter contre le
vent et perdre haleine.

— Eh ben ! les enfants, ça sent-il le renfermé, là-
haut ? leur demandait Guermeur, passant sa figure
25 barbue par l'écoutille entre-bâillée, comme un diable
prêt à sortir de sa boîte.

Oh ! non, ça ne sentait pas le renfermé, pour sûr.

Ils n'avaient pas peur, ayant la notion exacte de ce
qui est *maniable*, ayant confiance dans la solidité de
30 leur bateau, dans la force de leurs bras. Et aussi
dans la protection de cette Vierge de faïence qui, depuis quarante années de voyages en Islande, avait

7

dansé tant de fois cette mauvaise danse-là toujours souriante entre ses bouquets de fausses fleurs. . .

Jean-François de Nantes ;
Jean-François,
Jean-François !

En général, on ne voyait pas loin autour de soi ; à quelques centaines de mètres, tout paraissait finir en espèces d'épouvantes vagues, en crêtes blêmes qui se 5 hérissaient, fermant la vue. On se croyait toujours au milieu d'une scène restreinte, bien que perpétuellement changeante ; et, d'ailleurs, les choses étaient noyées dans cette sorte de fumée d'eau, qui fuyait en nuage, avec une extrême vitesse, sur toute la surface 10 de la mer.

Mais, de temps à autre, une éclaircie se faisait vers le nord-ouest d'où une *saute de vent* pouvait venir : alors une lueur frisante arrivait de l'horizon ; un reflet traînant, faisant paraître plus sombre le dôme 15 de ce ciel, se répandait sur les crêtes blanches agitées. Et cette éclaircie était triste à regarder ; ces lointains entrevus, ces échappées serraient le cœur davantage en donnant trop bien à comprendre que c'était le même chaos partout, la même fureur — jusque derrière ces 20 grands horizons vides et infiniment au delà : l'épouvante n'avait pas de limites, et on était seul au milieu !

Une clameur géante sortait des choses comme un prélude d'apocalypse jetant l'effroi des fins de monde. Et on y distinguait des milliers de voix : d'en haut, 25 il en venait de sifflantes ou de profondes, qui semblaient presque lointaines à force d'être immenses : cela c'était le vent, la grande âme de ce désordre, la

puissance invisible menant tout.   Il faisait peur, mais
il y avait d'autres bruits, plus rapprochés, plus maté-
riels, plus menaçants de détruire, que rendait l'eau
tourmentée, grésillant comme sur des braises...

5   Toujours cela grossissait.

Et, malgré leur allure de fuite, la mer commençait
à les couvrir, à les *manger* comme ils disaient : d'a-
bord des embruns fouettant de l'arrière, puis de l'eau
à paquets, lancée avec une force à tout briser.   Les
10 lames se faisaient toujours plus hautes, plus follement
hautes, et pourtant elles étaient déchiquetées à mesure, on en voyait de grands lambeaux verdâtres, qui
étaient de l'eau retombante que le vent jetait partout.
Il en tombait de lourdes masses sur le pont, avec un
15 bruit claquant, et alors la *Marie* vibrait tout entière
comme de douleur.   Maintenant on ne distinguait
plus rien, à cause de toute cette bave blanche, épar-
pillée ; quand les rafales gémissaient plus fort, on la
voyait courir en tourbillons plus épais — comme, en
20 été, la poussière des routes.   Une grosse pluie, qui
était venue, passait aussi tout en biais, horizontale, et
ces choses ensemble sifflaient, cinglaient, blessaient
comme des lanières.

Ils restaient tous deux à la barre, attachés et se te-
25 nant ferme, vêtus de leurs *cirages*, qui étaient durs et
luisants comme des peaux de requins ; ils les avaient
bien serrés au cou, par des ficelles goudronnées, bien
serrées aux poignets et aux chevilles pour ne pas laisser d'eau passer, et tout ruisselait sur eux, qui en-
30 flaient le dos quand cela tombait plus dru, en s'arc-
boutant bien pour ne pas être renversés.   La peau
des joues leur cuisait et ils avaient la respiration à

toute minute coupée.   Après chaque grande masse
d'eau tombée, ils se regardaient — en souriant, à cause
de tout ce sel amassé dans leur barbe.

A la longue pourtant, cela devenait une extrême
fatigue, cette fureur qui ne s'apaisait pas, qui restait 5
toujours à son même paroxysme exaspéré.   Les rages
des hommes, celles des bêtes s'épuisent et tombent
vite ;—il faut subir longtemps, longtemps celles des
choses inertes qui sont sans cause et sans but, mystérieuses comme la vie et comme la mort.   10

> Jean-François de Nantes ;
>   Jean-François,
>   Jean-François !

A travers leurs lèvres devenues blanches, le refrain
de la vieille chanson passait encore, mais comme une
chose aphone, reprise de temps à autre inconsciem-
ment.   L'excès de mouvement et de bruit les avaient
rendus ivres, ils avaient beau être jeunes, leurs sou- 15
rires grimaçaient sur leurs dents entre-choquées par
un tremblement de froid ; leurs yeux, à demi fermés
sous les paupières brûlées qui battaient, restaient fixes
dans une atonie farouche.   Rivés à leur barre comme
deux arcs-boutants de marbre, ils faisaient, avec leurs 20
mains crispées et bleuies, les efforts qu'il fallait,
presque sans penser, par simple habitude des muscles.
Les cheveux ruisselants, la bouche contractée, ils
étaient devenus étranges, et en eux reparaissait tout
un fond de sauvagerie primitive.   25

Ils ne se voyaient plus ! ils avaient conscience seulement d'être encore là, à côté l'un de l'autre.   Aux
instants plus dangereux, chaque fois que se dressait,

derrière, la montagne d'eau nouvelle, surplombante,
bruissante, horrible, heurtant leur bateau avec un
grand fracas sourd, une de leurs mains s'agitait pour
un signe de croix involontaire.   Ils ne songeaient plus
5 à rien, ni à Gaud, ni à aucune femme, ni à aucun
mariage.   Cela durait depuis trop longtemps, ils
n'avaient plus de pensées ; leur ivresse de bruit, de
fatigue et de froid, obscurcissait tout dans leur tête.
Ils n'étaient plus que deux piliers de chair raidie qui
10 maintenaient cette barre ; que deux bêtes vigoureuses ˎ
cramponnées là par instinct pour ne pas mourir.

.   .   .   .

La Chapelle.

Gaud arriva à une chapelle, qu'on apercevait de
loin sur une hauteur.   C'était une chapelle toute
grise, très petite et très vieille ; au milieu de l'aridité
15 d'alentour, un bouquet d'arbres, gris aussi et déjà
sans feuilles, lui faisait des cheveux, des cheveux
jetés tous du même côté, comme par une main qu'on
y aurait passée.

Et cette main était celle aussi qui fait sombrer les
20 barques des pêcheurs, main éternelle des vents d'ouest
qui couche, dans le sens des lames et de la houle, les
branches tordues des rivages.   Ils avaient poussé de
travers et échevelés, les vieux arbres, courbant le dos
sous l'effort séculaire de cette main-là.

25   Gaud se trouvait presque au bout de sa course,
puisque c'était la chapelle de Pors-Even ; alors elle
s'y arrêta, pour gagner encore du temps.

Un petit mur croulant dessinait autour un enclos
enfermant des croix.   Et tout était de la même cou-

leur, la chapelle, les arbres et les tombes ; le lieu
tout entier semblait uniformément hâlé, rongé par
le vent de la mer ; un même lichen grisâtre, avec
ses taches d'un jaune pâle de soufre, couvrait les
pierres, les branches noueuses, et les saints en granit ₅
qui se tenaient dans les niches du mur.

Sur une de ces croix de bois, un nom était écrit
en grosses lettres : *Gaos.—Gaos, Joël, quatre-vingts
ans.*

Ah ! oui, le grand-père ; elle savait cela.   La mer ₁₀
n'en avait pas voulu, de ce vieux marin.   Du reste,
plusieurs des parents d'Yann devaient dormir dans
cet enclos, c'était naturel, et elle aurait dû s'y attendre ; pourtant ce nom lu sur cette tombe lui faisait
une impression pénible.   ₁₅

Afin de perdre un moment de plus, elle entra dire
une prière sous ce porche antique, tout petit, usé,
badigeonné de chaux blanche.   Mais là elle s'arrêta,
avec un plus fort serrement de cœur.

Gaos ! encore ce nom, gravé sur une des plaques ₂₀
funéraires comme on en met pour garder le souvenir
de ceux qui meurent au large.

Elle se mit à lire cette inscription :

En mémoire de
GAOS, JEAN—LOUIS,
âgé de 24 ans, matelot a bord de la *Marguerite,*
disparu en Islande, le 3 août 1877,
Qu'il repose en paix !

L'Islande, — toujours l'Islande ! — Partout, à cette
entrée de chapelle, étaient clouées d'autres plaques ₂₅
de bois, avec des noms de marins morts.   C'était le

coin des naufragés de Pors-Even, et elle regretta d'y
être venue, prise d'un pressentiment noir. A Paimpol, dans l'église, elle avait vu des inscriptions pareilles ; mais ici, dans ce village, il était plus petit,
5 plus fruste, plus sauvage, le tombeau vide des pêcheurs islandais. Il y avait de chaque côté un banc
de granit, pour les veuves, pour les mères : et ce lieu
bas, irrégulier comme une grotte, était gardé par
une bonne vierge très ancienne, repeinte en rose,
10 avec de gros yeux méchants, qui ressemblait à Cybèle,
déesse primitive de la terre.

Gaos ! encore !

En mémoire de

GAOS, FRANCOIS

époux de Anne-Marie LE GOASTER,

capitaine à bord du *Paimpolais,*

perdu en Islande du 1er au 3 avril 1877,

avec vingt-trois hommes composant son équipage.

Qu'ils reposent en paix !

Et, en bas, deux os de mort en croix, sous un
crâne noir avec des yeux verts, peinture naïve et
15 macabre, sentant encore la barbarie d'un autre âge.

Gaos ! partout ce nom !

Un autre Gaos s'appelait Yves, *enlevé du bord de*
son navire et disparu aux environs de Norden-Fiord,
en Islande, a l'age de vingt-deux ans. La plaque sem-
20 blait être là depuis de longues années ; il devait être
bien oublié, celui-la. . .

En lisant, il lui venait pour ce Yann des élans de
tendresse douce, et un peu désespérée aussi. Jamais,
non, jamais il ne serait à elle ! Comment le disputer

à la mer, quand tant d'autres Gaos y avaient sombré, des ancêtres, des frères, qui devaient avoir avec lui des ressemblances profondes.

Elle entra dans la chapelle, déjà obscure, à peine éclairée par ses fenêtres basses aux parois épaisses. 5 Et là, le cœur plein de larmes qui voulaient tomber, elle s'agenouilla pour prier devant des saints et des saintes énormes, entourés de fleurs grossières, et qui touchaient la voûte avec leur tête. Dehors, le vent qui se levait commençait à gémir, comme rapportant 10 au pays breton la plainte des jeunes hommes morts.

. . . .

L'Escarmouche.

. . . .

. . . Dans l'air, une balle qui siffle ! . . . Sylvestre s'arrête court, dressant l'oreille. . .

C'est sur une plaine infinie, d'un vert tendre et velouté de printemps. Le ciel est gris, pesant aux 15 épaules.

Ils sont là six matelots armés, en reconnaissance au milieu des fraîches rizières, dans un sentier de boue. . .

. . . Encore ! ! . . . ce même bruit dans le silence de 20 l'air ! — Bruit aigre et ronflant, espèce de *dzinn* prolongé, donnant bien l'impression de la petite chose méchante et dure qui passe là tout droit, très vite, et dont la rencontre peut être mortelle.

Pour la première fois de sa vie, Sylvestre écoute 25 cette musique-là. Ces balles qui vous arrivent sonnent autrement que celles que l'on tire soi-même : le coup de feu, parti de loin, est atténué, on ne l'en-

tend plus ; alors on distingue mieux ce petit bourdonnement de métal, qui file en traînée rapide, frô-
lant vos oreilles...

...Et *dzinn* encore, et *dzinn !* Il en pleut mainte-
5 nant, des balles. Tout près des marins, arrêtés net,
elles s'enfoncent dans le sol inondé de la rizière, chacune avec un petit *flac* de grêle, sec et rapide, et un
léger éclaboussement d'eau.

Eux se regardent, en souriant comme d'une farce
10 drôlement jouée, et ils disent :

— Les Chinois ! (Annamites, Tonkinois, Pavillons-
Noirs, pour les matelots, tout cela c'est de la même
famille chinoise.)

Et comment rendre ce qu'ils mettent de dédain,
15 de vieille rancune moqueuse, d'entrain pour se battre, dans cette manière de les annoncer : " Les Chinois ! "

Deux ou trois balles sifflent encore, plus rasantes,
celles-ci ; on les voit ricocher, comme des sauterelles
20 dans l'herbe. Cela n'a pas duré une minute, ce petit
arrosage de plomb, et déjà cela cesse. Sur la grande
plaine verte, le silence absolu revient, et nulle part on
n'aperçoit rien qui bouge.

Ils sont tous les six encore debout, l'œil au guet,
25 prenant le vent, ils cherchent d'où cela a pu venir.

De là-bas, sûrement, de ce bouquet de bambous,
qui fait dans la plaine comme un îlot de plumes,
et derrière lesquels apparaissent, à demi cachées, des
toitures cornues. Alors ils y courent ; dans la
30 terre détrempée de la rizière, leurs pieds s'enfoncent ou glissent ; Sylvestre, avec ses jambes plus
longues et plus agiles, est celui qui court devant.

Rien ne siffle plus ; on dirait qu'ils ont rêvé...

Et comme, dans tous les pays du monde, certaines
choses sont toujours et éternellement les mêmes, —
le gris des ciels couverts, la teinte fraîche des prairies
au printemps, — on croirait voir les champs de France, 5
avec des jeunes hommes courant là gaîment, pour tout
autre jeu que celui de la mort.

Mais, à mesure qu'ils s'approchent, ces bambous
montrent mieux la finesse exotique de leur feuillée,
ces toits de village accentuent l'étrangeté de leur 10
courbure, et des hommes jaunes, embusqués derrière, avancent, pour regarder, leurs figures plates
contractées par la malice et la peur... Puis brusquement, ils sortent en jetant un cri, et se déploient
en une longue ligne tremblante, mais décidée et dan- 15
gereuse.

— Les Chinois ! disent encore les matelots, avec
leur même brave sourire.

Mais c'est égal, ils trouvent cette fois qu'il y en a
beaucoup, qu'il y en a trop. Et l'un d'eux, en se re- 20
tournant, en aperçoit d'autres, qui arrivent par derrière, émergeant d'entre les herbages...

. . . .

...Il fut très beau, dans cet instant, dans cette   ·
journée, le petit Sylvestre ; sa vieille grand'mère eût
été fière de le voir si guerrier !   25

Déjà transfiguré depuis quelques jours, bronzé, la
voix changée, il était là comme dans un élément à
lui. A une minute d'indécision suprême, les matelots,
éraflés par les balles, avaient presque commencé ce
mouvement de recul qui eût été leur mort à tous ; 30

mais Sylvestre avait continué d'avancer ; ayant pris
son fusil par le canon, il tenait tête à tout un groupe,
fauchant de droite et de gauche, à grands coups de
crosse qui assommaient. Et, grâce à lui, la partie
5 avait changé de tournure : cette panique, cet affolement, ce je ne sais quoi, qui décide aveuglément de
tout, dans ces petites batailles non dirigées, était passé
du côté des Chinois ; c'étaient eux qui avaient commencé à reculer.

10 ... C'était fini maintenant, ils fuyaient. Et les six
matelots, ayant rechargé leurs armes à tir rapide, les
abattaient à leur aise ; il y avait des flaques rouges
dans l'herbe, des corps effondrés, des crânes versant
leur cervelle dans l'eau de la rizière.

15 Ils fuyaient tout courbés, rasant le sol, s'aplatissant
comme des léopards. Et Sylvestre courait après, déjà
blessé deux fois, un coup de lance à la cuisse, une en-
taille profonde dans le bras ; mais ne sentant rien que
l'ivresse de se battre, cette ivresse non raisonnée qui
20 vient du sang vigoureux, celle qui donne aux simples
le courage superbe, celle qui faisait les héros antiques.

Un, qu'il poursuivait, se retourna pour le mettre
en joue, dans une inspiration de terreur désespérée.
25 Sylvestre s'arrêta, souriant, méprisant, sublime, pour
le laisser décharger son arme, puis se jeta un peu sur
la gauche, voyant la direction du coup qui allait partir. Mais, dans le mouvement de détente, le canon
de ce fusil dévia par hasard dans le même sens. Alors,
30 lui, sentit une commotion à la poitrine, et, comprenant bien ce que c'était, par un éclair de pensée,
même avant toute douleur, il détourna la tête vers

les autres marins qui suivaient, pour essayer de leur dire, comme un vieux soldat, la phrase consacrée : "Je crois que j'ai mon compte !" Dans la grande aspiration qu'il fit, venant de courir, pour prendre avec sa bouche, de l'air plein ses poumons, il en sen- 5 tit entrer aussi, par un trou à son sein droit, avec un petit bruit horrible, comme dans un soufflet cre- vé. En même temps, sa bouche s'emplit de sang, tandis qu'il lui venait au côté une douleur aiguë, qui s'exaspérait vite, vite, jusqu'à être quelque chose 10 d'atroce et d'indicible.

Il tourna sur lui-même deux ou trois fois, la tête perdue de vertige et cherchant à reprendre son souffle au milieu de tout ce liquide rouge dont la montée l'étouffait, — et puis, lourdement, dans la boue, il 15 s'abattit.

La Mort : L'Enterrement.

. . . .

Environ quinze jours après, comme le ciel se fai- sait déjà plus sombre à l'approche des pluies, et la chaleur plus lourde sur ce Tonkin jaune, Sylvestre, qu'on avait rapporté à Hanoï, fut envoyé en rade 20 d'Ha-Long et mis à bord d'un navire-hôpital qui ren- trait en France.

Il avait été longtemps promené sur divers brancards, avec des temps d'arrêt dans des ambulances. On avait fait ce qu'on avait pu ; mais, dans ces conditions 25 mauvaises, sa poitrine s'était remplie d'eau, du côté percé, et l'air entrait toujours, en gargouillant, par ce trou qui ne se fermait-pas.

On lui avait donné la médaille militaire et il en avait eu un moment de joie.   30

Mais il n'était plus le guerrier d'avant, à l'allure
décidée, à la voix vibrante et brève. Non, tout cela
était tombé devant la longue souffrance et la fièvre
amollissante. Il était redevenu enfant, avec le mal
5 du pays ; il ne parlait presque plus, répondant à peine
d'une petite voix douce, presque éteinte. Se sentir
si malade, et être si loin, si loin ; penser qu'il faudrait
tant de jours et de jours avant d'arriver au pays, —
vivrait-il seulement jusque-là, avec ses forces qui
10 diminuaient ?... Cette notion d'effroyable éloignement était une chose qui l'obsédait sans cesse ; qui
l'oppressait à ses réveils, — quand, après les heures
d'assoupissement, il retrouvait la sensation affreuse
de ses plaies, la chaleur de sa fièvre et le petit bruit
15 soufflant de sa poitrine crevée. Aussi il avait supplié
qu'on l'embarquât, au risque de tout.

Il était très lourd à porter dans son cadre ; alors,
sans le vouloir, on lui donnait des secousses cruelles
en le charroyant.

20 A bord de ce transport qui allait partir, on le cou-
cha dans l'un des petits lits de fer alignés à l'hôpital
et il recommença en sens inverse sa longue promenade à travers les mers. Seulement, cette fois, au
lieu de vivre comme un oiseau dans le plein vent
25 des hunes, c'était dans les lourdeurs d'en bas, au
milieu des exhalaisons de remèdes, de blessures et
de misères.

Les premiers jours, la joie d'être en route avait
amené en lui un peu de mieux. Il pouvait se tenir
30 soulevé sur son lit avec des oreillers, et de temps en
temps il demandait sa boîte. Sa boîte de matelot
était le coffret de bois blanc, acheté à Paimpol, pour

mettre ses choses précieuses ; on y trouvait les lettres
de la grand'mère Yvonne, celles d'Yann et de Gaud,
un cahier où il avait copié des chansons du bord, et
un livre de Confucius en chinois, pris au hasard d'un
pillage, sur lequel, au revers blanc des feuillets, il 5
avait inscrit le journal naïf de sa campagne.

Le mal pourtant ne s'améliorait pas et, dès la première semaine, les médecins pensèrent que la mort
ne pouvait plus être évitée.

,... Près de l'Équateur maintenant, dans l'exces- 10
sive chaleur des orages.   Le transport s'en allait,
secouant ses lits, ses blessés et ses malades ; s'en allait
toujours vite, sur une mer remuée, tourmentée encore
comme au renversement des moussons.

Depuis le départ d'Ha-Long, il en était mort plus 15
d'un, qu'il avait fallu jeter dans l'eau profonde, sur
ce grand chemin de France ; beaucoup de ces petits
lits s'étaient débarrassés déjà de leur pauvre contenu.

Et ce jour-là, dans l'hôpital mouvant, il faisait très
sombre : on avait été obligé, à cause de la houle, de 20
fermer les mantelets en fer des sabords, et cela rendait plus horrible cet étouffoir de malades.

Il allait plus mal, lui ; c'était la fin.   Couché toujours sur son côté percé, il le comprimait des deux
mains, avec tout ce qui lui restait de force, pour im- 25
mobiliser cette eau, cette décomposition liquide dans
ce poumon droit, et tâcher de respirer seulement avec
l'autre.   Mais cet autre aussi, peu à peu, s'était pris
par voisinage, et l'angoisse suprême était commencée.

Toute sorte de visions du pays hantaient son cer- 30
veau mourant ; dans l'obscurité chaude, des figures
aimées ou affreuses venaient se pencher sur lui ; il

était dans un perpétuel rêve d'halluciné, où passaient
la Bretagne et l'Islande.

Le matin, il avait fait appeler le prêtre, et celui-ci,
qui était un vieillard habitué à voir mourir des mate-
5 lots, avait été surpris de trouver, sous cette enveloppe
si virile, la pureté d'un petit enfant.

Il demandait de l'air, de l'air ; mais il n'y en avait
nulle part ; les manches à vent n'en donnaient plus ;
l'infirmier, qui l'éventait tout le temps avec un éven-
10 tail à fleurs chinoises, ne faisait que remuer sur lui
des buées malsaines, des fadeurs déjà cent fois respi-
rées, dont les poitrines ne voulaient plus.

Quelquefois, il lui prenait des rages désespérées
pour sortir de ce lit, où il sentait si bien la mort
15 venir ; d'aller au plein vent là-haut, essayer de re-
vivre... Oh ! les autres, qui couraient dans les haubans, qui habitaient dans les hunes !... Mais tout
son grand effort pour s'en aller n'aboutissait qu'à un
soulèvement de sa tête et de son cou affaibli, — quelque
20 chose comme ces mouvements incomplets que l'on fait
pendant le sommeil. — Eh ! non, il ne pouvait plus ;
il retombait dans les mêmes creux de son lit défait,
déjà englué là par la mort ; et chaque fois, après la
fatigue d'une telle secousse, il perdait pour un instant
25 conscience de tout.

Pour lui faire plaisir, on finit par ouvrir un sabord,
bien que ce fût encore dangereux, la mer n'étant pas
assez calmée. C'était le soir, vers six heures. Quand
cet auvent de fer fut soulevé, il entra de la lumière
30 seulement, de l'éblouissante lumière rouge. Le soleil
couchant apparaissait à l'horizon avec une extrême
splendeur, dans la déchirure d'un ciel sombre ; sa

lueur aveuglante se promenait au roulis, et il éclairait cet hôpital en vacillant, comme une torche que l'on balance.

De l'air, non, il n'en vint point ; le peu qu'il y en avait dehors était impuissant à entrer ici, à chasser 5 les senteurs de la fièvre.   Partout, à l'infini, sur cette mer équatoriale, ce n'était qu'humidité chaude, que lourdeur irrespirable.   Pas d'air nulle part, pas même pour les mourants qui haletaient.

...Une dernière vision l'agita beaucoup : sa vieille 10 grand'mère, passant sur un chemin, très vite, avec une expression d'anxiété déchirante ; la pluie tombait sur elle, de nuages bas et funèbres ; elle se rendait à Paimpol, mandée au bureau de la marine pour y être informée qu'il était mort.   15

Il se débattait maintenant ; il râlait.   On épongeait aux coins de sa bouche de l'eau et du sang, qui étaient remontés de sa poitrine, à flots, pendant ses contorsions d'agonie.   Et le soleil magnifique l'éclairait toujours ; au couchant, on eût dit l'incendie de 20 tout un monde, avec du sang plein les nuages ; par le trou de ce sabord ouvert entrait une large bande de feu rouge, qui venait finir sur le lit de Sylvestre, faire un nimbe autour de lui.

...A ce moment, ce soleil se voyait aussi, là-bas, 25 en Bretagne, où midi allait sonner.   Il était bien le même soleil, et au même instant précis de sa durée sans fin ; là, pourtant, il avait une couleur très différente ; se tenant plus haut dans un ciel bleuâtre ; il éclairait d'une douce lumière blanche la grand'mère 30 Yvonne, qui travaillait à coudre, assise sur sa porte.

En Islande, où c'était le matin, il paraissait aussi,

à cette même minute de mort. Pâli davantage, on
eût dit qu'il ne parvenait à être vu là que par une
sorte de tour de force d'obliquité. Il rayonnait tristement, dans un fiord où dérivait la *Marie*, et son
5 ciel était cette fois d'une de ces puretés hyperbo-
réennes qui éveillent des idées de planètes refroidies
n'ayant plus d'atmosphère. Avec une netteté glacée,
il accentuait les détails de ce chaos de pierres qui est
l'Islande : tout ce pays, vu de la *Marie*, semblait
10 plaqué sur un même plan et se tenir debout. Yann,
qui était là, éclairé un peu étrangement lui aussi,
pêchait comme d'habitude, au milieu de ces aspects
lunaires.

... Au moment où cette traînée de feu rouge, qui
15 entrait par ce sabord de navire, s'éteignit, où le soleil
équatorial disparut tout à fait dans les eaux dorées,
on vit les yeux du petit-fils mourant se chavirer, se
retourner vers le front comme pour disparaître dans
la tête. Alors on abaissa dessus les paupières avec
20 leurs longs cils — et Sylvestre redevint très beau et
calme, comme un marbre couché...

.   .   .   .

... Aussi bien, je ne puis m'empêcher de conter
cet enterrement de Sylvestre que je conduisis moi-
même là-bas, dans l'île de Singapour. On en avait
25 assez jeté d'autres dans la mer de Chine pendant les
premiers jours de la traversée ; comme cette terre
malaise était là tout près, on s'était décidé à le garder
quelques heures de plus pour l'y mettre.

C'était le matin, de très bonne heure, à cause du
30 terrible soleil. Dans le canot qui l'emporta, son
8

corps était recouvert du pavillon de France.   La
grande ville étrange dormait encore quand nous ac-
costâmes la terre.   Un petit fourgon, envoyé par le
consul, attendait sur le quai ; nous y mîmes Sylvestre et la croix de bois qu'on lui avait faite à bord ; 5
la peinture en était encore fraîche, car il avait fallu
se hâter, et les lettres blanches de son nom coulaient
sur le fond noir.

Nous traversâmes cette Babel au soleil levant.   Et
puis ce fut une émotion, de retrouver là, à deux pas 10
de l'immonde grouillement chinois, le calme d'une
église française.   Sous cette haute nef blanche, où
j'étais seul avec mes matelots, le *Dies iræ* chanté par
un prêtre missionnaire résonnait comme une douce
incantation magique.   Par les portes ouvertes, on 15
voyait des choses qui ressemblaient à des jardins
enchantés, des verdures admirables, des palmes
immenses ; le vent secouait les grands arbres en fleurs,
et c'était une pluie de pétales d'un rouge de carmin
qui tombaient jusque dans l'église.   20

Après, nous sommes allés au cimetière, très loin.
Notre petit cortège de matelots était bien modeste, le
cercueil toujours recouvert du pavillon de France.   Il
nous fallut traverser des quartiers chinois, un four-
millement de monde jaune ; puis des faubourgs 25
malais, indiens, où tout sorte de figures d'Asie nous
regardaient passer avec des yeux étonnés.

Ensuite, la campagne, déjà chaude ; des chemins
ombreux où volaient d'admirables papillons aux ailes
de velours bleu.   Un grand luxe de fleurs, de pal- 30
miers ; toutes les splendeurs de la sève équatoriale.
Enfin, le cimetière : des tombes mandarines, avec

des inscriptions multicolores, des dragons et des monstres ; d'étonnants feuillages, des plantes inconnues. L'endroit où nous l'avons mis ressemble à un coin des jardins d'Indra.

5 Sur sa terre, nous avons planté cette petite croix de bois qu'on lui avait faite à la hâte pendant la nuit :

SYLVESTRE MOAN

DIX-NEUF ANS

Et nous l'avons laissé là, pressés de repartir à cause de ce soleil qui montait toujours, nous retournant pour le voir, sous ses arbres merveilleux, sous ses 10 grandes fleurs.

Le Petit Voltigeur.

Un matin, vers trois heures, tandis qu'ils rêvaient tranquillement sous leur suaire de brume, ils entendirent comme des bruits de voix dont le timbre leur sembla étrange et non connu d'eux. Ils se regardè-
15 rent les uns les autres, ceux qui étaient sur le pont, s'interrogeant d'un coup d'œil :

— Qui est-ce qui a parlé ?

Non, personne ; personne n'avait rien dit.

Et, en effet, cela avait bien eu l'air de sortir du
20 vide extérieur.

Alors, celui qui était chargé de la trompe, et qui l'avait négligée depuis la veille, se précipita dessus, en se gonflant de tout son souffle pour pousser le long beuglement d'alarme.

25 Cela seul faisait déjà frissonner, dans ce silence. Et puis, comme si, au contraire, une apparition eût été évoquée par ce son vibrant de cornemuse, une

grande chose imprévue s'était dessinée en grisaille,
s'était dressée menaçante, très haut tout près d'eux :
des mâts, des vergues, des cordages, un dessin de
navire qui s'était fait en l'air, partout à la fois et
d'un même coup, comme ces fantasmagories pour 5
effrayer qui, d'un seul jet de lumière, sont crées
sur des voiles tendus.   Et d'autres hommes apparais-
saient là, à les toucher, penchés sur le rebord, les regardant avec des yeux très ouverts, dans un réveil de
surprise et d'épouvante... 10

Ils so jetèrent sur des avirons, des mâts de re-
change, des gaffes — tout ce qui se trouva dans la
drôme de long et de solide — et les pointèrent en
dehors pour tenir à distance cette chose et ces visi-
teurs qui leur arrivaient.   Et les autres aussi, effarés, 15
allongeaient vers eux d'énormes bâtons pour les re-
pousser.

Mais il n'y eut qu'un craquement très léger dans
les vergues, au-dessus de leurs têtes, et les mâtures,
un instant accrochées, se dégagèrent aussitôt sans 20
aucune avarie ; le choc, très doux par ce calme était
tout à fait amorti ; il avait été si faible même, que
vraiment il semblait que cet autre navire n'eût pas de
masse et qu'il fût une chose molle, presque sans
poids... 25

Alors, le saisissement passé, les hommes se mirent
à rire ; ils se reconnaissaient entre eux :

— Ohé ! de la *Marie.*

— Eh ! Gaos, Laumec, Guermeur !

L'apparition, c'était la *Reine-Berthe*, capitaine 30
Larvoër, aussi de Paimpol ; ces matelots étaient des
villages d'alentour ; ce grand-là, tout en barbe

noire, montrant ses dents dans son rire, c'était Kerjégou, un de Ploudaniel ; et les autres venaient de
Plounès ou de Plounérin.

— Aussi, pourquoi ne sonniez-vous pas de votre
5 trompe, bande de sauvages ? demandait Larvoër de la
Reine-Berthe.

— Eh bien, et vous donc, bande de pirates et d'é-
cumeurs, *mauvaise poison* de la mer ?...

— Oh ! nous... c'est différent ; *ça nous est défendu*
10 *de faire du bruit.* (Il avait répondu cela avec un
air de sous-entendre quelque mystère noir ; avec un
sourire drôle, qui, par la suite, revint souvent en
tête à ceux de la *Marie* et leur donna à penser
beaucoup.)
15 Et puis comme s'il en eût dit trop long, il finit par
cette plaisanterie :

— Notre corne à nous, c'est celui-là, en soufflant
dedans, qui nous l'a crevée.

Et il montrait un matelot à figure de triton, qui
20 était tout en cou et tout en poitrine, trop large, bas
sur jambes, avec je ne sais quoi de grotesque et d'in-
quiétant dans sa puissance difforme.

Et pendant qu'on se regardait là, attendant que
quelque brise ou quelque courant d'en dessous voulût
25 bien emmener l'un plus vite que l'autre, séparer les navires, on engagea une causerie. Tous appuyés en
abord, se tenant en respect au bout de leurs longs
morceaux de bois, comme eussent fait des assiégés
avec des piques, ils parlèrent des choses du pays, des
30 dernières lettres reçues par les " chasseurs," des
vieux parents et des femmes.

— Moi, disait Kerjégou, la *mienne* me marque

qu'elle vient d'avoir son petit que nous attendions ;
ça va nous en faire la douzaine tout à l'heure.

Un autre avait eu deux jumeaux, et un troisième
annonçait le mariage de la belle Jeannie Caroff —
une fille très connue des Islandais — avec certain 5
vieux richard infirme, de la commune de Plourivo.

Ils se voyaient comme à travers des gazes blanches,
et il semblait que cela changeât aussi le son des voix
qui avait quelque chose d'étouffé et de lointain.

Cependant Yann ne pouvait détacher ses yeux d'un 10
de ces pêcheurs, un petit homme déjà vieillot qu'il
était sûr de n'avoir jamais vu nulle part et qui
pourtant lui avait dit tout de suite : "Bonjour, mon
grand Yann !" avec un air d'intime connaissance ; il
avait la laideur irritante des singes, avec leur cligno- 15
tement de malice dans ses yeux perçants.

— Moi, disait encore Larvoër, de la *Reine-Berthe,*
on m'a marqué la mort du petit-fils de la vieille
Yvonne Moan, de Ploubazlanec, qui faisait son service à l'État, comme vous savez, sur l'escadre de 20
Chine ; un bien grand dommage !

Entendant cela, les autres de la *Marie* se tournèrent
vers Yann pour savoir s'il avait déjà connaissance de
ce malheur.

— Oui, dit-il d'une voix basse, l'air indifférent et 25
hautain, c'était sur la dernière lettre que mon père
m'a envoyée.

Ils le regardaient tous, dans la curiosité qu'ils
avaient de son chagrin, et cela l'irritait.

`Leurs propos se croisaient à la hâte, au travers du 30
brouillard pâle, pendant que fuyaient les minutes de
leur bizarre entrevue.

— Ma femme me marque en même temps, continuait Larvoër, que la fille de M. Mével a quitté la ville pour demeurer à Ploubazlanec et soigner la vieille Moan, sa grand'tante ; elle s'est mise à tra-
5 vailler à présent, en journée chez le monde, pour gagner sa vie. D'ailleurs, j'avais toujours eu dans l'idée, moi, que c'était une brave fille, et une courageuse, malgré ses airs de demoiselle et ses falbalas.

Alors, de nouveau, on regarda Yann, ce qui acheva
10 de lui déplaire, et une couleur rouge lui monta aux joues sous son hâle doré.

Par cette appréciation sur Gaud fut clos l'entretien avec ces gens de la *Reine-Berthe* qu'aucun être vivant ne devait plus jamais revoir. Depuis un instant,
15 leurs figures semblaient déjà plus effacées, car leur navire était moins près, et, tout à coup, ceux de la *Marie* ne trouvèrent plus rien à pousser, plus rien au bout de leurs longs morceaux de bois ; tous leurs " espars," avirons, mâts ou vergues, s'agitèrent en
20 cherchant dans le vide, puis retombèrent les uns après les autres lourdement dans la mer, comme de grands bras morts. On rentra donc ces défenses inutiles : la *Reine-Berthe,* replongée dans la brume profonde, avait disparu brusquement tout d'une
25 pièce, comme s'efface l'image d'un transparent derrière lequel la lampe a été soufflée. Ils essayèrent de la héler, mais rien ne répondit à leurs cris, — qu'une espèce de clameur moqueuse à plusieurs voix, terminée en un gémissement qui les fit se regarder
30 avec surprise...

Cette *Reine-Berthe* ne revint point avec les autres Islandais et, comme ceux du *Samuel-Azénide* avaient rencontré dans un fiord une épave non douteuse (son couronnement d'arrière avec un morceau de sa quille), on ne l'attendit plus ; dès le mois d'octobre, les noms de tous ses marins furent inscrits dans l'église sur des plaques noires.   5

Or, depuis cette dernière apparition dont les gens de la *Marie* avaient bien retenu la date, jusqu'à l'époque du retour, il n'y avait eu aucun mauvais temps dangereux sur la mer d'Islande, tandis que, au contraire, trois semaines auparavant, une bourrasque 10 d'ouest avait emporté plusieurs marins et deux navires.   On se rappela alors le sourire de Larvoër et, en rapprochant toutes ces choses, on fit beaucoup de conjonctures ; Yann revit plus d'une fois, la nuit, le marin au clignotement de singe, et quelques-uns de 15 la *Marie* se demandèrent craintivement si, ce matin-là, ils n'avaient point causé avec des trépassés.

Les Noces.

Il ne revint jamais.

Une nuit d'août, là-bas, au large de la sombre Islande, au milieu d'un grand bruit de fureur, avaient 20 été célébrées ses noces avec la mer.

Avec la mer qui autrefois avait été aussi sa nourrice ; c'était elle qui l'avait bercé, qui l'avait fait adolescent large et fort, — et ensuite elle l'avait repris, dans sa virilité superbe, pour elle seule.   Un 25 profond mystère avait enveloppé ces noces monstrueuses.   Tout le temps, des voiles obscurs s'étaient agités au-dessus, des rideaux mouvants et tourmentés, tendus pour cacher la fête ; et la fiancée donnait de la voix, faisait toujours son plus grand bruit horrible 30

pour étouffer les cris. — Lui, se souvenant de Gaud,
sa femme de chair, s'était défendu, dans une lutte de
géant, contre cette épousée de tombeau. Jusqu'au
moment où il s'était abandonné, les bras ouverts
5 pour la recevoir, avec un grand cri profond comme
un taureau qui râle, la bouche déjà emplie d'eau ;
les bras ouverts, étendus et raidis pour jamais.

Et à ses noces, ils y étaient tous, ceux qu'il avait
conviés jadis. Tout, excepté Sylvestre, qui, lui, s'en
10 était allé dormir dans des jardins enchantés, — très
loin, de l'autre côté de la Terre...

MADAME CHRYSANTHÈME.

La Visite.

. . . .

Entre une vieille dame, — deux vieilles dames, — trois vieilles dames, émergeant l'une après l'autre avec des révérences à ressorts que nous rendons tant bien que mal, ayant conscience de notre infériorité dans le genre. Puis des personnes d'un âge inter- 5 médiaire, — puis des jeunes tout à fait, une douzaine au moins, les amies, les voisines, tout le quartier. Et tout ce monde, en entrant chez moi, se confond en politesses réciproques : et je te salue — et tu me salues, — et je te ressalue, et tu me le rends—et je 10 te ressalue encore, et je ne te le rendrai jamais selon ton mérite, — et moi je me cogne le front par terre, et toi tu piques du nez sur le plancher ; les voilà toutes à quatre pattes les unes devant les autres ; c'est à qui ne passera pas, à qui ne s'assoira pas, et 15 des compliments infinis se marmottent à voix basse, la figure contre le parquet.

Elles s'asseyent pourtant, en un cercle cérémonieux et souriant à la fois, nous deux restant debout les yeux fixés sur l'escalier. Et enfin émerge à son tour 20 le petit piquet de fleurs d'argent, le chignon d'ébène, la robe gris perle et la ceinture mauve... de mademoiselle Jasmin.

122

Ah ! mon Dieu, mais je la connaissais déjà ! Bien avant de venir au Japon, je l'avais vue, sur *tous les* éventails, au fond de toutes les tasses à thé — avec son air bébête, son minois bouffi, — ses petits yeux 5 percés à la vrille au-dessus de ces deux solitudes, blanches et roses jusqu'à la plus extrême invraisemblance, qui sont ses joues.

. . . .

Elle s'avance souriante, d'un air contenu de triomphe, et M. Kangourou paraît derrière elle, dans 10 son complet de drap gris. Nouveaux saluts. La voilà à quatre pattes, elle aussi, devant ma propriétaire, devant mes voisines. Yves, le grand Yves, lui, fait derrière moi une figure pincée, comique étouffant mal son rire, — tandis que pour me donner 15 le temps de rassembler mes idées j'offre le thé, les petites tasses, les petits pots, les braises...

. . . .

Les familles, ayant allumé au bout de bâtons légers leurs lanternes multicolores, se disposent à se retirer, avec force·compliments, politesses, courbettes, révé-20 rences. Quand il s'agit de prendre l'escalier, elles font à qui ne passera pas, et, à un moment donné, tout le monde se retrouve à quatre pattes, immobilisé, murmurant à demi-voix des choses polies...

— Faut *pousser dessus?* dit Yves en riant (une 25 locution et un procédé qui s'emploient en marine lorsqu'il y a engorgement quelque part).

Enfin cela s'écoule, cela descend, avec un dernier bourdonnement de civilités, de phrases aimables qui

s'achèvent d'une marche à l'autre, à voix décrois-
sante.   Et nous restons seuls, lui et moi, dans l'étrange
logis vide, où traînent encore sur les nattes les petites
tasses à thé, les impayables petites pipes, les plateaux
en miniature.   5

•   •   •   •   •   •   •   •   •   •

Le Japon.

Toujours ce bruit de cigales, strident, immense,
éternel, qui sort nuit et jour de ces campagnes japonaises.   Il est partout et sans cesse, à n'importe
quelle heure brûlante de la journée, à n'importe
quelle heure fraîche de la nuit.   Au milieu de la 10
rade, dès notre arrivée, nous l'avions entendu qui
nous venait à la fois des deux rives, des deux murailles de vertes montagnes.   Il est obsédant, infati-
gable ; il est comme la manifestation, le bruit même
de la vie spéciale à cette région de la terre.   Il est la 15
voix de l'été dans ces îles ; il est un chant de fête in-
conscient, toujours égal à lui-même, et ayant constamment l'air de s'enfler, de s'élever, dans une plus
grande exaltation du bonheur de vivre.

Il est, pour moi, le bruit caractéristique de ce pays, 20
— avec le cri de cette espèce de gerfaut qui, lui aussi,
avait salué notre entrée au Japon.   Au-dessus des
vallées et des baies profondes, ces oiseaux planent, en
poussant de temps à autres leurs trois : " Han ! han !
han ! " d'un timbre triste, comme au comble de l'éton- 25
nement pénible, de la douleur. — Et les montagnes
répètent leur cri.

Le Repas.

Les repas de Chrysanthème sont une invraisemblable chose.

Cela commence le matin, au réveil, par deux petits pruneaux verts des haies, confits dans du vinaigre et
5 roulés dans de la poudre de sucre. Une tasse de thé complète ce déjeuner presque traditionnel au Japon, le même que l'on mange en bas chez madame Prune, le même que l'on sert aux voyageurs dans les hôtelleries.

10 Cela se continue dans le courant du jour par deux dînettes très drôlement ordonnées. De chez madame Prune, où ces choses se cuisinent, on les lui monte sur un plateau de laque rouge, dans de microscopiques tasses à couvercle : un hachis de moineau, une cre-
15 vette farcie, une algue en sauce, un bonbon salé, un piment sucré... A tout cela, Chrysanthème goûte du bord des lèvres, à l'aide de ses petites baguettes, en relevant le bout de ses doigts avec une grâce affectée. A chaque mets elle fait une grimace, — en laisse les
20 trois quarts et s'essuie les ongles après, avec horreur.

Ces menus varient beaucoup, suivant l'inspiration de madame Prune. Mais ce qui ne change jamais, ni chez nous ni ailleurs, ni au sud de l'empire ni au nord, c'est le dessert et la façon de le manger : après
25 tant de petits plats pour rire, on apporte une cuve en bois cerclée de cuivre, une cuve énorme, comme pour Gargantua, et contenant jusqu'au bord du riz cuit à l'eau pure ; Chrysanthème en remplit un très grand bol (quelquefois deux, quelquefois trois), en salit la
30 blancheur neigeuse avec une sauce noire, au poisson,

qui est contenue dans une fine burette bleue ; —
brasse ces choses ensemble ; — porte le bol à ses lèvres
et enfourne tout ce riz, en le poussant avec ses deux
baguettes jusqu'au fond de son gosier.

Ensuite on ramasse les petites tasses et les petits 5
couvercles, les dernières miettes tombées sur ces
nattes si blanches dont rien ne doit ternir jamais
l'irréprochable netteté.   La dînette est terminée.

La Prière.

Plus joyeuses sont les musiques du matin : les
coqs qui chantent ; les panneaux de bois qui s'ou-10
vrent dans le voisinage ; ou le cri bizarre de quelque petit marchand de fruits, parcourant dès l'aube
notre haut faubourg.   Et les cigales ayant l'air de
chanter plus fort, à cette fête de la lumière revenue.

Surtout, il y a la longue prière de madame Prune 15
qui, d'en bas, nous arrive à travers le plancher,
monotone comme une chanson de somnambule, régulière et berçante comme un bruit de fontaine.
Cela dure trois quarts d'heure pour le moins ; sur
des notes hautes, rapides, nasillardes, cela se psal-20
modie abondamment ; de temps à autre, quand les
esprits lassés n'écoutent plus, cela s'accompagne de
battements de mains très secs — ou bien des sons
grêles de certain claquebois qui se compose de deux
disques en racine de mandragore ; c'est un jet in-25
terrompu de prière ; c'est intarissable et cela chevrote sans cesse comme le bêlement d'une vieille bique
en délire. . .

" *Après s'être lavé les mains et les pieds*, disent les
saints livres, *on invoquera le grand Dieu Ama-Térace*-30

Omi-Kami, qui est le roi de puissance de l'empire Ja-
ponais ; on invoquera les mânes de tous les défunts
empereures qui dérivent de lui ; les mânes ensuite de
tous ses ancêtres personnels, jusqu'aux générations les
5 *plus reculées ; les Esprits de l'air et de la mer ; les*
Esprits des lieux secrets et immondes ; les Esprits
sépulcraux du pays des racines, etc., etc...."

" Je vous estime et vous implore, chante madame
Prune, ô Ama-Térace-Omi-Kami, roi de puissance.
10 Protégez sans cesse votre peuple qui est prêt à se
sacrifier à la patrie. Accordez-moi de devenir très
sainte comme vous êtes et faites-moi la grâce de chasser de mon esprit les idées obscures. Je suis lâche
et pécheresse : expulsez mes lâchetés et mes péchés
15 comme le vent du nord emporte la poussière dans
la mer. Lavez-moi blanchement de mes souillures,
comme on lave des saletés dans la rivière Kamo.—
Faites-moi la grâce de devenir la plus riche femme
du monde. — Je crois en votre lumière qui se ré-
20 pandra sur la terre et l'éclaircira incessamment,
pour mon bonheur. Faites-moi la grâce de conser-
ver la santé de ma famille, — et surtout la mienne,
à moi, qui, ô Ama-Térace-Omi-Kami, n'estime et
n'adore que vous-même, etc., etc."

25 Ensuite, viennent tous les empereurs, tous les Esprits et la liste interminable des ancêtres.

De son fausset tremblant de vieille femme, madame
Prune chante tout cela, vite à perdre haleine, sans en
rien omettre.

30 Et c'est bien étrange à entendre ; à la fin, on ne
dirait plus un chant humain ; c'est comme une série
de formules magiques qui s'échapperaient, se dévide-

raient d'un rouleau inépuisable, pour prendre leur
vol dans l'air.   Par son étrangeté même et par sa
persistance d'incantation, cela arrive à produire, dans
ma tête encore endormie, une sorte d'impression religieuse.   5

Et chaque jour je m'éveille au bruit de cette litanie
shintoïste qui vibre au-dessous de moi dans la sonorité exquise des matins d'été, — tandis que les veil-
leuses s'éteignent devant le Bouddha souriant, tandis
que l'éternel soleil, à peine levé, envoie déjà, par les 10
petits trous des panneaux de bois, des rayons qui tra-
versent notre logis obscur, le tendelet de gaze bleu-
nuit, comme de longues flèches d'or.

   •   •   •   •   •   •   •   •   •

La Fête.

Allons, j'annonce que nous descendrons sans plus
tarder faire une grande promenade dans Nagasaki ; 15
nous emmènerons Oyouki-San, deux cousines de
Chrysanthème qui se trouvent là, et d'autres petites
voisines encore si cela leur fait plaisir ; nous achète-
rons les jouets les plus drôles ; nous mangerons toute
espèce de gâteaux, nous nous amuserons beaucoup.   20

— Comme nous arrivons bien, disent-elles en sau-
tant de joie ; comme nous arrivons à point !   Justement il y a pèlerinage de nuit au grand temple de
la *Tortue Sauteuse !*   Toute la ville y sera ; tous
les camarades viennent de partir, toute la bande 25
X*, Y*, Z*, Touki-San, Campanule et Jonquille,
avec *l'ami d'une invraisemblable hauteur.*   Et elles
deux pauvre Chrysanthème, pauvre Oyouki-San, le
cœur très gros, restaient au logis, parce que nous

n'étions pas là et parce que madame Prune, après
son dîner, avait été prise de pâmoisons...

Vite, la toilette des mousmés. Chrysanthème est
déjà prête. Oyouki change de robe à la hâte, s'ha-
5 bille de gris souris, me prie d'arrange le nœud bouffant
de sa belle ceinture, — qui est en satin noir doublé
de jaune orange, — et plante, bien haut dans ses
cheveux, un pompon d'argent. Nous allumons nos
lanternes au bout de bâtonnets ; M. Sucre remercie
10 pour sa fille, remercie à n'en plus finir, nous recon-
duit, tombe à quatre pattes sur sa porte, — et nous
nous éloignons assez gaîment, dans la nuit transparente et douce.

En effet la ville, en bas, est dans une animation de
15 grande fête. Les rues sont pleines de monde ; la
foule passe, — comme un flot rieur, capricieux, lent,
inégal, — mais s'écoule tout entière dans la même
direction, vers un but unique. Il en sort un bourdonnement immense mais cependant léger, où domi-
20 nent le rire et les formules polies que l'on échange à
voix basse. Des lanternes et des lanternes... De
ma vie, je n'en avais tant vu, ni de si bariolées, ni de
si compliquées, de si extraordinaires.

Nous suivons, comme en dérive dans ce flot humain,
25 comme entraînés par lui. Il y a des bandes de femmes de tous les âges, en toilette parée ; surtout des
mousmés innombrables ayant dans les cheveux des
piquets de fleurs ou, à la manière d'Oyouki, des pom-
pons d'argent : petits minois chiffonnés, petits yeux
30 bridés de chat naissant, joues rondelettes et pâlottes
ballant un peu aux abords des lèvres entr'ouvertes.
Gentilles quand même, ces petites Nipponnes, à force

9

d'enfantillage et de sourire. Du côté des hommes,
beaucoup de chapeaux *melon,* ajoutés pour plus de
pompe à la longue robe nationale et complétant bien
ces laideurs gaies de singes savants. Ils tiennent à
la main des branches, des arbustes entiers quelquefois, 5
d'où pendent, mêlées au feuillage, les plus bizarres
de toutes les lanternes, ayant des formes de diablotins
ou d'oiseaux.

A mesure que nous avançons dans la direction de
ce temple, les rues deviennent plus encombrée, plus 10
bruyantes. Il y a maintenant, tout le long des maisons, des étalages sans fin sur des tréteaux : des bon-
bons de toute couleur, des jouets, des branches fleuries,
des bouquets, des masques. Des masques surtout ;
en voici de pleines caisses, de pleines charrettes ; le 15
plus répandu est celui qui représente le museau blême
et rusé, contracté en rictus de mort, les grandes oreilles droites et les dents pointues du renard blanc con-
sacré au dieu du riz. Il y a d'autres figures symboli-
ques de dieux ou de monstres, toutes livides, grima- 20
çantes, convulsionnées, ayant de vrais cheveux et de
vrais poils. Des gens quelconques, des enfants même,
achètent ces épouvantails et se les attachent sur la
figure. On vend aussi toute sorte d'instruments de
musique ; beaucoup de ces trompettes en cristal dont 25
le son est si étrange, mais d'énormes, ce soir : deux
mètres de long pour le moins ; le bruit qu'elles font
ne ressemble plus à rien de connu ; on croirait entendre au milieu de la foule des dindons gigantesques,
gloussant pour faire peur.   30

Dans les amusements religieux de ce peuple, il ne
nous est pas possible, à nous, de pénétrer les *dessous*

pleins de mystère que les choses peuvent avoir ; nous
ne pouvons pas dire où finit la plaisanterie et où la
frayeur mystique commence. Ces usages, ces symboles, ces figures, tout ce que la tradition et l'atavisme
5 ont entassé dans les cervelles japonaises, provient
d'origines profondément ténébreuses pour nous ;
même les plus vieux livres ne nous l'expliqueront
jamais que d'une manière superficielle et impuissante,
—*parce que nous ne sommes pas les pareils de ces*
10 *gens-là.* Nous passons sans bien comprendre au
milieu de leur gaîté et de leur rire, qui sont au re-
bours des nôtres...

Chrysanthème avec Yves, Oyouki avec moi, Fraise
et Zinia, nos cousines, marchant devant nous sous
15 notre surveillance, nous continuons de suivre la foule,
nous tenant la main deux par deux de peur de nous
perdre.

Tout le long des rues qui mènent à ce temple, les
gens riches ont exposé dans leur maison des séries de
20 vases et de bouquets. La forme *hangar,* qu'ont toutes
les habitations de ce pays, leur espèce de devanture
foraine et d'estrade, sont très favorables à ces exhibi-
tions de choses délicates ; on a laissé tout ouvert et
l'on a tendu, à l'intérieur, des voiles qui masquent
25 les profondeurs du logis ; en avant de ces draperies
généralement blanches et un peu en retrait de la foule
qui passe, on a correctement aligné les objets exposés,
que mettent en pleine lumière des lampes suspendues.

—Presque pas de fleurs dans ces bouquets ; des feuil-
30 lages seulement, — les uns frêles et rares, introuva-
bles, — les autres choisis comme à dessein parmi les

plus communs, mais arrangés avec un art qui en fait quelque chose de nouveau et de distingué : de vulgaires feuilles de salade, de grands choux montés, prenant des poses artificielles exquises, dans des urnes merveilleuses.   Tous les vases sont en bronze, mais le dessin en est varié à l'infini, avec la fantaisie la plus changeante ; on en voit de compliqués et de tourmentés ; d'autres, en plus grand nombre, qui sont sveltes et simples, — mais d'une simplicité si cherchée que, pour nos yeux, c'est comme une révélation d'inconnu, comme un renversement de toutes les notions acquises sur la forme...

A un tournant de rue, nous faisons la plus heureuse des rencontres : nos camarades de la *Triomphante*, et les Jonquille, et les Touki-San, et les Campanule ! — Saluts, révérences entre mousmés ; manifestations réciproques de la joie de se revoir ; puis, formant une bande compacte et entraînés par la foule qui augmente encore, nous continuons de nous acheminer vers le temple.

Les rues suivent une pente ascendante (car les temples sont toujours sur des hauteurs) et, à mesure que nous montons, à la féerie des lanternes et des costumes s'en ajoute une autre, qui est lointaine, bleuâtre, vaporeuse : tout Nagasaki, avec ses pagodes, ses montagnes, ses eaux tranquilles pleines de rayons de lune, s'élevant en même temps que nous dans l'air.   Lentement, pas à pas si l'on peut dire, cela surgit alentour, enveloppant d'un grand décor diaphane tous ces premiers plans où papillotent des lumières rouges et des banderoles de toutes couleurs.

Nous approchons sans doute, car voici les énormes

granits religieux, les escaliers, les portiques, les
monstres. Il nous faut gravir maintenant des séries
de marches, portés presque par le flot des fidèles qui
monte avec nous.

5   La cour du temple, — nous sommes arrivés.

C'est le dernier et le plus étonnant tableau de la
féerie de ce soir, — tableau lumineux et profond, qui
a des lointains fantastiques éclairés par la lune et
au-dessus duquel des arbres gigantesques, les crypto-
10 mérias sacrés, étendent comme un dôme leurs branches noires.

Nous voilà assis tous, avec nos mousmés, sous le
tendelet enguirlandé de fleurs d'une des nombreuses
petites maisons de thé que l'on a improvisées dans
15 cette cour. Nous sommes sur une terrasse, en haut
des grands escaliers par où la foule continue d'af-
fluer ; nous sommes aux pieds d'un portique qui se
dresse tout d'une pièce dans le ciel et la nuit avec
une massive rigidité de colosse ; aux pieds aussi d'un
20 monstre qui abaisse vers nous le regard de ses gros
yeux de pierre, sa grimace méchante et son rire.

Ce portique et ce monstre sont les deux grandes
choses écrasantes du premier plan, dans le décor invraisemblable de cette fête ; ils se découpent avec
25 une hardiesse un peu vertigineuse sur tout ce bleu
vague et cendré là-bas, qui est le lointain, l'air, le
vide ; derrière eux, Nagasaki se déroule, à vol d'oiseau, très faiblement dessiné dans de l'obscurité
transparente avec des myriades de petits feux de cou-
30 leurs ; puis les montagnes esquissent sur le ciel plein
d'étoiles leurs dentelures exagérées : — bleuâtre sur

bleuâtre, diaphane sur diaphane. Et un coin de la
rade apparaît aussi, très haut, très indécis, très pâle,
ayant l'air d'un lac monté dans les nuages, les eaux
ne se devinant qu'à un reflet de lumière lunaire qui
les fait resplendir comme une nappe argentée.   5

Autour ne nous gloussent toujours les longues
trompettes de cristal. Comme les ombres de fantas-
magorie, passent et repassent des groupes de gens
polis et frivoles ; des bandes enfantines de ces mousmés à petits yeux, dont le sourire est d'une insi- 10
gnifiance si fraîche et dont les beaux chignons luisent,
piqués de fleurs en argent. Et des hommes très
laids promènent sans cesse, au bout de branches,
leurs lanternes en forme d'oiseaux, de dieux, d'in-
sectes.   15

Derrière nous, le temple, tout illuminé, tout ouvert ;
les bonzes assis en théories immobiles, dans le sanctuaire étincelant d'or qu'habitent les divinités, les
chimères et les symboles. La foule, avec son bourdonnement monotone de rires et de prières, se presse 20
autour, lançant à pleine mains ses offrandes ; avec
un bruit continuel, le métal monnayé roule à terre,
dans l'enceinte réservée aux prêtres où les nattes
blanches disparaissent complètement sous les pièces
de toutes les grandeurs, amoncelées comme après un 25
déluge d'argent et de bronze.

Nous sommes là, nous, très dépaysés dans cette
fête, regardant, riant puisqu'il faut rire ; disant des
choses obscures et niaises, dans une langue insuffi-
samment apprise, que ce soir, troublés par je ne sais 30
quoi, nous n'entendons même plus. Il fait très chaud
sous notre tendelet, qu'agite pourtant une brise de

nuit ; nous absorbons, dans des tasses, de petits sor-
bets drôles ressemblant à du givre parfumé, ou bien
ayant un goût de fleurs dans de la neige. Nos mousmés se sont fait servir, à pleins bols, des haricots au
5 sucre mêlés à de la grêle,— à de vrais grêlons comme
on en ramasserait après une giboulée de mars.

   Glou ! . . . glou ! . . . glou ! . . . font lentement les trompettes de cristal, avec une sonorité qui
semble puissante, mais cependant pénible et comme
10 étouffée dans de l'eau. Partout tintent des crécelles,
bruissent durement des claquebois. Nous avons
l'impression d'être enlevés nous aussi dans l'immense
élan de cette gaîté incompréhensible, à laquelle se
mêle, dans une proportion que nous ne savons même
15 pas apprécier, quelque chose de mystique, je ne sais
quoi de puéril et de macabre en même temps. Une
sorte d'horreur religieuse est répandue par ces idoles,
que nous devinons derrière nous dans le temple, par
ces prières confusément entendues ; — surtout par ces
20 têtes de renard blanc, en bois laqué, cachant, de temps
à autre, les visages humains qui passent, — par tous
ces affreux masques blêmes. . .

   Dans les jardins et les dépendances de ce temple se
sont installés d'inimaginables saltimbanques dont les
25 banderoles noires, bariolées de lettres blanches, au
bout de hampes gigantesques, flottent au vent comme
des ornements de catafalque. Nous nous y rendons
en troupe, quand nos mousmés ont achevés leurs dévo-
tions et jeté leurs offrandes.

30   Dans une baraque de cette foire un homme est seul
en scène, étendu à plat dos sur une table. De son

ventre surgissent des marionnettes de grandeur presque humaine avec d'horribles masques louches ; elles
parlent, gesticulent, — puis s'effondrent comme des
loques vides ; remontent de nouveau d'une poussée
brusque, comme mues par un ressort, changent de 5
costume, changent de figure, se démènent dans une
frénésie continuelle.   A un moment donné, il en
paraît jusqu'à trois, quatre à la fois : ce sont les
quatre membres de l'homme couché, ses deux jambes
en l'air et ses deux bras, habillés chacun d'une robe, 10
coiffés d'une perruque et surmontés d'un masque.
Des scènes, des batailles à grands coups de sabre se
passent entre ces fantômes.

Il y a surtout une marionnette de vieille femme qui
fait peur ; chaque fois qu'elle reparaît avec sa tête 15
plate au rire de cadavre, les lampes se baissent ; la
musique à l'orchestre devient une sorte de gémissement de flûtes très sinistre, avec un trémolo de claquebois qui fait songer à des os entre-choqués. —
Évidemment elle joue dans la pièce un très vilain 20
rôle, cette personne ; elle doit être une vieille goule
malfaisante et affamée.   Ce qu'elle a de plus effrayant,
c'est son ombre, toujours projetée avec une netteté
voulue sur un écran blanc ; par un procédé qui ne
s'explique pas, cette ombre, qui suit tous ses mouve- 25
ments comme une ombre véritable, est celle d'un loup.
— A un moment donné, la vieille se retourne, pré-
sente de côté son nez camus pour accepter un bol de
riz qu'on lui offre ; alors, sur l'écran, on voit le profil
du loup s'allonger, avec ses deux oreilles droites, son 30
museau, ses babines, ses dents, sa langue qui sort.
L'orchestre, en sourdine, grince, gémit, tremblote —

puis éclate en cris funèbres comme un concert de
hiboux ; c'est qu'à présent la vieille mange, et l'ombre
du loup mange aussi, remue ses mâchoires, grignote
une autre ombre... très reconnaissable : un bras de
5 petit enfant.

Nous allons voir ensuite la *grande salamandre* du
Japon, — une bête rare en ce pays et inconnue ailleurs
sur la terre, grosse masse froide, lente et endormie,
qui semble un *essai* antédiluvien, resté par oubli
10 dans les eaux intérieures de ces archipels.

Après, l'éléphant savant, dont nos mousmés ont
peur ; puis les équilibristes, la ménagerie...

Il est une heure du matin quand nous sommes de
retour.

.   .   .   .

JAPONERIES D'AUTOMNE.

Trois legendes rustiques.

I

Ceci m'a été conté, je crois, par madame Prune :

" Les blaireaux, esprits malfaisants, aiment à s'introduire dans les maisons isolées, à la campagne surtout, sous forme d'ustensiles de ménage, — de marmite principalement. 5

" En général, on s'y prend à ces marmites-là. Mais, quand on veut y faire cuire quelque chose, ça redevient blaireau et ça se sauve en faisant la grimace, — tandis que l'eau qui était dedans se répand sur le feu et l'éteint." 10

II

Ceci, je l'ai lu d'abord dans un livre très remarquable et très peu connu sur le Japon ; j'ai pu vérifier ensuite que c'était en effet une croyance de paysans :

" La nuit du nouvel an, il suffit de crier dans un 15 endroit isolé : *Gambari-nindo oto-to-ghiçou !* pour voir aussitôt apparaître une main velue dans les ténèbres."

138

III

Pris dans le même livre :

" Une certaine nuit de chaque hiver, les chats tiennent, dans quelque jardin isolé, une grande assemblée qui se termine par une ronde générale au
5 clair de lune."

Vient ensuite cette clause adorable, que je recommande à l'attention de Jules Lemaître et de tous ceux qui sont assez affinés pour comprendre le charme des chats :

10 — *Pour être admis à cette réunion, tout chat est tenu de se procurer un fichu ou un mouchoir de soie dont il se coiffe pour danser.*

Le Sainte Montagne de Nikko.

A Jean Aicard.

" Qui n'a pas vu Nikko, n'a pas le droit d'employer le mot : *splendide.*"
(Proverbe japonais.)

Au centre de la grande île Niphon, dans une région boisée et montagneuse, à cinquante lieues de Yoko-
15 hama, se cache cette merveille des merveilles : la nécropole des vieux empereurs japonais.

C'est, sous le couvert d'une épaisse forêt, au penchant de la Sainte Montagne de Nikko, au milieu de cascades qui font à l'ombre des cèdres un bruit éter-
20 nel, — une série de temples enchantés, en bronze, en laque aux toits d'or, ayant l'air d'être venus là à l'appel d'une baguette magique, parmi les fougères

et les mousses, dans l'humidité verte, sous la voûte
des ramures sombres, au milieu de la grande nature
sauvage.

Au dedans de ces temples, une magnificence in-
imaginable, une splendeur de féerie. Et personne 5
alentour, que quelques bonzes gardiens qui psalmo-
dient, quelques prêtresses vêtues de blanc qui font
des danses sacrées en agitant des éventails. De
temps en temps, sous la haute futaie sonore, les vi-
brations lentes d'une énorme cloche de bronze, ou 10
les coups sourds d'un monstrueux tambour-à-prière.
Autrement, toujours ces mêmes bruits qui semblent
faire partie du silence et de la solitude : le chant des
cigales, le cri des gerfauts en l'air, le cri des singes
dans les branches, la chute monotone des cascades. 15

Tout cet éblouissement d'or, au milieu de ce mystère de forêt, fait de ces sépultures quelque chose
d'unique sur la terre. C'est la Mecque du Japon ;
c'est le cœur encore inviolé de ce pays qui s'effondre
à présent dans le grand courant occidental, mais qui 20
a eu son passé merveilleux. Ils étaient des mystiques
étranges et des artistes bien rares, ceux qui, il y a
trois ou quatre cents ans, ont construit ces magni-
ficences, au fond des bois et pour des morts. . .

.   .   .   .

Nous allons franchir maintenant la muraille beau- 25
coup plus magnifique de la troisième enceinte, tout
en laque d'or celle-ci, avec soubassements de bronze.
Elle est divisée en une série de panneaux ajourés, où
sont représentées, en sculpture profonde, toutes les
bêtes de l'air et de l'eau, toutes les fleurs connues et 30

toutes les feuilles : des méduses d'or étendent leurs
tentacules parmi des algues d'or ; sur des branches
de glycines d'or, ou sur des roses, des cigognes d'or
ouvrent leurs ailes, des phénix d'or déploient leur
5 queue et font la roue.   Une toiture de bronze, soutenue par des rangées d'animaux de toutes sortes,
recouvre d'un bout à l'autre cette muraille, débordant
beaucoup pour abriter tout cela contre les pluies des
hivers.   La porte d'entrée nous arrête comme une
10 merveille plus étonnante que toutes celles déjà vues ;
ses battants énormes sont en laque finement ouvragée ;
ses ferrures d'or sont des pièces d'orfèvrerie décou-
pées et gravées avec le goût le plus rare.   Elle est
gardée, non pas comme celle des temples ordinaires,
15 par deux colosses au ricanement horrible, mais par
deux dieux de figure et de grandeur humaines, ayant
des rides de vieillard, un teint de cadavre, une expression de tranquillité rusée et pas sûre ; ils siègent,
l'un à droite, l'autre à gauche, sur des trônes, dans
20 des niches délicieusement remplies de branches de
roses et de pivoines en nacre et en ivoire.   La toiture
de bronze qui surmonte cette porte ne saurait être ni
décrite, ni dessinée, avec sa hauteur monumentale,
sa complication extrême, ses courbes qui se super-
25 posent, ses fleurons d'or, ses angles retroussés d'où
pendent, comme des tulipes renversées, de longues
cloches d'or.   Elle est soutenue par une armée de
"chiens célestes," de dragons et de chimères, qui
s'avancent comme des gargouilles, s'étagent les uns
30 par-dessus les autres en six rangées compactes ; une
armée griffue, cornue, méchante ; un cauchemar
d'or, figé là en pleine fureur, et s'extravasant par le

haut comme une masse qui va tomber, se désagréger, s'élancer ; toutes les gueules ouvertes, tous les crocs dehors, tous les ongles dégainés, toutes les têtes penchées et les gros yeux sortis des orbites pour mieux regarder qui ose venir. . .   5

Passant sous cette pyramide de bêtes, nous entrons enfin dans la troisième et dernière enceinte, au fond de laquelle le temple splendide est bâti, ce temple qui s'appelle : " le palais de l'Éclat d'Orient."

            .   .   .   .

Ce temple a trois cents ans ; il est entretenu avec 10 un soin minutieux ; on n'a pas laissé ternir une seule de ses dorures ; il ne manque pas un pétale à ses milliers de fleurs, ni une main à ses milliers de personnages, ni une griffe à ses milliers de monstres. Et cependant, à je ne sais quoi d'un peu atténué 15 dans son éclat, d'un peu déjeté dans ses grandes lignes, on a parfaitement conscience de sa vieillesse ; et puis il y a ces granits et ces bronzes des soubassements sur lesquels, par un raffinement de goût, on a respecté les mousses envahissantes, les lichens lente- 20 ment rongeurs : tout cela accentue la notion que l'on perçoit, dès l'abord, de son grand âge. Et cette notion du reste est nécessaire à apaiser l'esprit ; car, si dans les temples de l'Égypte on s'inquiète malgré soi des générations de travailleurs qui ont dû s'user 25 à remuer ces granits immenses, ici on songe à tant de sculpteurs obstinés qui ont dû, pendant leur existence entière, s'épuiser à fouiller ces prodigieuses murailles en dentelle ; et cela repose vraiment, de se

dire qu'ils sont depuis longtemps morts, ces gens
fatigués ; qu'ils sont depuis longtemps au grand
calme dans cette terre — d'où sortent peu à peu
ces patientes petites mousses attaquant par la base
5 leur œuvre laborieuse, ces fines petites fougères mêlant
leurs découpures à celles si pénibles du bois durci et
du métal...

Ce peuple qui bâtit avec du bronze, de l'ivoire et
de la laque d'or, quelle impression de barbarie doit-il
10 recevoir de nos monuments, à nous, en simple pierre ;
plus grands que les leurs, il est vrai, mais d'un aspect
si rude et d'une teinte si grise, composée au hasard
par la poussière et les fumées.   Même les sculptures
de nos églises gothiques doivent leur sembler des
15 œuvres d'une expérience enfantine, exécutées sur
des matériaux vils.

Et comme nous avons peine à nous figurer, devant
ces choses si étonnamment conservées, que, depuis
trois siècles, des pèlerins innombrables aient pu venir
20 ici tous les ans, quelquefois par milliers ensemble :
foules bien différentes des nôtres, évidemment ; foules
soigneuses, polies, s'avançant avec des révérences,
sur des sandales légères, au froufrou des soies, au
bruit des éventails.

25   Une telle conservation est déjà, à elle seule, un de
ces prodiges japonais qui seraient bien impossibles
chez nous, avec nos cohues de gens grossiers et cas-
seurs...

· · · · · · · · ·

Au tombeau des Samouraïs.

A Mademoiselle Maggie.

C'est ici que *la tête* a été lavée : n'y trempez ni vos pieds, ni vos mains.

Cela est écrit au pinceau, à l'encre, sur une planchette de bois blanc, au bord de la plus fraîche et de la plus delicieuse des petites fontaines, — sous de 5 grands arbres, à mi-hauteur d'une colline ombreuse qui regarde au loin la baie d'Yeddo.

Jamais inscription plus lugubre ne fut posée à une place plus charmante. Cette eau "où il ne faut tremper ni ses pieds ni ses mains" est limpide, dans 10 un bassin de vieilles pierres, sur des mousses aquatiques fraîches et exquises, admirablement vertes. A côté de la fontaine défendue il y a des arbres nains aux feuillages délicats d'un vert aussi beau que celui des mousses, et un grand camélia sauvage, qui étale 15 à profusion ses fleurs simples, semblables à des églantines roses. C'est dans un lieu paisible, à l'écart des bruits de la vie. Toute la colline est remplie de sépultures antiques et de pagodes cachées sous les arbres. Aux senteurs des plantes se mêle un reli- 20 gieux parfum d'encens dont le plein air est constamment imprégné, comme serait l'air d'un temple.

L'écriteau ne dit pas quelle est cette tête coupée qu'on est venu laver dans cette eau claire ; il dit seulement : "la tête."—Mais tous les passants le savent. 25 En ce pays, où l'on a dans le peuple le culte des légendes et des morts, inutile de préciser davantage. . .

Et moi aussi, du reste, bien qu'étranger, je le sais. Étant enfant, j'avais lu autrefois, en un manuscrit rare, cette histoire des "quarante-sept fidèles Samouraïs," me passionnant pour ces héros chevaleresques ; 5 comme je lisais très peu, cela m'avait tout particulièrement frappé et je m'étais promis que, si le hasard m'amenait jamais au Japon, je viendrais rendre hommage à leur tombeau.

Précisément j'avais fait cette lecture par des jour- 10 nées de novembre belles et calmes comme celle d'aujourd'hui ; cette coïncidence d'une saison et d'un temps pareils rend plus complète l'association de mes petites idées d'autrefois, revenues, avec mes impressions d'aujourd'hui. C'est curieux même comme je 15 m'étais bien représenté ce lieu — qui me semblait alors lointain, lointain, presque imaginaire ; j'avais prévu jusqu'à ces arbustes nains et ces camélias sauvages fleuris alentour.

"C'est ici que la tête a été lavée " — (la tête du 20 méchant prince Kotsuké, coupée par les bons Samouraïs, avec les formes les plus polies, après toutes sortes d'excuses préalables ; puis lavée dans l'eau de cette fontaine, et apportée pieusement sur la tombe d'Akao, le prince martyr).

25 Aussi bien, je suis obligé de rappeler en quelques mots cette histoire, sans cela on ne me comprendrait pas.

Vers 1630, le courtisan Kotsuké, après avoir insulté le prince Akao et refusé de lui rendre raison, 30 réussit par la perfidie à obtenir de l'empereur un jugement inique le condamnant à mort, avec confiscation de tous ses biens.

10

Alors quarante-sept gentilshommes, vassaux fidèles
et amis du supplicié, se jurèrent de venger l'honneur
de leur maître, au prix de leur propre vie. Après
avoir abandonné femmes et enfants, tous ce qu'ils
avaient de cher au monde, ils poursuivirent la réali- 5
sation de leur difficile projet avec un entêtement
sublime, guettant l'heure favorable, dans le mystère
le plus profond — pendant près de vingt années ! —
jusqu'à ce qu'enfin, une nuit d'hiver, ils vinrent sur-
prendre et égorger, dans son palais, ce Kotsuké dont 10
les longues méfiances s'étaient peu à peu endormies
et qui ne s'entourait plus que d'un petit nombre de
gardes.

La vengeance accomplie, la tête du perfide déposée
sur le tombeau d'Akao, ils allèrent eux-mêmes se 15
livrer aux juges. On les condamna à s'ouvrir le
ventre ; ils s'y attendaient, et, après s'être embrassés,
ils firent cela tous ensemble sur les marches d'une
pagode, près du tombeau de leur cher seigneur.

Elle est ici, cette pagode, à quelques pas de la fon- 20
taine délicieuse : une vieille petite pagode d'un rouge
sombre, en bois de cèdre vermoulu. On y arrive par
une triste avenue où poussent des herbes. Sur ses
marches, lavées par les pluies de près de trois cents
hivers, on ne voit plus trace de tant de sang qui a 25
coulé ; on a peine à se représenter la boucherie horrible, le râle de ces quarante-sept hommes, la nuque
à moitié coupée, le ventre ouvert, les entrailles dehors, se tordant ensemble dans une grande mare
rouge... 30

Ils eurent leur récompense après leur mort, ces
fidèles, car un empereur suivant les déclara saints et

martyrs, et fit mettre sur leur tombe certain feuillage
d'or, emblème du suprême honneur.   Le Japon tout
entier les vénère encore aujourd'hui d'un culte en-
thousiaste ; leur nom est partout ; on l'apprend de
5 bonne heure aux petits enfants et on le chante dans
les grands poèmes.

Le joli sentier vert qui conduit à la fontaine se
prolonge au delà, monte un peu plus haut, par une
pente très douce.

10   En poursuivant, on trouve d'abord la maisonnette
du bonze préposé au soin des sépultures de ces héros
et à l'entretien de leurs fleurs.

Je frappe à sa porte, et il m'apparaît, ce vieux.   Il
a une étrange figure de gardien de tombeaux, maigre,
15 fine, ascétique et rusée à la fois ; il est grand et
mince, ce qui au Japon est très rare.   Un bonnet
noir agrafé sous le menton — comme celui dont se
coiffait jadis, dans notre Occident, le seigneur Mé-
phistophélès — lui enveloppe la tête, les cheveux, les
20 oreilles, ne laissant paraître que le masque encadré
du visage ; et ce bonnet a même, de chaque côté du
front, deux espèces de protubérances inquiétantes,
qui semblent des étuis ménagés dans l'étoffe, pour
mettre les cornes. . .

25   Il vend des livres où l'histoire des quarante-sept
Samouraïs est racontée dans ses naïfs et sublimes détails, avec beaucoup d'images à l'appui.   La maison
est à moitié remplie par des paquets de ces baguettes
d'encens dont il fait aussi commerce avec les pèlerins
30 et que l'on brûle ici tous les jours depuis tantôt trois
siècles.

Les sépultures auxquelles il me mène occupent, à

mi-côte, une sorte d'esplanade carrée, d'où la vue plonge sur tout un pays boisé, tranquille, avec la mer à l'extrême lointain. L'esplanade est entourée d'une modeste barrière de planches et d'une bordure de grands arbres funéraires, droits et rigides, élancés en 5 colonne de temple.

Sur les quatre faces de ce quadrilatère, les tombeaux sont alignés, environ douze par douze, regardant tous le milieu — qui est une petite place vide, couverte d'une herbe rase et comme saupoudrée de 10 cendre d'encens. Quarante-sept pierres debout, semblables, restées brutes comme des menhirs de granit, portant chacune le nom du Samouraï qui dort en dessous, et marquées toutes du signe spécial : *Harakiri*, — lequel veut dire que ces hommes sont morts à 15 la terrifiante manière des gens d'honneur, en s'ouvrant le ventre avec leur propre poignard.

A deux des angles du carré sinistre, s'élèvent des pierres plus hautes : celle du prince d'Akao et celle de la princesse son épouse. Tout à côté du prince, 20 sous une très petite tombe, on a enterré son enfant, — son *mousko-san*, comme l'appelle le vieux gardien à serre-tête noir. Et cette expression de *mousko-san* me fait sourire, malgré le recueillement du lieu, ce *mousko* qui signifie *tout petit garçon*, accouplé par 25 excès de déférence à cette particule honorifique *san*. Comme si, chez nous, on disait avec gravité et conviction : "C'est ici, à côté du prince, que repose *monsieur son bébé*."— Mais tout ce qui touche à cette histoire est pour les Japonais tellement saint et véné- 30 rable, qu'on n'en saurait parler avec des formes trop respectueuses.

Devant chacune de ces pierres, il y a de beaux bouquets, des fleurs toutes fraîches, évidemment cueillie ce matin même ; il y a aussi des petits tas de choses grisâtres, des restes de baguettes d'encens,
5 dont le vent premène les cendres encore odorantes sur l'herbe triste d'alentour. Et c'est comme cela, sans relàche, depuis l'an 1702, et ce sera sans doute ainsi pendant bien des années encore, car le bouleversement moderne, qui, au Japon emporte tant de
10 choses, semble n'avoir pas de prise sur le culte du peuple pour les morts.

La fille d'un des Samouraïs, qui était prêtresse, a obtenu d'être mise là elle aussi, à côté de son père, et cela fait, en dehors de l'alignement, une tombe de
15 plus. Elle a du reste, ses fleurs comme les autres, cette *mousmé*, ses fleurs et son encens, sa part de souvenir et de vénération.

Une étonnante quantité de petites bandes de papier, blanches ou rouges, portant des noms écrits, sont
20 collées sous les pierres tombales, ou jetées dans l'herbe à leurs pieds : ce sont les noms des pèlerins, qui journellement viennent, de tous les coins de l'empire, rendre hommage aux gentilshommes fidèles. Dans le nombre se trouvent même des vraies cartes de visite
25 tout à fait modernes, gravées en caractères européens sur des " Bristol " mats ou glancés, — et ce serait presque drôle, cet usage de déposer sa carte à la porte des morts qui ne peuvent recevoir, — si ce n'était extrêmement touchant...
30 Le vieux gardien maigre, adossé, la tête renversée contre un des arbres de bordure, entreprend de me conter au long l'histoire des Samouraïs, en une langue

dont la plupart des mots malheureusement m'échap-
pent.   Mais je l'écoute sans ennui, — tantôt le regardant avec l'idée obsédante d'ôter son bonnet pour voir
s'il n'a pas de cornes en dessous, — tantôt promenant mes yeux sur le profond paysage calme, sur la 5
colline parsemée ˆde petites pagodes, de tombes, de
buissons de camélias, sur toutes ces choses dont l'aspect n'a pas dû beaucoup changer depuis l'époque
lointaine de l'*Harakiri*.

Les arbres dénudés de l'enclos, tout droits, tout 10
raides, comme des rangées de cierges gigantesques,
agitent leurs têtes là-haut, secoués par un petit vent
d'automne qui souffle plus fort dans les régions éle-
vées de l'air.   Et les cigales chantent partout, au
soleil encore chaud de novembre.   15

En vérité, ce lieu a une mélancolie bien particulière et bien grande.   Et puis cette histoire est si
belle, pour qui la sait, en détail ; elle est si étonnante
d'héroïsme, d'honneur exagéré, de fidélité surhu-
maine !   20

Elle est inexplicable comme une vieille énigme
quand on connaît les Japonais mièvres et dégénérés
d'aujourd'hui ; elle évoque l'idée d'un grand passé
noble et chevaleresque, — et jette même en ce moment
pour moi une ombre de respect sur ce Japon moderne 25
que j'ai tant raillé.

Je n'ai pas apporté de fleurs fraîches, moi, aux
quarante-sept héros qui dorment ici.   Au contraire,
je dérobe un chrysanthème au bouquet posé sur la
tombe de leur chef, et je l'emporte — jusqu'en France, 30
— ce qui est d'ailleurs, sous une forme inverse, un
égal hommage rendu à leur mémoire à tous.

AU MAROC.

. . . .

Enfin, nous arrivons devant la première enceinte du palais et, par une grande porte ogivale, nous entrons dans la cour des ambassadeurs.

Cette cour est tellement immense que je ne connais 5 pas de ville au monde qui en possède une de dimensions pareilles. Elle est entourée de ces hautes et effroyables murailles à créneaux pointus, flanquées de lourds bastions carrés — comme sont les remparts de Stamboul, de Damiette ou d'Aigues-Mortes.

. . . .

10 La place semble vide, malgré les milliers d'hommes qui y sont rangés, sur les quatre faces, au pied des vieux murs. Ce sont les mêmes personnages toujours, et les mêmes couleurs : d'un côté, une multitude blanche, en burnous et en capuchons ; de l'autre, une 15 multitude rouge, les troupes du sultan, ayant avec eux leurs musiciens en longues robes orangées, vertes, violettes, capucine ou jaune d'or. La partie centrale de l'immense cour dans laquelle nous nous avançons reste complètement déserte. Et toute cette foule 20 semble lilliputienne, à si grande distance, tassée aux pieds de ces écrasantes murailles crénelées.

. . . .

Un mouvement se fait dans les troupes : soldats
rouges et musiciens multicolores viennent, sur deux
rangs, former une large avenue, depuis le centre de
la cour où l'on nous a placés, jusqu'à ce bastion là-
bas, par où le sultan doit venir, et nous regardons 5
tous la porte entourée d'arabesques, attendant l'apparition tres sainte.

Elle est bien encore à deux cents mètres de nous
cette porte, tant la cour est immense, et d'abord,
nous arrivent par là de grands dignitaires, des vizirs :
longues barbes blanchissantes et visages sombres ; à 10
pied tous, aujourd'hui, comme nous-mêmes, et marchant à pas lents dans les blancheurs de leurs voiles
et de leurs burnous qui flottent.

.   .   .   .

Par cette porte, entourée d'arabesques bleues et
roses, sur laquelle notre attention est de plus en plus 15
concentrée, arrivent maintenant une cinquantaine de
petits nègres, esclaves, en robe rouge avec surplis
de mousseline, comme des enfants de chœur. Ils
marchent lourdement, tassés en troupeau de mou-
tons.   20

Puis six magnifiques chevaux blancs, tout sellés et
harnachés de soie, que l'on tient en main et qui se
cabrent.

Puis un carrosse doré, d'un style Louis XV — im-
prévu dans cette mise en scène, et mièvre, et ridicule 25
au milieu de toute cette rudesse grandiose — (d'ailleurs l'unique voiture existant à Fez, offerte au sultan
par la reine Victoria).

Encore quelques minutes d'attente et de silence. 30

Et, tout à coup, un frémissement de religieuse crainte parcourt la haie des soldats. La musique, avec ses grands cuivres et ses tambourins, entonne quelque chose d'assourdisant et de lugubre. Les cinquante 5 petits esclaves noirs se mettent à courir, à courir, pris d'un affolement subit, se déploient en éventail comme un vol d'oiseaux, comme une grappe d'abeilles qui essaiment. Et là-bas, dans la pénombre de l'ogive, que nous regardons toujours, sur un cheval blanc 10 superbe que tiennent quatre esclaves, se dessine une haute momie blanche à figure brune, toute voilée de mousseline ; on porte au-dessus de sa tête un parasol rouge de forme antique, comme devait être celui de la reine de Saba, et deux géants nègres, l'un en robe 15 rose, l'autre en robe bleue, agitent des chasse-mouches autour de son visage.

Et tandis que l'étrange cavalier s'avance vers nous, presque informe, mais imposant quand même, sous l'amas de ses voiles neigeux, la musique, comme ex- 20 aspérée, gémit de plus en plus fort, sur des notes plus stridentes ; entonne un hymne religieux lent et désolé, qu'accompagnent à contre-temps d'effroyables coups de tambour. Le cheval de la momie gambade avec rage, maintenu à grand'peine par les esclaves 25 noirs. Et nos nerfs reçoivent je ne sais quelle impression angoissante de cette musique si lugubre et si inconnue.

Enfin voici, arrêté là tout près de nous, ce dernier fils authentique de Mahomet, bâtardé de sang nubien. 30 Son costume, en mousseline de laine fine comme un nuage, est d'une blancheur immaculée. Son cheval aussi est tout blanc ; ses grands étriers sont d'or ;

sa selle et son harnais de soie sont d'un vert d'eau
très pâle, brodés légèrement de plus pâle or vert.
Les esclaves qui tiennent le cheval, celui qui porte
le grand parasol rouge, et les deux — le rose et le bleu
— qui agitent des serviettes blanches pour chasser 5
autour du souverain des mouches imaginaires, sont
des nègres herculéens, qui sourient farouchement ;
déjà vieux tous, leurs barbes grises ou blanches tran-
chant sur le noir de leurs joues.   Et ce cérémonial
d'un autre âge s'harmonise avec cette musique gé- 10
missante, cadre on ne peut mieux avec ces immenses
murailles d'alentour, qui dressent dans l'air leurs
créneaux délabrés...

Cet homme, qu'on a amené devant nous dans un
tel apparat, est le dernier représentant fidèle d'une 15
religion, d'une civilisation en train de mourir.   Il
est la personnification même du vieil Islam ; — car
on sait que les musulmans purs considèrent le sultan
de Stamboul comme un usurpateur presque sacrilège
et tournent leurs yeux et leurs prières vers le 20
Moghreb, où réside pour eux le vrai successeur du .
Prophète.

A quoi bon une ambassade à un tel souverain, qui
reste, comme son peuple, immobilisé dans les vieux
rêves humains presque disparus de la terre ?   Nous 25
sommes absolument incapables de nous entendre ; la
distance entre nous est à peu près celle qui nous
séparerait d'un calife de Cordoue ou de Bagdad res-
suscité après mille ans de sommeil.   Qu'est-ce que
nous lui voulons, et pourquoi l'avons-nous fait sortir 30
de son impénétrable palais ?...

Sa figure brune, parcheminée, qu'encadrent les

mousselines blanches, a des traits réguliers et nobles ;
des yeux morts, dont on voit paraître le blanc, en
dessous de la prunelle à demi cachée par la paupière ;
son expression est une mélancolie excessive, une su-
5 prême lassitude, un suprême ennui.   Il a l'air doux,
et il l'est réellement au dire de ceux qui l'approchent.   (Au dire des gens de Fez, il l'est même trop :
il ne fait pas voler assez de têtes pour la sainte cause
de l'Islam.)   Mais c'est sans doute une douceur re-
10 lative, comme on l'entendait chez nous au moyen âge,
une douceur qui ne se sensibilise pas outre mesure
devant du sang répandu, quand cela est nécessaire, ni
devant une rangée de têtes humaines accrochées en
guirlande au-dessus des belles ogives, à l'entrée d'un
15 palais.   Certes, il n'est pas cruel ; avec ce regard
doucement triste, il ne peut pas l'être ; comme son
pouvoir divin lui en donne le droit, il châtie quelquefois durement, mais on dit qu'il aime encore
mieux faire grâce.   Il est prêtre et guerrier ; et il est
20 l'un et l'autre à l'excès ; pénétré de sa mission céleste
autant qu'un prophète, chaste au milieu de son
sérail, fidèle aux plus pénibles observances religieuses et très fanatique par hérédité, il cherche à
copier Mahomet le plus possible ; on lit d'ailleurs tout
25 cela dans ses yeux, sur son beau visage, et dans son
attitude majestueusement droite.   Il est quelqu'un
que nous ne pouvons plus, à notre époque, ni comprendre, ni juger ; mais il est assurément quelqu'un
de grand, qui impose...
30   Et là, devant nous, gens d'un autre monde rapprochés de lui pour quelques minutes, il a je ne
sais quoi d'étonné et de presque timide qui donne à

sa personne un charme singulier, tout à fait inattendu.

.   .   .   .

.

Les Étudiants et l'Université.

Le bruit court que le *sultan des tholbas* est en fuite
depuis cette nuit.

Il était roi éphémère, un peu en dehors des murs, 5
dans sa ville improvisée, en toile blanche ; à la porte
de sa tente, il avait un simulacre de batterie de gros
canons, imités avec des morceaux de bois et des
roseaux. Il était, avec plus de dignité, quelque
chose comme au moyen âge notre *pape des fous*.   10

Dans l'Université de Fez, conservée telle quelle
depuis l'époque de la splendeur arabe, c'est un usage
séculaire que, chaque année, aux vacances du printemps, les étudiants font dix jours de grande fête ; se
choisissent un roi (lequel achète son élection, aux 15
enchères, avec force pièces d'or) ; s'en vont camper
avec lui dans les champs au bord de la rivière ; puis
rançonnent la population de la ville, pour pouvoir
chaque soir se griser de musique, de chant, de
couscouss et de tasses de thé. Et c'est avec une 20
soumission souriante que les gens se prêtent à ces
amusements-là ; ils viennent tous, les vizirs, les marchands, les hommes de métiers, par corporations et
bannières en tête, visiter le camp des *tholbas* et ap-
porter des présents. Et enfin, vers le huitième jour, 25
le sultan en personne, le vrai, vient aussi rendre
hommage à celui des étudiants, qui le reçoit à cheval,
sous un parasol comme un calife, et le traite d'égal à
égal, l'appelant " mon frère."

Ce sultan des *tholbas* est toujours quelqu'un des
tribus éloignées, qui a une grâce suprême à demander
pour lui-même ou pour les siens, et qui profite, pour
l'obtenir, de ce tête-à-tête unique avec le souverain.
5 Aussitôt après, de peur qu'on ne la lui reprenne, de
peur aussi de représailles de la part des gens qu'il a
fait bâtonner pour de bon, une belle nuit, clandestine-
ment, il disparaît (ce qui est très facile au Maroc) ;
à travers les campagnes désertes, il se sauve dans son
10 pays.

A la fin de ces jours de liesse, les étudiants rentrent
à Fez ; ceux qui n'ont pas terminé leurs études
reviennent habiter leurs cellules de travail, dans ces
espèces de cloîtres étrangement pauvres qu'on appelle
15 des *mederças* et qui sont, du reste, des lieux presque
saints, interdits aux infidèles ; le sultan leur envoie
là un pain par jour à chacun, et c'est presque tout
leur ordinaire ; d'autres aussi reçoivent l'hospitalité
chez des particuliers : il est très méritoire pour une
20 famille de loger et de nourrir un *tholba*. Tout le
jour, ils vivent dans les mosquées, surtout dans
l'immense Karaouïn, accroupis pour écouter les cours
des savants professeurs, ou agenouillés pour dire des
prières. Ceux qui, après sept ou huit ans d'études,
25 ont obtenu leur brevet de lettré et de marabout, retournent dans leur pays entourés d'un haut prestige.
Comme je l'ai dit, ils sont quelquefois venus de très
loin, ces *tholbas* de Karaouïn ; ils sont accourus des
quatre vents de l'Islam, attirés par la renommée de
30 cette sainte mosquée, qui renferme, paraît-il, dans sa
bibliothèque, des livres sans âge et sans prix, accu-
mulés là durant la grande époque arabe, apportés

d'Alexandrie ou enlevés dans les couvents d'Espagne.
— Et, lorsqu'ils s'en retournent dans les contrées d'où
ils étaient partis, ils sont devenus des prêtres enclins
à prêcher la guerre sainte ; ils ont "pris la rose"
dans l'impénétrable mosquée. — C'est Karaouïn qui 5
donne le mot d'ordre farouche à tout l'Afrique musulmane ; elle est dans le Moghreb comme un centre
d'immobilité et de sommeil. . .

Parmi les sciences enseignées à Karaouïn, figurent
l'astrologie, l'alchimie, la divination.[1] On y étudie 10
les "nombres talismaniques," l'influence des étoiles
et des anges, et d'autres ténébreuses choses qui sont
momentanément disparues du reste de la terre —
jusqu'au jour peut-être où, sous une autre forme,
dégagées de leur merveilleux, elles y reparaîtront 15
triomphantes, comme l'au-delà de nos sciences posi-
tives. Le Coran et tous ses commentateurs y sont
longuement paraphrasés ; de même, Aristote et
d'autres philosophes antiques. Et, à côté de tant de

[1] Il y a, sur l'Université de Fez et sur la mosquée de Karaouïn, un livre très remarquable et très peu connu, que
vient de publier à Oran un professeur d'arabe nommé M.
Delphin. En collationnant avec un soin minutieux des
révélations qui lui ont été faites par des marabouts de
Tlemcen, d'Alger ou de Constantine, anciens élèves de Karaouïn, il est arrivé à reconstituer tout le fonctionnement
de cette Université — qui doit être peu différente de ce
qu'étaient autrefois celles de Bagdad et de Cordoue. J'ai
pu vérifier l'exactitude de son livre et constater l'étonnement profond d'un *tholba* auquel on disait sur la foi de cet
auteur : "A tel moment du jour, dans telle salle de Karaouïn, vous étudiez telle science, commentée par tel professeur."

choses graves ou arides, d'étonnantes mignardises de style, de diction, de grammaire, des subtilités du moyen âge que nous ne savons plus comprendre — et qui sont comme ces dessins si cherchés et si frêles 5 recouvrant çà et là les lourds bastions et les grands murs arabes.

Et, puisque j'en suis à parler de ces élégances surannées, je cite ce début de réponse d'un vizir, ancien élève de Karaouïn, à un diplomate étranger :

10   " Nous avons porté votre lettre à la connaissance de notre illustre maître (que Dieu le rende victorieux !). Nous nous sommes fait, en lisant, l'interprète de vos sentiments, en accentuant vos paroles avec art, la douceur d'une bonne diction étant plus 15 suave que l'eau la plus limpide, plus subtile que le philtre le plus délicat.   Dictée par les sentiments les plus affectueux, votre lettre nous a paru aussi agréable qu'un zéphyr rafraîchissant, etc., etc."

LA LIVRE DE LA PITIÉ ET DE LA MORT.

Chagrin d'un vieux forçat.

C'est une bien petite histoire, qui m'a été contée par Yves, — un soir où il était allé en rade conduire, avec sa canonnière, une cargaison de condamnés au grand transport en partance pour la Nouvelle-Calédonie. 5

Dans le nombre se trouvait un forçat très âgé (soixante-dix ans pour le moins), qui emmenait avec lui, tendrement, un pauvre moineau dans une petite cage.

Yves, pour passer le temps, était entré en conver- 10 sation avec ce vieux, qui n'avait pas mauvaise figure, paraît-il, — mais qui était accouplé par une chaîne à un jeune monsieur ignoble, gouailleur, portant lunettes de myope sur un mince nez blême.

Vieux coureur de grands chemins, arrêté, en cin- 15 quième ou sixième récidive, pour vagabondage et vol, il disait : " Comment faire pour ne pas voler, quand on a commencé une fois, — et qu'on n'a pas de métier, rien, — et que les gens ne veulent plus de vous nulle part ? Il faut bien manger, n'est-ce pas ? 20 — Pour ma dernière condamnation, c'était un sac de pommes de terre que j'avais pris dans un champ, avec un fouet de roulier et un giraumont. Est-ce qu'on n'aurait pas pu me laisser mourir en France, je vous demande, au lieu de m'envoyer là-bas, si vieux comme je suis ?..."

5 Et, tout heureux de voir que quelqu'un consentait à l'écouter avec compassion, il avait ensuit montré à Yves ce qu'il possédait de précieux au monde : la petit cage et le moineau.

Le moineau apprivoisé, connaissant sa voix, et qui 10 pendant près d'une année, en prison, avait vécu perché sur son épaule... — Ah ! ce n'est pas sans peine qu'il avait obtenu la permission de l'emmener avec lui en Calédonie ! — Et puis après, il avait fallu lui faire une cage convenable pour le voyage ; se procurer 15 du bois, un peu de vieux fil de fer, et un peu de peinture verte pour peindre le tout et que ce fût joli.

Ici, je me rappelle textuellement ces mots d'Yves : "Pauvre moineau ! Il avait pour manger dans sa cage un morceau de ce pain gris qu'on donne dans les 20 prisons. Et il avait l'air de se trouver content tout de même ; il sautillait comme n'importe quel autre oiseau."

Quelques heures après, comme on accostait le transport et que les forçats allaient s'y embarquer pour le 25 grand voyage, Yves, qui avait oublié ce vieux, repassa par hasard près de lui.

— Tenex, prenez-la, vous, lui dit-il d'une voix toute changée, en lui tendant sa petite cage. Je vous la donne ; ça pourra peut-être vous servir à quelque 30 chose, vous faire plaisir...

— Non, certes ! remercia Yves. Il faut l'emporter

II

au contraire, vous savez bien. Ce sera votre petit
compagnon là-bas. . .

— Oh ! reprit le vieux, *il* n'est plus dedans. . .
Vous ne saviez donc pas ? *il* n'y est plus. . .

Et deux larmes d'indicible misère lui coulaient sur 5
les joues.

Pendant une bousculade de la traversée, la porte
s'était ouverte, le moineau avait eu peur, s'était envolé,
— et tout de suite était tombé à la mer à cause de son
aile coupée.   Oh ! le moment d'horrible douleur ! Le 10
voir se débattre et mourir, entraîné dans le sillage
rapide, et ne pouvoir rien pour lui ! D'abord, dans
un premier mouvement bien naturel, il avait voulu
crier, demander du secours, s'addresser à Yves lui-
même, le supplier. . .   Élan arrêté aussitôt par la 15
réflexion, par la conscience immédiate de sa dégrada-
tion personnelle : un vieux misérable comme lui, qui
est-ce qui aurait pitié de son moineau, qui est-ce qui
voudrait seulement écouter sa prière ? Est-ce qu'il
pouvait lui venir à l'esprit qu'on retarderait le navire 20
pour repêcher un moineau qui se noie, — et un pauvre
oiseau de forçat, quel rêve absurde ! . . . Alors il
s'était tenu silencieux à sa place, regardant s'éloigner
sur l'écume de la mer le petit corps gris qui se débattait toujours ; il s'était senti effroyablement seul 25
maintenant, pour jamais, et de grosses larmes, des
larmes de désespérance solitaire et suprême lui brouil-
laient la vue, — tandis que le jeune monsieur à lunettes, son collègue de chaîne, riait de voir un vieux
pleurer.   30

Maintenant que l'oiseau n'y était plus, il ne voulait
pas garder cette cage, construite avec tant de sollici-

tude pour le petit mort; il la tendait toujours à ce
brave marin qui avait consenti à écouter son histoire,
désirant lui laisser ce legs avant de partir pour son
long et dernier voyage.

5   Et Yves, tristement, avait accepté le cadeau, la
maisonnette vide, — pour ne pas faire plus de peine
à ce vieil abandonné en ayant l'air de dédaigner cette
chose qui lui avait coûté tant de travail.

Je crois que je n'ai rien su rendre de tout ce que
10 j'avais trouvé de poignant dans ce récit tel qu'il me
fut fait.

C'était le soir, très tard, et j'étais près de m'en
aller dormir.   Moi qui dans la vie ai regardé sans
trop m'émouvoir pas mal de douleurs à grand fracas,
15 de drames, de tueries, je m'aperçus avec étonnement
que cette détresse sénile me fendait le cœur — et
irait même jusqu'à troubler mon sommeil :

— S'il y avait moyen, dis-je, de lui en envoyer un
autre. . .

20   — Oui, répondit Yves, j'avais bien pensé à cela,
moi aussi.   Chez un oiseleur, lui acheter un bel
oiseau, et le lui porter demain avec la pauvre cage,
s'il en est encore temps avant le départ.   Un peu
difficile.   Il n'y a du reste que vous-même qui puis-
25 siez obtenir d'aller en rade demain matin et de monter
à bord du transport pour rechercher ce vieux dont je
ne sais pas le nom.   Seulement . . . on va trouver
cela bien drôle. . .

— Oh ! oui, en effet.   Oh ! pour ce qui est d'être
30 trouvé drôle, il n'y a pas d'illusion à se faire là-
dessus ! . .

Et, un instant, tout au fond de moi-même, je

m'amusai de cette idée, riant de ce bon rire intérieur qui à la surface paraît à peine.

Cependant je n'ai pas donné suite au projet : le lendemain, à mon réveil, la première impression envolée, il m'a semblé enfantin et ridicule. Ce chagrin-là, évidemment, n'était pas de ceux qu'un simple jouet console. Pauvre vieux forçat, seul au monde, le plus bel oiseau du paradis n'eût pas remplacé pour lui l'humble moineau grisâtre, à aile coupée, élevée au pain de prison, qui avait su réveiller les tendresses infiniment douces et les larmes, au fond de son cœur endurci, à moitié mort...

Rochefort, décembre, 1889.

Viande de boucherie.

Au milieu de l'océan Indien, un soir triste où le vent commençait à gémir.

Deux pauvres bœufs nous restaient, de douze que nous avions pris à Singapoor pour les manger en route. On les avait ménagés, ces derniers, parce que la traversée se prolongeait, contrariée par la mousson mauvaise.

Deux pauvres bœufs étiolés, amaigris, pitoyables, la peau déjà usée sur les saillies des os par les frottements du roulis. Depuis bien des jours ils naviguaient ainsi misérablement, tournant le dos à leur pâturage de là-bas où personne ne les ramènerait plus jamais, attachés court, par les cornes, à côté l'un de l'autre et baissant la tête avec résignation chaque fois qu'une lame venait inonder leur corps d'une nouvelle douche si froide ; l'œil morne, ils ruminaient ensemble un mauvais foin mouillé de sel,

bêtes condamnées, rayées par avance sans rémission
du nombre des bêtes vivantes, mais devant encore
souffrir longuement avant d'être tuées ; souffrir du
froid, des secousses, de la mouillure, de l'engourdis-
5 sement, de la peur...

Le soir dont je parle était triste particulièrement.
En mer, il y a beaucoup de ces soirs-là, quand de
vilaines nuées livides traînent sur l'horizon où la
lumiére baisse, quand le vent enfle sa voix et que la
10 nuit s'annonce peu sûre.   Alors, à se sentir isolé au
milieu des eaux infinies, on est pris d'une vague
angoisse que les crépuscules ne donneraient jamais
sur terre, même dans les lieux les plus funèbres. —
Et ces deux pauvres bœufs, créatures de prairies et
15 d'herbages, plus dépaysées que les hommes dans ces
déserts mouvants et n'ayant pas comme nous l'espé-
rance, devaient très bien, malgré leur intelligence
rudimentaire, subir à leur façon l'angoisse de ces
aspects-là, y voir confusément l'image de leur pro-
20 chaine mort.

Ils ruminaient avec des lenteurs de malades, leurs
gros yeux atones restant fixés sur ces sinistres lointains de la mer.   Un à un, leurs compagnons avaient
été abattus sur ces planches à côté d'eux ; depuis
25 deux semaines environ, ils vivaient donc plus rapprochés par leur solitude, s'appuyant l'un sur l'autre au
roulis, se frottant les cornes, par amitié.

Et voici que le personnage chargé du service des
vivres (celui que nous appelons à bord : le maître-
30 commis) monta vers moi sur la passerelle, pour me
dire dans les termes consacrés : " Cap'taine, on va
tuer un bœuf." Le diable l'emporte, ce maître-

commis ! Je le reçus très mal, bien qu'il n'y eût assurément pas de sa faute ; mais en vérité, je n'avais pas de chance depuis le commencement de cette traversée-là : toujours pendant mon quart, l'abatage des bœufs... Or, cela se passe précisément au-dessous 5 de la passerelle où nous nous promenons, et on a beau détourner les yeux, penser à autre chose, regarder le large, on ne peut se dispenser d'entendre le coup de masse, frappé entre les cornes, au milieu du pauvre front attaché très bas à une boucle par terre ; 10 puis le bruit de la bête qui s'effondre sur le pont avec un cliquetis d'os. Et sitôt après, elle est soufflée, pelée, dépecée ; une atroce odeur fade se dégage de son ventre ouvert et, alentour, les planches du navire, d'habitude si propres, sont souillées de sang, de choses 15 immondes...

Donc c'était le moment de tuer le bœuf. Un cercle de matelots se forma autour de la boucle où l'on devait l'attacher pour l'exécution, — et, des deux qui restaient, on alla chercher le plus infirme, un qui 20 était déjà presque mourant et qui se laissa emmener sans résistance.

Alors, l'autre tourna lentement la tête, pour le suivre de son œil mélancolique, et, voyant qu'on le conduisait vers ce même coin de malheur où tous les 25 précédents étaient tombés, *il comprit ;* une lueur se fit dans son pauvre front déprimé de bête ruminante et il poussa un beuglement de détresse... Oh ! le cri de ce bœuf, c'est un des sons les plus lugubres qui m'aient jamais fait frémir, en même temps que 30 c'est une des choses les plus mystérieuses que j'aie jamais entendues... Il y avait là-dedans du lourd

reproche contre nous tous, les hommes, et puis aussi
une sorte de navrante résignation ; je ne sais quoi de
contenu, d'étouffé, comme s'il avait profondément
senti combien son gémissement était inutile et son
5 appel écouté de personne.   Avec la conscience d'un
universel abandon, il avait l'air de dire : "Ah !
oui... voici l'heure inévitable arrivée, pour celui
qui était mon dernier frère, qui était venu avec moi
de là-bas, de la patrie où l'on courait dans les her-
10 bages.   Et mon tour sera bientôt, et pas un être au
monde n'aura pitié, pas plus de moi que de lui..."

Oh ! si, j'avais pitié ! J'avais même une pitié folle
en ce moment, et un élan me venait presque d'aller
prendre sa grosse tête malade et repoussante pour
15 l'appuyer sur ma poitrine, puisque c'est là une des
manières physiques qui nous sont le plus naturelles
pour bercer d'une illusion de protection ceux qui
souffrent ou qui vont mourir.

Mais, en effet, il n'avait plus aucun secours à at-
20 tendre de personne, car même moi qui avais si bien
senti la détresse suprême de son cri, je restais raide
et impassible à ma place en détournant les yeux...
A cause du désespoir d'une bête, n'est-ce pas, on ne
va pas changer la direction d'un navire et empêcher
25 trois cents hommes de manger leur ration de viande
fraîche ! On passerait pour un fou, si seulement on
y arrêtait une minute sa pensée.

Cependant un petit gabier, qui peut-être, lui aussi,
était seul au monde et n'avait jamais trouvé de pitié,
30 — avait entendu son appel, entendu au fond de l'âme
comme moi. Il s'approcha de lui, et, tout doucement, se mit à lui frotter le museau.

Il aurait pu, s'il y avait songé, lui prédire :

"Ils mourront aussi tous, va, ceux qui vont te manger demain ; tous, même les plus forts et les plus jeunes ; et peut-être qu'alors l'heure terrible sera encore plus cruelle pour eux que pour lui, avec des 5 souffrances plus longues ; peut-être qu'alors ils préféreraient le coup de masse en plein front."

La bête lui rendit bien sa caresse en le regardant avec de bons yeux et en lui léchant la main. Mais c'était fini, l'éclair d'intelligence qui avait passé sous 10 son crâne bas et fermé venait de s'éteindre. Au milieu de l'immensité sinistre où le navire l'emportait toujours plus vite, dans les embruns froids, dans le crépuscule annonçant une nuit mauvaise, — et à côté du corps de son compagnon qui n'était plus qu'un 15 amas informe de viande pendue à un croc, — il s'était remis à ruminer tranquillement, le pauvre bœuf ; sa courte intelligence n'allait pas plus loin ; il ne pensait plus à rien ; il ne se souvenait plus.

NOTES.

Full-face figures refer to pages; ordinary figures to the lines.

1.—3. Maori. Really the name of the inhabitants of New Zealand, but applied in general to the Polynesians, who are akin to the Micronesian, the Malay, and the Malagasy race, and who combine the characteristics of the white, the yellow, and the black types of mankind. The word is said to come from their creator-god Maoui.

2.—3. Etrurie. The district of Italy corresponding to Tuscany, whose inhabitants, of primitive Asiatic and Hellenic origin, gave their religion and much of their civilization to the Romans, and left proofs of splendid artistic development in architecture, sculpture, painting, and ceramics, of which black and brown vases of burnt clay form a large part.

9. tatouage. From the root *ta*, meaning to strike, and so referring to the process.

12. Marquises. One of the twelve groups of islands constituting Polynesia. There are eleven isles in this group, called also the archipelago of Mendana (from their discoverer (1595), who named them Marquises de Mendoça, in honor of the viceroy of Peru). They are also known as Revolution Islands, Washington Islands, and are famous for the physical beauty of their natives.

18. ouistiti. A small Brazil monkey.

- **Title. Pomaré** (IV.) (1822–1877). The name of the three kings preceding this queen, sister of the last one. It means " cold of the night," from a cold caught in fighting by Pomaré I. Her real name was Ai-mata, " eater of eyes," from a former custom in which the kings ate the eyes of human sacrifices. Cf. p. 11, l. 12.

24. Tahiti. Or the Society Islands (so christened by Captain Cook in honor of the Royal Society of London). Also the name of the main island of the group. Under French protection since 1842.

3.—7. basané. Through the Spanish *badana*, from an Arab word meaning tanned sheepskin. Hence 'dark.' Cf. particularly the noun *basane*, of books bound thus instead of in calf.

31. gitanos. Spanish for gypsies.

6.—13. phaeton. *Phaethon* (Greek φάος, light, and αἴθω, to burn) is the son of the Sun, or of Apollo, and personifies sun-heat. As these birds seem to follow the sun, that is, never to leave the tropics, they are so called. The general name is *paille-en-queue*, from two long tail-feathers. (Cf. *phaeton*, a basket-wagon; so, from the myth, in classical use and in society slang, *phaeton*, a coachman. For the story cf. Ovid, *Metamorphoses*, book II.) Cf. below, p. 10, l. 9.

16. cheffesse. A rare word, really referring to the wife of an Arab chief.

16. reva-reva. Cf. M. Loti's words, p. 13, l. 2.

7.—11. himéné. As in *chant d'hyménée, hymn* (Greek ὑμνός, a song), a chorus that sang the *hymeneal* or marriage song, Then, introduced by missionaries in the religious sense of *hymn*, a sacred song.—**Robinson.** Referring to Crusoe.

8.—7. Vairia. The only lake of Tahiti, in the centre of the island, and three-quarters of a mile in circumference.

22. albatros. So named from the root *alb* (white), as in *alb, albino, album, albumen, Alps*, and *Albion*, the name of England from its chalk-cliffs. Really a corruption of Spanish *alcatraz* (itself Arabic-Greek), meaning the "water-carrier," applied to the penguin. Cf. *Alcatraz* Island, the military prison north of San Francisco in California. The largest of sea-birds. Sailors also are very superstitious about them. Cf. Coleridge : "Ancient Mariner." Distinguish *albâtre, arbalète*, with their origins.

9.—4. Taaroa. The father of the gods.—**langue polynésienne.** The beauty of the language consists in its *vowelic* character, the syllables being composed of a vowel, or a consonant + a vowel,

and no word ending in a consonant. There is no inflection,
itself a proof of primitive speech.   A curious custom compels
the natives to change the name or a part of the name of their
ruler and his family and to create substitutes until their death.
Kaffir women similarly cannot use words resembling the sounds
in the names of their near male relatives.   The language is
thus constantly changing. Cf. Max Müller, *Science of Language*, volume II. pp. 42 ff., with authorities cited.

10.—30. arbre de fer. .Ironwood. A hard tree of almost
universal (southern) distribution.

11.—12. **Macabre.** Usually in *danse macabre*, which meant
the "Dance of Death," constantly represented in mediæval
times and really for *danse des Machabées*, the latter being
seven martyr brothers, who afterwards typified the ranks in
life, making their exit after Death on the stage of the religious
plays. Either of these names, now, in slang, means 'a corpse,'
probably from the reading of c. XII. book II of Maccabees,
in the mass for the dead.

12.—23. **potiche.** A Chinese or Japanese porcelain vase. A
diminutive of *pot.*

13.—27. **Triton.** Triton, son of Neptune; then, sea-gods,
with fishes' or horses' tails, or dolphin-tail and horses' fore
feet ; then, the conch-shell they blew.

14.—7. **pandanus.** A tree or shrub.

9. Lias. The lower part of what in Geology is called the
Jurassic soil.

15.—19. **petit-nègre.** The compound of African dialects
and French used for intercourse with the natives.

16.—Title. **légende.** These myths, evidently referring to
the creation, volcanic actions, the deluge, etc., might prove the
great antiquity of the Polynesian races.   On the other hand,
they may be perversions of missionary Biblical history.

18.—Title. **Spahi.** From the Persian. First, of irregular
Turkish cavalry, then of an Algerian native corps in the French
army (from 1831). So, any soldier in the corps. Cf. the East
Indian *sepoy*, the same word.

11. **gouailleur.** Really a ' popular' word : "mocking, jok-ing, ' guying.'"

13. **argot.** Slang, subdivided into many languages of the individual trades or professions. It is interesting to note the origins assigned : 1. *Argos*, because of its numerous Greek words; 2. By metathesis from *Ragot*, a captain of the Gueux, or late mediæval thieves ; 3. ARGUTIE, *subtlety* ; 4. *Argo*, the ship whose band, seeking the Golden Fleece, had to talk a lan-guage to conceal their purpose; 5. $\alpha\rho\gamma\acute{o}s$, a do-nothing, so, his language ; 6. To talk like the *jars* (the male goose) ; 7. A corruption of *jargon*, itself from the Italian *lingua gerga*, then simply *gergo*, from the Greek $\iota\epsilon\rho\acute{o}s$ (sacred). So, ' sacred language,' ' understood only by the initiated.' And still others.

13. **sabir.** A mixture of French, Italian, and Spanish spoken throughout the Levant and in Algeria.

20.—3. **Peuhles.** Tribes of Fellatas covering the African Soudan.

18. **Yolof.** A race in Senegambia. Also, Woloff, Ghioloff. Their language is superbly elastic in shading, because of its terminations, there being five thousand roots, each of which can have twenty-two variations.

25. **Saint-Louis.** The capital of the Senegal colony, situated on an island ten miles from the mouth of the Senegal River, with a population of some thirty thousand.

21.—7. **Legbar.** A village and post four miles southeast of Saint-Louis.

22.—27. **fétiche.** That is, worshipped by the natives, and so, accustomed to be unmolested. Any object deified and supposed to contain a helpful or harmful spirit. Read the chapters on 'Fetish' in Miss Mary H. Kingsley's Travels in West Africa, Congo Français, Corisco and Cameroons.

25.—5. **Fatou.** An African woman.

26.—30. **Angelus.** The church-bell's ringing to recall the time to pray the Incarnation prayer, said three times a day. So called from its opening word.

28.—23. **Basque.** From the Pyrenean province whose cut

of coat survives in the *basque* of a woman's garment.—**capulet**. The hood of peasant women in the extreme south of France.

20.—6. bamboula. The dance called from the drum used to accompany it ; named from the material, *bamboo*. M. Loti gives a description of one in his next chapter.

32.—16. kousskouss. Defined by M. Loti as "une bouillie sans saveur" made of "une grossière farine de mil," and "la base de l'alimentation des peuples noirs" (p. 138). Baobab-leaves, flesh, fowl, and oil are added to the millet.

20. tabaski. In Wolof, 'month of december,' 'moon of december,' during which the sheep-killing occurred.

29. soumaré. "Les *soumarés* sont des tresses faites de plusieurs rangs enfilés de petites graines brunes; ces graines qui mûrissent sur les bords de la Gambie ont une senteur pénétrante et poivré, un parfum *sui generis*, une des odeurs les plus characteristiques du Sénégal." (p. 134.)

33.—26. arachides. 'Groundnuts.'

34.—28. Galam. A province in Senegambia. (Also a town on the Senegal.) Known from the '*or de Galam*, famously beautiful and pure, though really coming from further up the Falémé River, and for its *beurre de Galam*, the grease like butter in color, to give a lustre to the hair. Called thus because the women of Galam use so much of it.

35.—1. grigris. An amulet, fetich, idol. Also, a piece of paper covered with prayers from the Koran and worn as a preservative.

2. corans. The book of Mahomet and the Mohammedans. Usually *alcoran*, where *al* is Arabic "the," and *coran*, book, reading, just as *Bible* from generic became special.

3. marabout. Practically, a Mussulman monk, a saint, an ascetic.

7. haute pouillerie. "The extremely dirty poor." *Haute* in slang means the best (or worst) of its kind.

36.—13. le jour, etc. Genesis i. 4.

37.—14. Peyral. The father of Jean.

16. au pays. "Home."

39.—20. **traineur de sabre.** Idle and worthless soldier. Always used in a bad sense.

41.—8. **poule-pharaon.** Senegal has a peculiar chicken called also *poule du Sénégal.*

19. **plesiosaure.** Gigantic prehistoric reptiles.

26. **toubab.** In Yolof, means white man (cf. Dictionnaire Français-Wolof et Français-Bambara, par M. J. Dard. Paris, Imprimerie Royale, M.D.CCC.XXV).

42.—28. **Dialakar.** A native village opposite Legbar.

46.—6. **Saldé.** A little town upon the left bank, with a fort and six hundred inhabitants.

47.—19. **permissionaires.** "On leave."

48.—1. **panneau.** First the cover of, then, the hatchway itself.

18. **Finistère** = Finis-terre. A department in Lower Brittany. Cf., for form, the English *Land's End.*

50.—3. **bouge.** "Dives," "low resorts."

51.—5. **beaupré.** So French in form, really the English *bowsprit*, from German *Bug-spriet*, bent (*biegen*)-wood (*sprit*, spar).

52.—5. **Ouessant.** A small island off the Finistère coast.

56.—12. **Plouherzel.** Or Plouarzel. A little village twelve miles from Brest, and with the largest *menhir* or granite needle (thirty-six feet high) in Brittany, and associated with superstitions at marriage-ceremonies.

18. **au long cours.** "Long trip."

57.—6. **forban.** Literally, a sea-bandit, "outside the ban." So, "pirate."

23. **Paimpol.** The chief town of the Côtes-du-Nord, with a fine port which received more English vessels captured during the continental war than any other place.

59.—14. **le Poussin.** Nicolas Poussin (1594–1665). One of the greatest of French or all painters. Achieving success after a life of tremendous hardships, he created the style of historical landscape. Victor Cousin calls him "the painter of thought." *The Deluge*, the picture representing Winter in a series, "The Four Seasons," was his last work, is his masterpiece, and is in the Louvre. He has often allegorized the seasons. He divided his work into the laughing, the touching, the grave, and the terrible.

60.—11. bas ris. "Close-reefed."

11. cape. "Trysail."

61.—8. affaler. "To lower."

62.—19. marchepied. "Foot-rope."

63.—1. tomber. "To fall into the trough of the sea."

65.—2. jarretière du point. "Lashing of the sheets."

3. bout. "A fag-end," "a fall."

19. jambes de force. "Carlines," "props."

67.—27. Tonga - Tabou. The main island, with twenty thousand natives, of the Tonga archipelago, or Friendly Islands (150, with 60,000 inhabitants).

68.—7. arraisonner. In nautical language, to hail a vessel, in order to ask it an account of itself.

70.—1. chola. Feminine of *cholo*, the term for a half-breed, or, rather, one of the infinitely complicated white-black-Indian-Chinese results of intermarriage. Really *chino-chola*, black-yellow race.

14. yak. The Jack. Then, the upper square of the U. S. A. or British flag. Distinguish *yak*, the animal.

72.—23. pisco. The wine or spirits from Pisco, a port, a province, and a famous wine-bearing valley of Peru. The most universal drink in the country.

27. zamacuéca. The most popular Peruvian national dance, now relegated to the lower classes. The dance is always accompanied by song, chorus, and orchestra, and big drum called *cajon*. Hence it is often called *polka de cajon*. Also, *maisito, ecuador*, and *zanguaraña*. Popular poets write the songs. Cf. *Lima*, by Manuel A. Fuentes. Paris, Firmin Didot Brothers, Sons & Co., 1866.

28. diguhela. Or *vihuela*. A kind of guitar.

74.—7. turlututu. A flute, then its sound. An onomato-poetic word.

77.—2. goéland. "Gull." Called, from their plaintive cry, *gwela*, in low-Breton, meaning to weep.

79.—7. La grande pendule. In a previous chapter used as a synonym of "time."

81.—11. Boudoul. M. Loti (p. 169) says in a foot-note : "Ces paroles n'ont aucun sens en breton, pas plus que dans l'ancienne chanson de France, *mironton, mirontaine.* Elles étaient probablement imaginées par la veille femme qui les chantait."

82.—2. Toulven. A village in Lower Brittany.

5. Sainte-Anne. Mother of the Virgin. Her feast-day is the eighth of July. She is greatly revered in Brittany, as also in Canada.

83.—Flaubert (1821–1880). A French writer of marvellous word-coloring, extraordinary precision, and extreme power. One of the founders of Realism. *Salammbo* is a reconstruction of Carthaginian life. He read 1500 books in order to write 400 pages.

84.—3. Saint-Éloi (588–659). Celebrated as bishop, missionary, treasurer of King Dagobert I., and as maker of superb works in gold destroyed at the time of the Revolution. He is the patron of gold-, silver-, copper-, black-, and all other smiths or metal-workers.

8. pardon. A religious pilgrimage in Brittany. Here, for the blessing of the horses. Cf. a title such as *Le Pardon de Ploërmel,* an opera-comique by Barbier and Carré, with music by Meyerbeer (1859), known here as *Dinorah.*

24. Kergrist-Moëlon. A village in the Côtes-du-Nord.

25. quelque chose. His drinking habits.

86.—21. Aurigny. It is Alderney, the Channel island, which belongs to England.

22. Ploubazlanec. A town (3000) in the Côtes-du-Nord.

87.—3. branle - bas. *Branle* is the sailor's hammock (*branler,* to shake, because 'suspended'), and this term means to put hammocks away. So, "confusion," due to 'clearing up,' 'excitement.'

89.—1. vielle. A form for *viole,* and like it and *violon* most suggestive as coming from the Latin *vitulari,* to caper like a *vitulus* (or *veal*), or a festival with *veal*-sacrifice ; itself from

Greek ἰταλός, hence *Italy*, called so because of its herds.—
Cf. *vell-um* (*veal*-skin), *vet*-eran (idea of *years*, as in *year*-ling),
vet-erinary (science of treating *year*-lings), and *fiddle* (*v* = *f*,
t = *d*, etc.), all cognates, and a good proof of linguistic values
in simple vocabulary.

11. **Manche.** The English Channel, called thus from its
sleeve-shape. Distinguish the masculine form.

91.—6. **desinvolte.** Italian *disinvolto*. Not enveloped ; so,
free, at ease, "alert manners."

92.—24. **goémon.** Usually *varech*, "*wrack*," seaweed.
Literally "*wreck*," then of sea-algæ.

94.—6. **panne.** As if a long "piece of material" floating
flat against the sky. "*Être au panne*" is, of a ship, to be
stationary though 'under way.'

16. **croiseur.** The cruiser which did police duty and brought
the fleet its letters.

96.—15. '**chars russes.**' Called also "*Montagnes russes.*"
Toboggan-slides, from the famous ones in Saint-Petersburg.

31. **Mais non—cascade.** Note the alliterative alternations, and
the onomatopoetic character to represent the swish and the
crash of the sea.

97.—9. **très gros temps.** "Very heavy weather."

23. **ben.** Popular, provincial, and peasant for "bien."

23. **renfermé.** "Musty."

98.—2. **fausses.** "Artificial."

13. **saute.** "Sudden shifting."

14. **frisante.** "Approaching." "Grazing" the water.

99.—25. **cirages.** Really 'blacking,' but originally from the
'waxing.' So here, for *toile cirée*, 'oil-cloth.' "Sou'wes-
ters."

105.—11. **Annam.** The name used in France for Cochin-
China, now controlled by France.

11. **Tonkin.** Really the northern part of Cochin-China. It
is a corruption of Dong-Kinh, "court of the East," given first
to Hanoï, then to all the province. After a brilliant campaign
under dire difficulties (1883–1885), finally reduced and since
held by the French.

11. **Pavillons-Noirs.** "Black Flags." Also *Pavillons-Jaunes.* From their black or yellow standards. Bands of piratical Chinese soldiers since 1865. But the Blacks were in Chinese pay; the Yellows, friends of France.

108.—20. Hanoï. A province and the capital of Tonkin.

21. Ha-Longï. Or *Allong.* A large bay, of marvellous natural beauty, in the province of Hai-Phong, on the northeast coast of Annam.

29. médaille militaire. Given to soldiers, petty officers in the army and the navy, and to marshals, general officers who have been ministers of war or of the navy, who have commanded expeditions or fleets, or been *presidents* of artillery-, infantry-, or cavalry-committees. Founded in 1852. It is of silver, and on a yellow ribbon with green edge. Those decorated with it receive one hundred francs a month. It is also given to cantinières, nuns, hospital-attendants, or those having shown heroic devotion.

109.—4. mal du pays. "Homesickness."

17. cadre. "Cot."

110.—4. Confucius. (557–479 B.C.) A profound political philosopher who founded the philosophy and reformed the system of China.

14. mousson. "Monsoon," a wind in the Indian Ocean, which blows six months in one direction, six months in another.

113.—10. plan. "Plane."

114.—13. Dies iræ. Latin : "Day of wrath." The opening words of the chant at the mass for the dead. Written by the monk Thomas de Celano (died 1255). It has extraordinary poignant power.

32. mandarines. The *mandarin* is the member of the Chinese lettered class, who are also the members of the government. They constitute the highest of the seven classes of society, and are subdivided into mandarins of letters and of war. Those of letters consist of fifteen thousand, divided into eighteen classes. Their clothes and titles are most intricate. Yet the system, allowing promotion to the poorest, has been called "the most rational of governmental systems which may be in the world." The word is derived from the root *man*, to think, which reappears in *man* (thinking being), *mind, mathematics*, and many others.

115.—4. jardins d'Indra. Those of Indra, King of heaven, in the mythology of India. From the word *indu*, meaning 'drop,' so, originally, god of rain. The mountains used to have wings, and fall upon cities. Indra burned their wings and they became stationary.

Title. Le Petit Voltigeur. The *grand voltigeur hollandais* ('The Flying Dutchman') was the imaginary vessel, commanded by Satan, and manned by a whole nation. So, instead of saying simply *le vaisseau fantôme*, the editor has thought this title seemed better to express the idea as well as the antipode of place, Iceland *vs.* the Cape of Good Hope. Note *voltigeur*, as light-infantry.

116.—1. grisaille. Painting in black and white to represent bas-relief.

13. drôme. The collection of extra masts, yards, spars, boat-hooks, etc., kept on deck.

117.—30. chasseurs. The steamers which make the rounds of the fleet, "hunting" the fishing-boats.

118.—6. richard. "Very rich man": -*ard* is a pejorative termination. Then, 'popular.'

121.—8. ceux, etc. "Moi! . . . Un de ces jours, oui, je ferai mes noces—et il souriait, ce Yann, toujours dédaigneux, roulant ses yeux vifs—mais avec aucune des filles du pays; non, moi, ce sera avec la mer, et je vous invite tous, ici tant que vous êtes, au bal que je donnerai . . ." (p. 13.)

123.—4. bébête. In the argot of children means any animal, so "foolish," as we say *dumb* animals, then dumb, foolish. Cf. German *dumm*.

10. complet. "Suit."

124.—4. impayable. "Extraordinary," "astonishing."

21. gerfaut. "Hawk." Really the German *Geierfalk*, vulture-falcon, the first part from an Old High German root, meaning to devour, and the second from Latin *falx*, or sickle, because of cutting talons, or the sickle-shape of the claws or of the extended wings.

125.—1. Chrysanthème.   Notice (1) the meaning from χρυσός, gold, and ἄνθος, flower; and (2) that the Japanese fondness for flowers comes out in their proper names.   Cf. *anthology*, a bouquet of literary extracts.

125.—27. Gargantua.   *La Vie de Gargantua et de Pantagruel* (1532), by François Rabelais (1483–1553).   Gargantua is the giant under guise of whose career its author satirized the State and all secular and spiritual society and perpetually pilloried the education and the politics of his own time and the pettinesses of all other periods.   Of its immense success he said : " More were sold in two months than will be bought Bibles in nine years."   It has been said that Gargantua was an allegorical representation of Francis the First.   The origin of the name is given in the story of his extraordinary birth : " Soudain qu'il fut né, ne cria, comme les aultres enfants *mies, mies, mies*, mais, à haulte voix, s'escrioit : A boire, à boire, à boire ! " Le bonhomme Grandgousier, son père, dit alors, QUE GRAND TU AS (le gousier)! Ce que oyant les assistants, dirent que vraiment il devait avoir par ce " le nom de Gargantua, puisque telle avoit esté la première parole de son père à sa naissance, à l'imitation et exemple des anciens Hébreux." The root is *garg*, which in all the Romance languages means 'throat.'   Cf. *gargouille* (gargoyle), *gargamelle* (also the name of Gargantua's mother), *gargariser*, *gargote*.   Gargantua is the type of the gigantic eater and drinker.

126.—2. brasser.   "To stir," cf. *brasserie, brewery* (from the same root, according to Littré), because of the mixing process.

3. enfourner.   Literally, "to put into the oven."   In slang, " to imprison."   Here, " to gobble."

10. panneaux.   Japanese houses are made of screens which open, close, and shut off or throw into one the rooms.   So that the noise of this is a characteristic one in Japan.

25. mandragore.   English *mandrake*.   A narcotic plant whose forked roots were thought to resemble a human being, and which was supposed to shriek when pulled out of the ground. A subject often treated in Italian and French literature, and cf. Longfellow's *Spanish Student*, act 1, scene 5. Also the similar idea in bleeding spears where the bush is pulled up in the *Æneid.*

26. **chevrote.** "Bleats."

27. **bique en délire.** "Crazy goat."

127.—3. manes. The departed spirits of the Romans. Then, protecting divinities.

128.—7. shintoïste. The Shinto religion is the primitive cult of Japan, surviving in a sort of worship of ancestors.

9. **Bouddha.** The Hindoo Buddha, meaning "the perfectly enlightened one," was the founder of the religion which reformed the Brahmanism of India, and which preached contemplation in this life and attaining Nirvana, or "extinction," in the next, as the only blessedness. His real name was Gautama or Gotama, and his influence spread over all China and Japan. See Edwin Arnold's *The Light of Asia.*

16. **Oyouki-San.** The daughter of Madame Prune. Also the name of a sister of Chrysanthème. *San* is the honorific particle meaning Mr., Mrs., Miss, as the case may be, and given even to children, and in speaking of animals. *Oyouki* is 'snow'; so, Miss Snow.

26. **Touki-San.** Miss Moon.

27. **l'ami.** A French friend, so called by the *mousmés.*

120.—3. mousmé. "*Mousmé* est un mot qui signifie jeune fille ou très jeune femme. C'est un des plus jolis de la langue nipponne ; il semble qu'il y ait, dans ce mot, de la *moue* (de la petite moue gentille et drôle comme elles en font) et surtout de la *frimousse* (de la frimousse chiffonnée comme est la leur). Je l'emploierai souvent, n'en connaissant aucun en français qui le vaille. "(p. 75.)

9. **M. Sucre.** Husband of Madame Prune.

82. **Nipponne.** Strictly speaking, the natives (here feminine) of Niphon, or Nipon, which is the name of the whole Japanese Empire, meaning "fountain or source of light." But generally applied to the largest island of the 3850 which constitute Japan,

some nine hundred by two hundred and fifty miles in extent, with thirty million inhabitants. Its real name is Hondo, meaning the "mainland." Nipon is Chinese *Ji-hon*, our *Japan*, which means the "Land of the Sun-source" (as seen from China).

130.—2. **melon.** A "derby" hat, from the shape.

132.—14. **Triomphante.** The vessel of M. Loti.

133.—9. **cryptomeria.** "Pine-evergreens."

134.—17. **bonze.** A Buddhist monk.

17. **théories.** Originally, a deputation in Greece sent to sacrifice to the gods; so "band," as here.

19. **chimère.** The fire-breathing lion-goat-serpent of Greek mythology. Then, any "monster."

135.—24. **saltimbanque.** Notice the origin: from Italian "*saltimbanco*," that from *saltare*, to jump, *in*, on, *banco*, bench. Cf. our expressions "on the stage," "on the boards," as a survival.

136.—1. **marionette.** A double diminutive, and where one liquid replaces another ($l = n$). The little images of the Virgin *Marie* were called *mariole*, which came to mean any puppets, and were then made into *mariolettes*, and finally *marionettes*.

138.—16. **Gambari.** A phrase unrecognized by Japanese in America. The *oto-to-ghiçou* resembles the word for 'nightingale,' which, however, begins with an *h* sound.

139.—7. **Jules Lemaître.** Jules-Élie-François (born in 1853). A professor in various French university chairs for a number of years, he has since been a great newspaper and magazine writer, a famous literary and dramatic critic, and a prolific playwright. He became a member of the French Academy in 1895, and of the Legion of Honor in 1888, being made an officer in 1895.

Dedication. **Aicard.** François-Victor-Jean. A French poet and dramatist, born in 1848 at Toulon. Some of his work has been crowned by the French Academy, whose prize for poetry he also won in 1883, and he is himself a member of the Académie du Var.

141.—3. **glycine.** A beautiful violet flower.

31. **griffues.** A neologism of M. Loti. 'Provided with claws,' 'clawed.' There are plenty of analogies (*bourru*, *touffu*, 'tufted,' etc.).

144.—Title. **Samourais.** The class of aristocratic military, official, and literary men who for centuries centred in their hands the learning, patriotism, and social and soldierly power. They are called the "two-sworded gentlemen," because they wore one long sword for their enemies and one short one for the *harakari*. These forty-seven were also called "ronins," which means "wave-men," that is, of that class who often served successive lords, somewhat in the style of European chivalry.

147.—18. **Mephistopheles.** The personified devil in *Faust*. So, applied to cynical and mocking men.

148.—12. **menhir.** A Celtic word meaning "long stone." Prehistoric upright stones whose origin and purpose are unknown, though found in many parts of the world.

14. **Harakiri.** The death by making a cross, as here described ; practised by the aristocracy and officers. Called *seppuku*, which means 'belly-cut,' from the action.

151.—9. **Stamboul.** The Turkish name of Constantinople. —**Damiette.** A city in Egypt, near the site of the one famous in crusading annals.—**Aigues-Mortes.** A small French town in the department of the Gard, whence crusades of Saint-Louis in 1248 and 1269 started, and where Francis the First and Charles the Fifth met in 1538.

153.—29. **bâtardé.** "Mixed."

154.—21. **Moghreb.** "Il y a pour moi une magie et un inexpressible charme, dans les seules consonances de ce mot : le Moghreb...Moghreb, cela signifie à la fois l'ouest ; le couchant, et l'heure où s'éteint le soleil. Cela désigne aussi l'empire du Maroc qui est le plus occidental de tous les pays d'Islam, qui est le point de la terre où est venue mourir, en s'assombrissant, la grande poussée religieuse donnée aux Arabes par Mahomet. Surtout, cela exprime cette dernière prière, qui. d'un bout à l'autre du monde musulman, se dit à cette heure du soir ; — prière qui part de la Mecque et, dans une prosternation générale, se propage en traînée lente à travers toute l'Afrique, à mesure que décline le soleil — pour ne s'arrêter qu'en face de l'Océan, dans ces extrêmes dunes sahariennes où l'Afrique elle-même finit." (*Au Maroc*, p. 196.)

156.—3. tholba. "Ces tentes blanches, hors de la ville, sont le camp des *tholbas* (des étudiants), qui font en ce moment même leur grande fête annuelle dans la campagne. Mais ce mot d'*étudiant* convient mal pour désigner ces sobres et graves jeunes hommes ; quand je reparlerai d'eux, je conserverai celui de *tholba* qui n'est pas traduisible. (On sait que Fez renferme la plus celebre université musulmane : que deux ou trois mille élèves, venus de tous les points de l'Afrique du Nord, y suivent les cours de la grande mosquée de Karaouïn, un des sanctuaires les plus saints de l'Islam.) — Ils sont en vacances aujourd'hui, les *tholbas*, et grossissent sans doute l'étonnante foule qui nous attend." (*Au Maroc*, p. 129.)

10. pape des fous. During mediæval and down to modern times, the great popular festival called *Fête des Fous*, or *des Sots*, or *des Innocents*, or *de l'Ane*, relics of the Roman Saturnalia, survived as scenes of the wildest gayety, comic and coarse songs and actions, and unbridled license. The *Fête des Fous* took place more particularly at Sens. Those who belonged to the association wore red, yellow, green clothes and a fool's cap with bells. The names of their elected chiefs are legion, including this *Pape*. The priests played a prominent part in the performances, which were parodies of religious ceremonials.

157.—22. Karaouïn. "*Cela*, c'est Karaouïn, la mosquée sainte, la Mecque de tout le Moghreb, où, depuis une dizaine de siècles, se prêche la guerre aux infidèles, et d'où partent tous les ans ces docteurs farouches, qui se répandent dans le Maroc, en Algérie, à Tunis, en Égypte, et jusqu'au fond du Sahara et du noir Soudan. Ses voûtes retentissent nuit et jour, perpétuellement, de ce même bruit confus de chants et de prières ; elle peut contenir vingt mille personnes, elle est profonde comme une ville. Depuis des siècles on y entasse des richesses de

toutes sortes, et il s'y passe des choses absolument mystérieuses. Par la grande porte ogivale, nous apercevons des
lointains indéfinis de colonnes et d'arcades, d'une forme exquise, fouillées, sculptées, festonnées avec l'art merveilleux
des Arabes. Des milliers de lanternes, des girandoles, descendent des voûtes, et tout est d'une neigeuse blancheur, qui répand un rayonnement jusque dans la pénombre des longs cou-
loirs. Un peuple de fidèles en burnous est prosterné par terre,
sur les pavés de mosaïques aux fraîches couleurs, et le murmure
des chants religieux s'échappe de là, continu et monotone
comme le bruit de la mer..."—(*Au Maroc*, p. 160.)

158.—1. **Alexandrie.** The library of Ptolemy Soter, burned,
refounded, and reduced to ashes by the Arabs. It took six
months to burn the books.—**d'Espagne.** During the Moorish
domination.

4. '**prendre la rose.**' An Arab term. The marabouts, with
other distinctive signs, wear a metal rose, granted at the end of
their course of study. So the expression is equivalent to " to
obtain the title of marabout," " to become a priest."

160.—5. **Nouvelle-Calédonie.** The island in Oceania, belong-
ing to France since 1853. With Guiana, the penal colony of
France, for those condemned to hard labor. It was the place
to which the Communists were deported.

166.—12. **souffler.** To introduce air under the skin of an
animal, in order to separate the skin more easily from the flesh.
The air is blown in after cuts have been made at the four
extremities. The *supplice du soufflet* was one of the horrible
punishments even as late as the seventeenth century, the body
being blown up to distention and death.

FRENCH TEXT-BOOKS

PUBLISHED BY

HENRY HOLT & CO., New York.

These books are bound in cloth unless otherwise indicated. Prices net. Postage 8% additional. Illustrated Catalogue of Works in General Literature or Descriptive Foreign Language Catalogue free.

GRAMMARS AND READERS.

NET PRICE

Bevier's French Grammar. With exercises by Dr. THOMAS LOGIE. For colleges and upper classes in schools. Concise yet reasonably full and scientifically accurate. Much attention is paid to Latin equivalents. In use by classes in Harvard, Johns Hopkins, Cornell, etc. 12mo. 341 pp $1 00

Bôcher-Otto French Conversation Grammar. 12mo. 489 pp............1 30
    Progressive French Reader. With notes and vocabulary. 12mo. 291 pp..................... 1 10

Borel's Grammaire Française. A l'usage des Anglais. Entirely in French. Revised by E. B. Coe. 12mo. 450 pp............. 1 30

Bronson's French Verb Blanks 30

Delille's Condensed French Instruction. 143 pp.... 40

Eugène's Student's Comparative French Grammar. Revised by L. H. Buckingham, Ph D. 12mo. 284 pp. 1 30
    Elementary French Lessons. Revised and edited by L. H. Buckingham, Ph.D. 12mo. 126 pp 60

Fisher's Easy French Reading. Historical Tales and Anecdotes, with foot-note translations of the principal words. 16mo. 253 pp.. 75

Joynes's Minimum French Grammar and Reader. Contains everything that is necessary, nothing that is not. New edition, supplemented by conversation exercises. 16mo. 275 pp..... 75

Joynes-Otto First Book in French. A Primer for Very Young Pupils. 12mo. 116 pp. Boards 30
    Introductory French Lessons. 12mo. 275 pp........... 1 00
    Introductory French Reader. With notes and vocabulary. 163 pp... 80

Matzke's French Pronunciation. 16mo. 73 pp. Paper.............. 25

Otto. See Bôcher-Otto and Joynes-Otto.

Pylodet's Beginning French. Exercises for Children in Pronouncing, Spelling, and Translating. 16mo. 180 pp. Boards........ 45
    Beginner's French Reader. For Children. With vocabulary. 16mo. 235 pp. Boards... 45
    Second French Reader. With vocabulary. Ill'd. 12mo. 277 pp. 90

Rambeau & Passy's Chrestomathie Phonétique. Easy standard French and same matter on opposite pages in phonetic script. With explanatory introduction. 8vo. xxxv + 250 pp... 1 50

1

NET PRICE

Whitney's French Grammar. A standard work. Used in Harvard, Princeton, Johns Hopkins, the University of Chicago, etc., etc. 12mo. 442 pp. Half roan................ **$1 30**

Practical French. Taken from the author's larger Grammar, and supplemented by conversations and idiomatic phrases. 12mo. 304 pp 90

Brief French Grammar. 16mo. 177 pp............ 65

Introductory French Reader. With notes and vocabulary. 16mo. 256 pp......... 70

COMPOSITION AND CONVERSATION.

Alliot. See Compends of Literature, below.

Aubert's Colloquial French Drill. 16mo. Part I. 66 pp.............. 48
    Part II. 118 pp........ 65

Bronson's Exercises in Every-day French. Composition. 16mo....... 60

Fleury's Ancient History. Told to Children. Arranged for translation back into French by Susan M. Lane. 12mo. 112 pp.... 70

Gasc's The Translator. English into French. 12mo. 222 pp.......... 1 00

Jeu des Auteurs. 96 Cards in a Box.................................. 80

Parlez-vous Français? A Pocket Phrase-book, with hints for pronunciation. 18mo. 111 pp. Boards.... 40

Riodu's Lucie. Familiar Conversations in French and English. 12mo. 128 pp........ 60

Sadler's Translating English into French. 12mo. 285 pp............. 1 00

Witcomb & Bellenger's French Conversation. Followed by the Summary of French Grammar, by Delille. 18mo. 259 pp...... 50

NATURAL METHOD.

Méras' Syntaxe Pratique de la Langue Française. Revised Edition. 12mo. 210 pp... .... 1 00

Légendes Françaises. Arranged as further exercises for Méras' Syntaxe Pratique. 3 vols. 12mo. Boards.
    Vol. I. Robert le Diable. xiii + 33 pp................. 20
    Vol. II. Le Bon Roi Dagobert. xiii + 37 pp. 20
    Vol. III. Merlin l'Enchanteur. 94 pp... 30

Moutonnier's Les Premiers Pas dans l'Étude du Français. 197 pp.... 75
    Pour Apprendre à Parler Français. 12mo. 191 pp....... 75

Stern & Méras' Étude Progressive de la Langue Française. 12mo. 288 pp... 1 20

DICTIONARIES.

Bellows' French and English Dictionary for the Pocket. French and English divisions are carried on concurrently on the same page. Dr. Oliver Wendell Holmes said: "I consider the little lexicon the very gem of my library." 32mo. 600 pp. (Morocco, $3.10.) Roan tuck... .... 2 55

Cheaper Edition. Larger Print. 12mo. 600 pp............ 1 00

Gasc's New Dictionary of the French and English Languages. It defines thousands of French words found in no other French and English dictionary. It is modern, accurate, and remarkably full on idioms. 12mo. French-English part, 600 pp. English-French part, 586 pp. One volume. *Cheaper and handier ed....Retail* 1 50

Improved Modern Pocket-Dictionary. French-English part, 261 pp. English-French part, 387 pp. One volume..... .... 1 00

Prices net. Postage 8 per cent additional. Descriptive List free.

COMPENDS AND HISTORIES OF LITERATURE.

*(The Critical and Biographical portions as well as the
Selections are entirely in French.)*

NET PRICE

Alliot's Le· Auteurs Contemporains. Selections from About, Claretie,
Daudet, Dumas, Erckmann-Chatrian, Feuillet, Gambetta,
Gautier, Guizot, Hugo, Sand, Sarcey, Taine, Verne, and
others, with notes and brief biographies. 12mo. 371 pp...... **$1 20**
Contes et Nouvelles. Suivis de Conversations et d'Exercices de
Grammaire. 12mo. 307 pp........ 1 00
Aubert's Littérature Française. *First Series, Through XVII. Century.*
Selections from Froissart, Rabelais, Montaigne, Calvin,
Descartes, Corneille, Pascal, Molière, La Fontaine, Boileau,
Racine, Fénelon, La Bruyère, etc., etc. With foot-notes,
biographies, and critical estimates. 16mo. 338 pp........ 1 00
Littérature Française. *Second Series. XVIII. and XIX. Cen-
turies.* Voltaire, Rousseau, Mme. Roland, Balzac, George
Sand, Coppée, etc. 16mo. 290 pp........ 1 00
Fortier's Histoire de la Littérature Française. A Compact and Com-
prehensive Account, up to the present day. 16mo. 362 pp. 1 00
Pylodet's La Littérature Française Classique. Biographical and Crit-
ical. Langue d'Œil, Ahailard, Héloïse, Fabliaux, Mystères,
Joinville, Froissart, Villon, Rabelais, Montaigne, Ronsard,
Richelieu, Corneille, etc. 12mo. 393 pp.............. 1 30
Théâtre Française Classique. From the above. 114 pp. Paper 20
La Littérature Française Contemporaine. XIX⁰ Siècle. Prose
or Verse from 100 authors, including About, Augier, Bal-
zac, Béranger, Chateaubriand, Cherbuliez, Gautier, Hugo,
Lamartine, Mérimée, De Musset, Sainte-Beuve, Sand,
Sardou, Mme. de Staël, Taine, Toepfer, De Vigny. With
selected biographical and literary notices. 12mo. 310 pp.. 1 10
See also Choix des Contes under Texts.

TEXTS.

About. See Choix des Contes.
Achard's Clos Pommier. A dramatic tale. 206 pp. Paper.... 25
Æsop's Fables. In French, with Vocab. 237 pp........ 50
Balzac's Eugénie Grandet. (Bergeron.) With portrait. 300 pp. 80
Le Curé de Tours. (Warren.) Includes also Les Proscrits,
El Verdugo, Z. Marcas, and La Messe de l'Athée. xiv + 267
pp........ 75
Ursule Mirouet. (Owen-Paget.) *Notes only.* 54 pp. Paper.. 30
Bayard et Lemoine's Le Niaise de Saint-Flour. *Modern Comedy.*
38 pp. Paper................ 20
Bédollière's Mère Michel et son Chat. With vocabulary. 138 pp.
(Cl., 60 cts.) Paper... 30
Bishop's Choy-Suzanne. A French version of his California story
edited by himself. 64 pp. Boards.... 30
Carraud's Les Goûters de la Grand'mère. With list of difficult phrases.
See Ségur. 95 pp. Paper..... 20
Chateaubriand, Aventures du dernier Abencérage and Selections from
Atala, Voyage en Amérique, etc. (Sanderson.) 90
pp. Boards 35
Choix de Contes Contemporains. (O'Connor.) Stories by Daudet
(5), Coppée (3), About (3), Gautier (2), De Musset (1).
300 pp 70

Price net. Postage 8 per cent additional. Descriptive List free.

NET PRICE

Clairville's Les Petites Misères de la Vie Humaine. *Modern Comedy.*
35 pp. Paper.. $0 20
Coppée's On Rend l'Argent. School Edition. (Bronson.) A novel of
modern Paris, full of local color. Illustrated. xiv + 184 pp. 60
Coppee et Maupassant, Tales. (Cameron.) Authorized edition with
portraits. Includes Coppée's Morceau de Pain, Deux Pitres,
Un Vieux de la Vieille, Le Remplaçant, etc., and Maupas-
sant's La Peur, La Main, Garçon, un bock, Les Idées du
Colonel, etc. xlviii + 188 pp............................... 75
Corneille s Le Cid. New Edition. (Joynes.) 114 pp. Boards......... 20
Cinna. (Joynes.) 87 pp. Boards......................... 20
Horace. (Delbos.) 78 pp. Boards........................ 20
Daudet, Contes de. Eighteen stories, including La Belle Nivernaise.
(Cameron.) With portrait. 321 pp........................ 80
La Belle Nivernaise. (Cameron.) 79 pp. Bds............. 25
Du Deffand (Mme.). Eleven Letters. *See* Walter.... 75
Erckmann-Chatrian, Le Conscrit de 1813. (Bôcher.) Vocab. 304 pp. 55
Contes Fantastiques. (Joynes.) ....
Madame Thérèse. (Bôcher.) With vocabulary. 270 pp 55
Le Blocus. (Bôcher.) 258 pp. Paper... 48
Fallet's Princes de l'Art. 334 pp. (Cl., $1.00.) Paper............. 52
Feuillet's Roman d'un Jeune Homme Pauvre. Novel. (Owen.) With
vocabulary. 289 pp................................ 55
Roman d'un Jeune Homme Pauvre. *Play.* (Bôcher.)
100 pp. Boards.... 20
Le Village. *Modern Play.* 34 pp. Paper................ 20
Fév l's Chouans et Bleus. (Sankey.) 188 pp. (Cl., 80 cts.) Paper.... 40
Fleury's L'Histoire de France. For Children. 372 pp 1 10
Foa's Contes Biographiques. With vocabulary. 189 pp. (Cl., 80 cts.)
Paper.. 40
Petit Robinson de Paris. With vocabulary. 166 pp. (Cl., 70 cts.)
Paper.. 36
De Gaulle's Le Bracelet, bound with Mme. De M.'s La Petite Maman.
Plays for Children. 38 pp. Paper................... 20
De Girardin's La Joie Fait Peur. *Modern Play.* (Bôcher.) 46 pp.
Paper... 20
Halévy's L'Abbé Constantin. (Super.) With vocabulary. Boards.... 40
History. See Fleury, Lacombe, Taine, Thiers. The publishers issue
a French History in English by Miss Yonge.. 80
Hugo's Hernani. *Tragedy.* (Harper.) 126 pp............... 70
Ruy Blas. *Tragedy.* (Michaels.) 117 pp. Bds......... 40
Selections. (Warren.) Gringoire in the Court of Miracles, A
Man Lost Overboard, Waterloo, Pursuit of Jean Valjean and
Cosette, etc., and 14 Poems. With Portrait. 244 pp......... 70
Travailleurs de la Mer. (Owen-Paget.) *Notes only.* 238
pp. Paper...................................... 80
De Janon's Recueil de Poésies. 186 pp 80
Labiche (et Delacour), La Cagnotte. *Comedy.* 83 pp. Paper....... 20
(et Delacour), Les Petits Oiseaux. *Modern Comedy.* (Bôcher.)
70 pp. Paper.................................... 20
(et Martin), La Poudre aux Yeux. *Modern Comedy.* (Bôcher.)
59 pp. (*With vocabulary,* 30 cts., *net.*)................ 20
Lacombe's Petite Histoire du Peuple Français. (Bué.) 212 pp........ 60
La Fontaine's Fables Choisies. (Delbos.) Boards 40
Leclerq's Trois Proverbes. *Three Little Comedies.* Paper...... 20
Literature, Compends and Histories of. See separate heading.

Prices net. Postage 8 per cent additional. Descriptive List free.

NET PRICE

Loti, Selections. (Cameron.) *Authorized Ed.* Viande de boucherie, Chagrin d'un vieux forçat, and Selections, often a chapter in length, from Mariage de Loti, Roman d'un Spahi, Mon Frère Yves, Pecheur d'Islande, Mme. Chrysanthème, etc. With portrait. lxii + 185 pp............ .... $0 70

Macé's Bouchée de Pain. (L'Homme.) With vocabulary. 260 pp. (Cl., $1.00.) Paper...... 52

De Maistre's Voyage Autour de ma Chambre. 117 pp. Paper........ 28

Les Prisonniers du Caucase, bound with Achard's Clos Pommier. 206 + 138 pp..... 70

De Maintenon. 13 Letters. See Walter.......... 75

Maupassant. See Coppée and Maupassant.

Mazère's Le Collier de Perles. *Comedy.* With vocab. 56 pp.......... 20

Mérimée's Colomba. (Cameron.) Story of a Corsican Vendetta. Vocab. by Otis G. Bunnell and a portrait. xxiv + 270 pp. 50

Molière's L'Avare. (Joynes.) 132 pp. Boards..... 20

Le Bourgeois Gentilhomme. (Delbos.) Paper.............. 20

Le Misanthrope. New Ed. (Joynes.) 130 pp. Bds......... 20

Musiciens Célèbres. 271 pp. Paper...................... 52

De Musset's Merle Blanc. (Williams and Cointat.)

Un Caprice. *Comedy.* 56 pp. Paper..................... 20

De Neuville's Trois Comédies pour Jeunes Filles. 134 pp. Paper..... 35

Ohnet's La Fille du Député. (Beck.) A Novel of Political Life in Paris to-day by the author of Le Maître de Forges. x + 176 pp....

Owen-Paget. Annotations. See Balzac, Feuillet, Hugo, Sand, Vigny.

Poems, French and German, for Memorizing. (N. Y. Regents' Requirements.) 30 in each language, with music to eight of the German poems. 92 pp. Boards.............................. 20

See also Hugo Selections, De Janon, and Pylodet.

Porchat's Trois Mois sous la Neige. Journal of a young man in the Jura mountains. 160 pp. (Cl., 70 cts.) Paper........ 32

Pressensé's Rosa. With vocabulary by L. Pylodet. A classic for girls. 285 pp. (Cl., $1.00.) Paper.......................... 52

Pylodet's Gouttes de Rosée. Petit Trésor poétique des Jeunes Personnes. 188 pp..................................... 50

La Mère l'Oie. Poésies, Enigmes, Chansons, et Rondes Enfantines. Illustrated. 80 pp. Boards.............. 40

Racine's Athalie. New Ed. (Joynes.) 117 pp. Bds.......... 20

Esther. (Joynes.) 66 pp. Boards 20

Les Plaideurs. (Delbos.) 80 pp. Boards............. 20

Saint-Germain's Pour une Épingle. Suitable for old and young. With vocabulary. 174 pp. (Cl., 75 cts.) Paper............ 36

Ste.-Beuve. Seven of the Causeries du Lundi. (Harper.) Qu'est-ce qu'un classique, Grande Epoque de la Prose, Pensées de Pascal, La Fontaine, Mémoires de Saint-Simon, Mme. de Maintenon, La Duchesse de Bourgogne. li + 176 pp.................................... 75

Ste.-Pierre's Paul et Virginie. (Kuhns.) An edition of this great classic, with full notes. Suitable alike for beginners and for college classes. x + 160 pp...... 50

Sand's Petite Fadette. (Bôcher.) 205 pp................................ 65

La Mare au Diable. (Joynes.) *Vocab.* xix + 122 pp... 40

Marianne. (Henckels.) 90 pp. Paper..... 30

Sandeau's La Maison de Penarvan. A comedy of the Revolution. (Bôcher.) 72 pp. Boards..... 20

Mlle. de la Seiglière. *Drama.* (Bôcher.) 99 pp. Boards.. 20

Scribe's Les Doigts de Fée. *Comedy.* (Bôcher.) Boards. 20

(et Mélesville) Valérie. *Drama.* (Bôcher.) Vocab. 39 pp... 20

(et Legouvé), Bataille de Dames. *Comedy.* (Bôcher.) 81 pp. Bds. 20

5

NET PRICE

Sévigné. 20 Letters. See Walter $0 75

Ségur's Les Petites Filles Modèles, bound with Carraud's Les Goûters
    de la Grand'mère. With List of difficult phrases. 98 + 95
    pp. See Carraud... 80
    Les Petites Filles Modèles. 98 pp. Paper.................... 24

Siraudin's (et Thiboust) Les Femmes qui Pleurent ("Weeping Wives.").
    Modern Comedy. 28 pp. Paper.... 20

Souvestre's La Loterie de Francfort, with Curo's La Jeune Savante.
    Comedies for Children. 47 pp. Boards.... 20
    Un Philosophe sous les Toits. With table of difficulties.
    137 pp. (Cl., 60 cts.) Paper........ 28
    Le Testament de Mme. Patural, with Drohojowska's La
    Demoiselle de St. Cyr. Plays for Children. 54 pp.
    Boards.. 20
    La Vieille Cousine, bound with Les Ricochets. Plays for
    Children. 52 pp. Paper.................................. 20

Taine's Les Origines de la France Contemporaine. (Edgren.) Extracts.
    With portrait. 157 pp. Boards.............. 50

Thiers' Expédition de Bonaparte en Egypte. (Edgren.) With portrait.
    ix + 130 pp. Boards........................ 35

Toepffer's Bibliothèque de Mon Oncle. 50

Vacquerie's Jean Baudry. *Play.* (Bôcher.) Paper.................... 20

Verconsin's C'était Gertrude. En Wagon. Two of the best modern
    comedies for amateurs. Boards 30

Verne's Michel Strogoff. (Lewis.) Abridged. A tale of the Tartar
    rebellion. With portrait. 129 pp..................... 70

De Vigny's Cinq Mars. (Owen-Paget.) *Notes only.* Paper.... 50

Walter's Classic French Letters. Voltaire, Mmes. de Sévigné, Main-
    tenon, et Du Deffand. (Walter.) 230 pp.................. 75

Zola Selections. (Cameron.)............................ ....

Prices net. Postage 8 per cent additional. Descriptive List free.

Books Translated from the French.

Prices retail. Carriage prepaid. See Miscellaneous Catalogue.

About's The Man with the Broken Ear $1 00

    The Notary's Nose 1 00

Bacourt's Souvenirs of a Diplomat (in America under Van Buren, etc.). 1 50

Bazin's Italians of To-day 1 25

Berlioz : Selections from Letters and Writings....... .... 2 00

Chevrillon's In India. Impressions of Travel 1 50

Chanson de Roland.. 1 25

Gavard's A Diplomat in London (1871–1877)......................... 1 25

Guerin's Journal. With Essays by Matthew Arnold and Ste-Beuve.... 1 25

Guyau's Non-religion of the Future...... .... 3 00

Rousselet's Ralph, the Drummer Boy.................................... 1 50

Ste-Beuve's English Portraits.. 2 00

Taine's Works. Library Edition 13 vols..........................*Each* 2 50

    The Pyrenees. Ill'd by Doré. (Full morocco, $20.00.)........... 10 00

    English Literature. With 28 portraits. Gilt tops. 4 vols. in box. 7 50

    English Literature. Abridged by John Fiske. 1 Vol........*net* 1 40

SOME ENGLISH TRANSLATIONS

About, Edmond : The Man with the Broken Ear. 16mo. $1.—The Notary's Nose. 16mo. $1.

Auerbach, B.: The Villa on the Rhine. (Davis.) 2 vols. 16mo. $2. —On the Heights. (Stern.) 2 vols. 16mo. $2.—On the Heights. (Bunnett). 16mo. Paper. 1 vol. 30c.

Bacourt, Chevalier de : Souvenirs of a Diplomat. 12mo. $1.50.

Berlioz, Hector : Selections from his Letters and Writings. (Apthorp.) 12mo. $2.

Brink, Bernhard ten : English Literature. Vol. I. (Kennedy.) Large 12mo. $2. Vol. II. (Robinson.) Large 12mo. $2.— Five Lectures on Shakespeare. (Franklin.) 12mo. $1.25.

Chevrillon, André : In India. (Marchant) 12mo. $1.50.

Falke, Jakob von : Greece and Rome: Their Life and Art. (Browne.) Quarto. $10.

Firdusi : The Epic of Kings. (Zimmern.) 12mo. $2.50.

Gautier, Léon : Chanson de Roland. (Rabillon). 12mo. $1.25.

Gautier, Théophile : A Winter in Russia. (Ripley.) 12mo. $1.75.— Constantinople. (Gould.) 12mo. $1.75.

Gavard, Charles : A Diplomat in London. (Hodder.) 12mo.

Goethe, J. W. von : Poems and Ballads. (Gibson.) (*Library of Foreign Poetry.*) 16mo. $1.50.

Guérin, Maurice de : Journal. (Fisher.) 12mo. $1.25.

Guyau, Jean Marie : The Irreligion of the Future. (Hodder.)

Heine, Heinrich : Book of Songs. (Leland.) (*Library of Foreign Poetry.*) 16mo. 75c.—The Romantic School. (Fleishman). 12mo. $1.50.—Life Told in His Own Words. (Dexter.) 12mo. $1.75.

Hertz, Henrik : King René's Daughter. (Martin.) (*Library of Foreign Poetry.*) 16mo. $1.25.

Heyse, Paul : The Children of the World. 12mo. $1.25.

Kalevala. Selections. (Porter.) 16mo. $1.50.

Kalidasa : Shakuntala. (Edgren.) (*Library of Foreign Poetry.*) 16mo. $1.50.

Klaczko, Julian : Rome and the Renaissance. (Marchant.)

Knortz, Karl : Representative German Poems. 12mo. $2.50.

Lessing, G. E.: Nathan the Wise. (Frothingham.) (*Library of Foreign Poetry.*) 16mo. $1.50.

Lockhart, J. G.: Ancient Spanish Ballads. (*Library of Foreign Poetry.*) 16mo. $1.25.

Moscheles, Ignatz : Recent Music and Musicians. (A. D. Coleridge.) 12mo. $2.

Roumanian Fairy Tales. (Percival.) 12mo. $1.25.

Rousselet, Louis : Ralph, the Drummer Boy. (Gordon.) 12mo. $1.50.

Rydberg, Victor : Magic of the Middle Ages. (Edgren.) 12mo. $1.50.

Sainte-Beuve, C. A.: English Portraits. 12mo. $2.

Spielhagen, Frederick : Problematic Characters. (de Vere.) 16mo. Paper. 50 cents.—Through Night to Light. (de Vere.) 16mo. Paper. 50 cents.—The Hohensteins. (de Vere.) 16mo. Paper. 50 cents.—Hammer and Anvil. (Browne.) 16mo. Paper. 50 cents.

Sylva, Carmen : Pilgrim Sorrow. 16mo. $1.25.

Taine, H. A.: Italy, Rome and Naples. (Durand.) Large 12mo. $2.50.—Italy, Florence and Venice. (Durand.) Large 12mo. $2.50.—Notes on England. (Rae.) Large 12mo. $2.50.—A Tour through the Pyrenees. (Fiske.) Large 12mo. $2.50.—Notes on Paris. (Stevens.) Large 12mo. $2.50.—History of English Literature. (Van Laun.) 2 vols. Large 12mo. $5. The same. 12mo. 1 vol. $1.25. The same. Large 12mo. 4 vols. *In press.*—On Intelligence. (Haye.) 2 vols. Large 12mo. $5.—Lectures on Art. *First Series.* (Durand.) Large 12mo. $2.50.—Lectures on Art. *Second Series.* (Durand.) Large 12mo. $2.50.—The Ancient Régime. (Durand.) Large 12mo. $2.50.—The French Revolution. (Durand.) 3 vols. $7.50.—The Modern Régime. Vol. I. Large 12mo. $2.50.—The Modern Régime. Vol. II. Large 12mo. $2.50.

Tegnér, Esaias : Frithiof's Saga. (Blackley.) 16mo. $1.50.

Wagner, Wilhelm Richard : Art Life and Theories of Richard Wagner. (Burlingame.) 12mo. $2.—Ring of the Nibelung. (Dippold.) 12mo. $1.50.

Witt, C.: Classic Mythology. (Younghusband.) 12mo. * $1.

* denotes net price.

HENRY HOLT & CO., NEW YORK.

www.ingramcontent.com/pod-product-compliance
Lightning Source LLC
Chambersburg PA
CBHW031423020726
47499CB00005B/1572